U0558554

· 河 南 省 作 家 协 会 重 点 作 品 扶 持 项 目 ·

浮生宴

青 年 作 家 文 丛

王晓静 著

郑州大学出版社

河南文艺出版社

图书在版编目(CIP)数据

浮生宴／王晓静著. — 郑州：郑州大学出版社：河南文艺出版社，2021.2(2022.3 重印)
（青年作家文丛）
ISBN 978-7-5645-7707-0

Ⅰ.①浮… Ⅱ.①王… Ⅲ.①短篇小说 – 小说集 – 中国 – 当代 Ⅳ.①I247.7

中国版本图书馆 CIP 数据核字(2021)第 005773 号

浮生宴
FUSHENG YAN

策　　划	孙保营　马　达	封面设计	小　花
责任编辑	刘晓晓　张馨月	版式设计	小　花
责任校对	孙精精	责任印制	凌　青　李瑞卿
丛书统筹	李勇军		

出　　版	郑州大学出版社　河南文艺出版社
发　　行	郑州大学出版社
地　　址	郑州市大学路 40 号(450052)
出 版 人	孙保营
网　　址	http://www.zzup.cn
发行电话	0371-66966070
经　　销	全国新华书店
印　　刷	河南新华印刷集团有限公司
开　　本	890 mm×1 240 mm　1／32
印　　张	8.75
字　　数	177 千字
版　　次	2021 年 2 月第 1 版
印　　次	2022 年 3 月第 2 次印刷

书　　号	ISBN 978-7-5645-7707-0	定　　价	35.00 元

本书如有印装质量问题,请与本社联系调换。

编委会

目　　录

花殇

1

清晨的村庄有种不合时宜的安静，只有鸟啼声，一粒粒从树梢落下，像滚了满地的杏子。

哑巴走着，不禁怀念起儿时的村子。那时，天刚蒙蒙亮，赶着牛羊的乡亲，就相互打着招呼，去为一天的生计忙碌。母亲追打孩子的女高音、汉子喊媳妇的男高音、各种牲畜的闹腾声，拥挤在村庄的上空，每个人都像刚出笼的馒头，暄软热乎。现在的村子，却像波澜不起的水潭，连狗也像被这气氛扼住了喉咙，不敢大声叫，看到行人也只会呜呜地低吼两声来示威。

哑巴垂着头，视线系着自己的脚尖。多年来，他早已习惯了以这样谦卑的姿态行走。他的脊背弯曲，像张绷紧的弓，随时准备射出警惕的箭。晨光里，一个同样驼着背的影子跟他面对面走来，是刘二狗的媳妇，背上正背着她不满三岁的儿子。

小孩子眼尖，大老远看见哑巴就手舞足蹈地喊道："哑巴，哑巴，吃草长大……"刘二狗媳妇像被马蜂蜇了一下，猛地抬起头，赶紧背过手去拍打背上的孩子，一边厉声呵斥着，一边像躲避瘟疫般绕过哑巴快步离去，只留下小孩子清脆的声音弥散在晨雾中："哑巴，哑巴，吃草长大……"

哑巴面无表情，依旧盯着自己的脚尖慢慢往前走着，眉头都没皱一下。这么多年，他的心早已生出了一层厚厚的茧，足以抵挡住村民们那些或厌恶或害怕或鄙视的目光了。

庄稼们在晨光中舒展开身子，可村庄仍在昏睡。

村里的人走了有三分之二了。开始是青壮年男人，在外面挣了钱就回来翻盖修葺房子，白瓷砖玻璃窗的小洋楼红了一群人的眼睛。接着，便是大姑娘小媳妇。出去打过工的女人们回来后，连走路、说话都带了几分城里人的矜持。她们炫耀着脸上擦的粉底霜、脚上蹬的小皮鞋，那神气样儿把更多的女人勾引到了城里。剩下的三分之一，就只有孩童和老人们了。那些发苍齿摇的老人们一夕间成了家里的顶梁柱。一面要照顾年幼的孩子吃喝拉撒，一面还要经营地里的庄稼，一年的孤独幽怨，也只有盼着春节子女们回来时，才可以和着鼻涕眼泪尽情地喷涌而出。

　　哑巴慢腾腾地走着，抬头一看，竟然来到了英子家门前。他心里的那个念头像水瓢一样，按下了又浮起来，原来兜兜转转，他还是想来看看她。只有当夜色中的那个身影，显形在白天泼辣辣的阳光下，他才能确定，那不是一场梦。

　　大门敞开着，英子正坐在屋檐下喝粥。她喝得很用心，整张脸都埋进了碗里，只露出两道拧在一起的专心致志的眉毛。可能碗里的粥有些烫，她喝得十分小心，缓缓地，像有着满怀的心思。

　　哑巴久久地看着她，心里有个地方忽然生出一种奇异的柔软，这种柔软让他看向女孩的眼神也柔了起来，轻若纤羽。他轻轻叹了口气准备离开，一转身，却看到一张黝黑枯皱的脸。

　　村主任的几根白发在晨风中微微颤抖，脸上浮了一层古井般的幽深。然后，这幽深里探出一点冷冷的审视，说，你盯着人家小妮儿看啥？

　　哑巴勉强地挤出一个僵硬的笑便转身欲走。村主任却忽然抓住了他的胳膊说，上次你帮俺家垒砖墙，我还没给你工钱呢。哑巴使劲摆摆手，微笑着摇摇头。村主任伸出手，轻轻帮哑巴择掉他头上的一片草屑说，我知道你这孩子心眼儿实诚，帮叔干活也不愿意要钱。这样吧，早饭你别做了，去我家凑合一顿吧。

　　走在路上，村主任有一搭没一搭地跟哑巴说话。我跟你爹那可是好几十年的交情啊，从光屁股蛋玩到老，谁承想他走得那么早啊。哑巴努力想了想，还是想不起爹的模样。爹死的时候，他才两岁，每每想起，就像被晨风刮走的一个影子。村主任说，你娘也是的，怎么也该把你养大，给你成家立业啊，竟狠下心离家出走。哑巴又想起他娘。娘是在他六岁时的一个早上离开的，只留下半边空被窝和蒸好的一锅窝头。所以，娘给他的印象，就只是半边空被窝和一锅窝头。村主任说，你那爹娘啊……

村主任的声音有些哽咽。哑巴低垂着眼帘，面无表情地跟着走。村主任又说，你爹去世前把你托付给我，让我帮衬着给你娶上个媳妇，可媳妇哪儿恁好娶啊，好娶的话咱村就不会有恁多光棍了。

哑巴脑子里浮现出那些老男人，他们常年围着村里仅有的几个女人转，眼睛都因为长期的饥渴而发出一种兽一样的光，一层又一层从女人们的身上舔过，贪婪，不知疲倦。

村主任说，知道你不想出去，不过都过去这么多年了，该出去还得出去，挣点钱，娶个媳妇才是正事。啥事儿还是得往前看，人一想不开就容易入邪啊。

哑巴听出了村主任话里的意思，也听出了村主任话外的意思。话里的意思他明白，话外的意思，他有些明白，又有些不明白。那些浓稠的疼痛、黑暗、惊恐一下子席卷过来。哑巴深深地吸了口气，咬紧牙。他站住身，不往前走了……

2

英子又感觉到那目光了，它像空气一样无所不在、如影随形，并且越来越肆无忌惮。

当她跟别的同学追逐嬉闹时，那蛛丝一般的目光就粘在她跳跃的辫梢上；当她在操场上尽情地舒展身体做课间操的时候，那湿湿的目光沿着她瘦削笔直的腰往下淌，淌过结实的小腿，停在纤巧的脚上；当她埋头做作业的时候，那鼻涕般的目光贴在她的额头、睫毛上，最后滑落到她的嘴唇上。

她的胸腔里慢慢酝酿出一团气，日渐发酵，越胀越大。终于，有一次她猛地抬起头，勇敢地迎上了那目光，电光火石的刹那，那湿黏的目光像蛇信子一样刷地收回到茫茫人群中，像一片叶子隐入树林，又像一滴水滑入大海，消失得无影无踪。

胸腔里的气体快要爆炸了，恐惧和怒气烤得她口干舌燥，继而困惑像大雾一样弥漫开。但是冷静下来，那困惑的核心里便渐渐现出了一点端倪，像一点草芽拱出了土，很快成形。她凭着那点女孩子天生的直觉，隐隐地猜出了这目光的主人，虽然她从没正面与这目光交锋过，但她能感觉到它是熟悉的、每日可见的。

那是一次普通的课间休息，窗外的阳光无遮无拦地泼洒下来，同学们都奔到操场上撒欢去了，那些男孩女孩尽情地嘶喊着、笑闹着，操场上人声鼎沸。教室里只剩下寥寥数人，英子被温暖的阳光一晒，眼皮便沉了起来，她不由得趴在桌子上昏睡了过去。迷迷瞪瞪、半梦半醒间忽然一疼，她的屁股被一只手飞快地捏了一下。英子惊得一下子坐直了身子，霎时从混沌的梦境跌入现实。等她愣怔过来，抬头四顾，却发现身边空空如也，远处只有两三个打着瞌睡的同学。她站起来一扭头，赫然发现身后坐着一个人——李老师。英子的脑袋一片空白，因为这次，她的目光正碰上那束熟悉的鼻涕似的目光，那束总是游移不定的鬼魅一般的目光终于和她狭路相逢了。目光的主人戴着一副眼镜，镜片在阳光下反着光，看不清镜片后面的内容，但那猥琐的目光隔着厚厚的镜片依然让英子心惊肉跳。他忽然咧开嘴笑了，牙齿在阳光下闪了一下，英子从来没有见过那样古怪而恐怖的笑容。她迅速扭过头，把手抚在胸脯上，下意识地安抚那颗狂跳欲出的心脏，身体因为剧烈的惊吓和屈辱抖个不停。怎么会是李老师，那个教课的时候和蔼可亲的李老师？她摇摇头，想否定自己的猜测，她攥紧了拳头，指关节被攥得发白，眼泪大颗大颗地掉在课本上，慢慢洇成一朵形状怪异的花。

再上课的时候，英子已经什么都听不进去了。她缩着肩，把瘦小的身子埋在课桌下，只露出一个头，好像这样会更安全一点。讲台上，李老师正口沫横飞地讲着算术题，英子不敢抬头看黑板，她怕不小心就又跟那鼻涕似的目光狭路相逢，更怕看见那牙齿闪着光的古怪笑容。尽管如此，她仍然能感觉到那目光时不时地掠过她的脸蛋、发梢。她使劲地低头，恨不得连脸也埋进桌斗里。忽然，讲台上那个男人停下了讲课，说，我得找个同学把刚才的内容复述一下。呃，英子，你来说吧。这声音穿透同学们层层的嬉笑私语抵达英子的耳朵，她惊得赶紧站起来，一抬头，又陷进了那束目光中。她低下头，恨不得地上裂开条缝容她钻进去。看到她的窘样，几个调皮的男生哈哈地笑了起来。英子的头低得快和脖子呈九十度角了，她觉得，平时喜爱的课堂变成了一个屠宰场，那束目光正一下一下地将她凌迟。

　　放学铃声响起，同学们都争先恐后地抓起书包，冲出了教室，冲出了学校。英子独自坐在教室里，撕扯着一朵野花的花瓣，一片，两片，三片……八片！她的心咚地被猛击了一下，双数意味着她要走进那间光线昏暗的办公室，那里坐着一个黑魆魆的影子——李老师，他已经在那儿等着她了。

　　就在刚才，放学铃声响起的时候，他悄无声息地走到她身边，弯下腰用手指着她的作业，嘴巴凑到她的耳边说，你的题做错了，放学后你到我办公室来一下。放学铃的声音尖厉刺耳，但也掩盖不住他那阴沉沉滑腻腻的声音，英子的心被这低沉的声音砸出了一个大坑，用再多恐惧也填不满的大坑。

时间一分一秒地流逝，英子颤颤巍巍地站起身，走向那扇黑色的大门。她抬起手，咚咚，咚咚，迟疑而细弱的敲门声击破了放学后的寂静。门吱呀一声被拉开，一个高大的身影挡住了屋里的光线。进来吧。男人的声音里有一丝抑制不住的兴奋。村小学的办公室条件很简陋，几张长桌子上堆满了学生们的试卷、作业，角落处放着一张床，方便值班的老师住宿。李老师径直走向那张床，拍了拍旁边，示意英子过去。英子的头皮发紧，忽然感觉周围的空气里有种浓稠的压抑向自己涌了过来，她的喉咙像被扼住了，发不出声音。她乖乖地走过去，坐在老师身边，身子却保持着僵硬的状态，直直地挺着背。李老师忽然抓起她的手，慢慢摩挲着说，你的成绩虽然不错，但也要经常来我这儿巩固巩固……中年男人嘴里的口臭喷在她的耳边，油腻肮脏得像一块经年不洗的抹布。英子本就绷紧的身子忍不住微微颤抖起来，她的身体好像变成了一座火山，炽热无比。她不用扭头，就知道那束目光正穿透厚厚的眼镜片，从自己的头发往下滑，滑过她的睫毛、她的嘴唇……贪婪得像野兽一样的目光快要把她给吃了。她能感觉到那粗糙的大手滑过自己的手正准备往她的大腿而去。

不！英子的火山终于爆发了。她不知哪儿来的力气挣脱了李老师的手，大叫一声，夺门而逃。身后传来李老师气急败坏的呼唤，她不管不顾，一个劲儿地跑，深一脚浅一脚，像踩在棉花上一样虚飘飘的。她不敢回头，她知道身后办公室黑色的大门像暗夜里的一张大嘴，正准备吞噬误闯进去的猎物，她感觉双腿发颤。

那以后，李老师仍然坚持不懈地以补课、讲作业、改卷子等各种各样的理由让英子去他的办公室，但英子总以要回家干活为由拒绝了。每一次拒绝他，她都能敏锐地捕捉到他眼底一掠而过的气恼和凶戾。

3

不知不觉，初春的空气里多了几丝暖意，柳梢返青了，一些不知名的小野花已经开始探头探脑，春天来了。

这天放学的时候，招弟对英子说，走，我们去李婶家的梨树林，听说花开了。

每年一开春，她们就盼着梨树开花，那粉白粉白的一大片很有气势。一路上，英子蹦着跳着唱着歌，她喜欢春天，更喜欢跟好朋友在一起。她刻意高声唱着歌，想一扫心头的那些阴霾。只是她没注意到，一向百灵鸟似的好朋友招弟有种异样的安静。

梨树真的开花了，雪白雪白的花海连成一片，有种肃杀而决绝的美。她们背靠着树坐下来，英子吸了口甜馥的花香，喝醉了一样慢腾腾地说，梨花的花期太短了，再过两三周就开败了，要是能一直开到夏天多好。

　　秀妹死了。一直垂头不语的招弟忽然硬硬地吐出四个字。它们像四柄冰冷的飞镖将英子死死地搠在了那儿，她动弹不得，只能张大嘴，所有的声响好像都被隔绝了起来，只有这句话的尾音在一遍遍地回响。

　　秀妹的模样瞬间挤满了她的大脑，闹哄哄的。秀妹家是村里有名的超生游击队，秀妹娘因为生育过多，身上的肉像不受控制般四处横溢，愈显得壮硕丰满。她气喘吁吁地扛着那个肥大的肚子，让人看着就担心，好像里面随时还会蹦出一个大胖婴儿。家里孩子多，整天鸡飞狗跳，热闹非凡。秀妹排行老三，没有大的机灵，也没有小的娇憨，是最不受待见的"中不溜"。

　　长期被父母忽视的孩子，要么格外淘气，做出各种顽劣的事只为博得一揍；要么格外懂事，惯会看人眼色，只为换来大人们的几句夸奖。秀妹属于后一种，温顺乖巧得像一只小猫。秀妹上学晚，所以个子比同学都高，有时从背后看，就像村里的那些大姑娘一样。有些调皮男生就喜欢围着她喊"大屁股、大屁股"，可她脾气好，头一扭就当没听见。

　　就是这样的秀妹，野草般不起眼的秀妹，却不知从什么时候起肚子越来越大了，过了冬，棉袄一脱，那肚子愈加呼之欲出。最早发现端倪的是她大姑。她父母得到信儿，从打工的城市急匆匆赶回来，进家看到秀妹，二话不说先是一个大耳刮子扇过去，秀妹的半边脸立马印上了几根通红的指头印，像盖上了一个戳，一个耻辱的戳。

那个夜晚，浸透了辱骂的秀妹悄悄地拉开门走了出去，谁也不知道，从小怕水的她是怎么走进冰冷的河水里的。当她被捞起来的时候，修长身子上那高高凸起的肚子格外触目惊心，就像一个魔鬼施的咒，牢牢地长在了她身上，无所顾忌地接受着村民们目光的检视。

英子想起，上一年秀妹还跟她们一块儿来看梨花，来的时候花已经快开败了，风一过，梨花们便像集体自杀一样，前呼后拥地往下跳。这花看着挺丧气的。秀妹淡淡地说。如今想来，那时的她满眼都是浓得化不开的心事。

想念着苦命的秀妹，招弟和英子不约而同地低声哭起来。透过蒙眬的泪眼望过去，那些雪浪一样涌向远方的花海也变得模糊起来，像是一幅被雨淋湿了的油画，斑驳的油墨正一道一道地流淌下来。有风吹过，梨树们纷纷摇摆着树枝，万千粉白的花瓣飘落下来，像下起了一场凄美的雪。风的呜咽声，绕过扶疏花叶，在她们耳畔唱起一曲低沉的挽歌。

秀妹为什么会怀孕？英子的脑子被这个疑问牢牢攫住。这个混沌未开的女孩真的不知道，哪怕一丁点儿男女间的隐秘。

4

　　秀妹的父母再也无心打工了，他们一天到晚拍着大腿后悔，后悔女儿跳河前没问清楚造孽的人是谁，一大笔赔偿就这样随着傻闺女沉尸河底了。

　　他们被懊悔和仇恨烧红了眼，直愣愣地坐在那儿，一个一个地"过滤"村里的男人。那些面孔在他们的心里被"筛"了一遍又一遍，最终留下来的那个，让他们多日的愤恨终于有了宣泄的出口。

　　哑巴开始感觉出了不自在，平时客客气气的乡亲们见了他都纷纷回避，但他还是能感受到人们的目光像箭镞一样，密织成网。有几个佝偻着背的老太婆，还会远远地冲他吐唾沫。

　　他恍恍惚惚地走在满地阳光里，忽然觉得这几年的时光一下子被抽干净了，他又回到了十二年前。那时人们也是这样冰冷的眼神，这样鄙夷厌恶的表情。他盯着地上寸步不离的影子，仿佛看到了十二年前的那个自己，仓皇如鼠、诚惶诚恐、战战兢兢地跑过满街流矢般的目光，钻进家中，然后把自己和外面的世界牢牢地隔绝开。

　　哑巴看着当年那个卑微怯懦的自己忍不住掉下泪来，可是，他不明白，为什么昔日的时光会重现。

　　很快，秀妹的父母解开了他的困惑。他们摆出了长期驻扎的架势，天天坐在哑巴家门口，一手拿着馍，一手捧着水，在尘灰中边吃边骂。虽然不指名道姓，但句句细听都是朝着他掷来的匕首。

秀妹娘的嘴皮子像薄而锋利的刀片，上下翻飞间就已经切出了整整齐齐的一盘污言秽语。那语调唱戏似的抑扬顿挫，一句句骂人的话新意迭出，不间断、不重样。几个闲极无聊的老头儿老太太甚至专门搬了椅子围着他们坐下，吃着零嘴儿，像看戏一样听他们骂。哑巴家门口从门可罗雀一下变成了门庭若市，天天热闹非凡。也有人私底下为哑巴打抱不平，没凭没据的，咋就赖到人家头上了，欺负人家是哑巴不能还嘴吗？

哑巴依旧出门、下地、做饭、吃饭，遇见谁都像看见空气似的，走起路来背挺得竹竿一样直。他的漠然，给他从头到脚罩上了一层坚硬的壳，所有语言的枪弹，根本伤不到他，他每天就这样若无其事地来来去去，旁若无人。但没有人知道，关上门的哑巴如同一堆坍塌的泥塑、一只被抽去支撑杆的风筝、一摊融化的雪水，精气神坍塌了，只剩下无助的肉身堆在门口死死抵住门。他用力地抱紧膝盖，把自己团成一团，这是婴儿在母亲子宫里的姿势，好像只有用这个姿势，他才能找回一点点微弱的安全感。他不知道这种镇定还能伪装多久，也不知道那层一击即溃的硬壳还能抵挡多久，他感觉自己像掉进了黑暗的深不见底的洞穴，恐惧无穷无尽席卷而来。一扇门之外，那些一浪一浪翻涌而来的污言秽语像是要把他和小屋吞噬。他紧紧地抱着自己，半晌才发现，胳膊上咬出了一弯牙痕，渗着鲜红的血。

　　哑巴的漠然使秀妹的父母陷入了巨大的愤怒，他们焦躁地在哑巴的门前踱来踱去，有人恍惚听见他们愤怒的低吼，死猪不怕开水烫啊？走着瞧！

　　这天晚上，哑巴家里失火了。

　　村主任从乡里开会回来，远远就看到哑巴家一片红光，他一面大声呼喊，一面快步跑向哑巴家。火是从柴垛烧起来的，已经烧毁了哑巴家的篱笆，急红了眼的火舌正贪婪地扑向房屋。这时候，村主任却惊讶地发现，从哑巴屋里跑出来了一个睡眼惺忪的女孩。她迷迷瞪瞪地站在那儿，眼神空洞迷茫，显然有一半意识还停留在睡梦里。人们很快都跑来了，一桶一桶的水泼向火苗，终于没让那火吞噬了房屋。这时候人们才发现哑巴并没有出来。人们打开哑巴的房门，见哑巴坐在床上，好像不知道发生了什么，又好像在等着那场火把自己吞噬。

　　谁也没问火是怎么烧起来的，可谁都知道那火是怎么烧起来的。人们忽然同情起哑巴来，都不停地骂，仍然没有指名道姓，心里却都知道骂的是谁。

　　英子仍然呆呆地站在院子里。人们都奇怪地盯着她，好像她是大树上突然长出的一块肉，突兀怪异，有悖常理。李老师从人群里走出来，上前一把抓住英子的手腕说，走，我送你回家！英子忽然清醒过来，惊恐地大叫一声，拼命想甩脱他的手。忽然，哑巴从屋里冲出来，上去一把扯开李老师，把英子护在身后。人群一片骚动，所有目光都牢牢地揳在哑巴和英子身上，仿佛要把他们钉在耻辱架上。

第二天，村主任马不停蹄，气喘吁吁，先去了秀妹家，又去了哑巴家。他大口大口地吞吐着烟，像一只不知疲倦的蚕，不停吐出烟雾把自己包裹起来。层层烟雾背后的村主任像有了安全感似的，说话的语气也越来越重。

秀妹的事我相信不是你干的，可是起火了你怎么不跑？你真的不想活了？村主任说。

哑巴轻轻地点了点头。其实，当时他真的不想活了，所以他只是叫醒了英子，自己则一直坐在屋子里等死。

火总算没烧起来，这事就不再追究了。村主任说。

哑巴轻轻地点了点头。其实，追究不追究有什么意义呢？就像这么活着，又有什么意义呢？

英子的事我警告你，那可是个孩子啊，别坏了人家名声。村主任又说。

哑巴轻轻地点了点头，其实，他早就这么想了。这么一想，他就不想死了，英子，也许就是他活下去的意义。

英子的确成了哑巴活下去的意义。他盼着她来，没有她的屋子是死的、冷的，如同古墓。可他又怕她来，她只要一钻进被窝，简陋破败的屋子就会被少女身上清甜的气息填满。这气息撩拨着他，让他一动也不敢动，怕一动两只手就会不听使唤，会任性胡为。她离得那么近，小巧的鼻翼轻轻翕动，薄薄的嘴唇像花瓣一样潮湿柔软……有一次，他忍不住伸出手，帮她拨了一下垂到嘴边的头发，刚一触到，他便后悔了。柔软的触感通过指尖刷地直抵内心，轰然爆炸。身体里像燃烧着一个火球，烧得他浑身燥热，几欲爆裂。但他却找不到宣泄的出口，只能痛苦地看着她，死死地看着她。

很多次，他都觉得自己快扛不住了，快要对她伸出手去了。但冥冥中，仿佛有什么力量牵扯着他，让他的手最终停在了空中。他知道，一旦他伸出手，他就将那顶帽子焊死到自己身上了，即使没人看见、没人知道，但他相信，头顶三尺有神灵在看着，那颗心也在看着。

哑巴决定把门锁上。在这之前，这么多年，他一直懒得锁门。一贫如洗，家徒四壁，这个家连小偷都不愿光顾。可现在，他必须要锁门，把她挡在了门外，就是把诱惑挡在了门外，把欲念挡在了门外。

5

英子从小到大的记忆中，父母的存在总是模糊不清。他们常年在外打工，有时连过年都不回来。跟他们联系的纽带就是那个电话机。它就像是一个按钮，拿起它，按钮启动，父母的音容笑貌才会通过隐形的电波幽然传来。

父亲的话总是很少，只是问问奶奶的身体状况；母亲会问得稍微多些，英子总是小心翼翼地回答，不能哭，不能缠着说太多的话，她敏锐地捕捉母亲每句话尾音的颤动，暗暗分析母亲的心情是高兴、平静还是忧烦。虽然不能"观色"，但她已无师自通地学会了"察言"。慢慢地，她总是装出一副成熟的口吻言简意赅地诉说，猪被自己喂得有多肥，鸡一天能下多少蛋，她总是将话筒紧紧贴着自己的耳朵，生怕遗漏母亲的一字一句，也生怕话筒没有传递自己的功劳。有时碰到母亲心情好，会夸奖她一句，闺女越来越能干了。这句表扬被她揣着，在心头捂得暖乎乎的，为此，她能欢喜雀跃一整天。

　　后来，母亲生了弟弟，在家待了一年便又进城了，那一年是英子最快乐的一年。那段时间的母亲，总是像披了一身阳光，温暖而慈柔。英子常常看着母亲喂奶，一看就入了迷，她做梦都想一头扎到那两只肥硕的乳房下，扎进那片流淌出爱与甜的地方。她羡慕弟弟虎子，羡慕那个小小的人儿不用割猪草、喂鸡食，整天躺在母亲温暖柔软的怀里，只需张嘴啊啊两声，便能喝到甜美的乳汁。而她从来没喝过，因为生下她不久，母亲便跟父亲打工去了，是小米汤喂大了她。

　　姐——有时听到虎子拖长声音地喊她，她会莫名地烦躁，经常是不耐烦地应一声，甚至捂着耳朵装作没听见，任他嘶哑着喉咙六神无主地唤她。她弄不清，到底是喜欢这个虎头虎脑的弟弟，还是讨厌他，甚至嫉恨他。

　　如果没有那一天，也许一切都不会变。

　　那个盛夏的午后，所有的蝉都像有了预感，齐刷刷地唱着挽歌，有淹没一切的架势。她拗不过弟弟的恳求，两人戴上草帽，悄悄绕过打瞌睡的奶奶，奔向村外的小河。她躺在树荫里，把草帽盖在脸上，透过草帽上的一个小洞看头顶的天光和绿墨似的枝叶。耳边是虎子戏水的声音，扑腾扑腾，像一尾欢快的鱼。慢慢地，戏水声、蝉鸣声、远远的狗吠声都像尘埃一样飘落沉淀下来，万籁俱寂，她被困意缠住，沉入了梦乡。

　　那是一个很长很长的梦，在梦里，她走入了一条黑暗的隧道，一直走，一直走，却怎么都走不到头。不知过了多久，再醒来，水面平静如镜，波纹不兴，像一个揣着秘密却缄口不言的老人。弟弟玩耍的那片水面上漂着一顶小草帽，像一只怪异的眼睛正死死地盯着她。她跳了起来，疯子似的。

　　弟弟死前的呼救挣扎，都被她那个长长的梦隔绝在外，一丝不进。

　　父母赶回来时，奶奶正坐在门槛上扇自己耳光。一边扇，一边喃喃道，是我没看好虎子，都怪我，都怪我。蓬乱的白发下，两只枯瘦的手左右开弓，啪啪啪啪，清脆的声音割疼了英子的耳朵。英子仰着头，看着逆光而立的父母，不由得眯起了眼睛，他们脸上都凝聚着一团模糊不清的阴影，她忽然觉得他们是如此高大，庞大的阴影把她罩得严严实实。

啪！一个耳光甩过来，她晃了晃没站稳，摔倒在地上。

你为什么不救他？母亲疯了似的冲向她，挥舞的胳膊使她变成了一只巨大的八爪鱼。围观的女人们拽走了歇斯底里的母亲。英子蹲着地上，把头埋在膝盖之间，她第一次发现，眼睛可以制造出那么多的泪水，汨汨不断，快要流成河把自己冲走了。冲走多好啊，她真想时间倒流，回到那个午后，跟着弟弟一起跳进河里，那是她第一次想到死。

可她不舍得死，因为爸妈回来了。两年多没见，她像小鼠一样躲在屋子的角落，贪婪地偷看他们吃饭、干活、说话，不敢靠近，却又时刻不离。母亲开始变得沉默而暴躁，常常拿着虎子的衣服，神思恍惚地坐一整天，英子悄悄地看着她，半晌才发现自己已把指头咬出了血。

父亲待了段时间就去打工了，母亲则留在了家中，因为她的肚子正一日日慢慢膨胀起来。英子觉得，也许弟弟的魂魄舍不得这个家，又回到母亲的肚子里去了。

孩子生出来了，果然是个男孩。母亲一见人就激动地说，是俺的虎子，是虎子。

小弟弟过了百天，父母就带着他进城了。他们走的那天，英子早早地离开了家，她不想在他们面前掉眼泪，她能做的只有躲避。但鬼使神差地，她跑去了村头的高坡上，静静地坐了很久。一直等到看见父母乘坐的卡车开过来，扬起一路烟尘，轰隆隆远去，她的泪才在漫天的尘灰里掉落，一发不可收拾。

她知道，他们这一走，又是几年才能回来。

她总是想，如果没有虎子的死，也许父母会更喜欢自己。好几次，她都背着人狠狠扇自己耳光，疼痛感结结实实地扎进身体里，那种无所依靠的空荡荡的惶恐才会尘埃落定。她紧紧攥着胸前的衣服，无声地哭，腰弯成了一张弓，后悔和内疚像电钻一样在心头狠狠地绞着。

有天夜里，她看见了死去的弟弟。他直直地盯着她，眼神里都是怨愤和忧伤，他满身披挂着黝黑发亮的东西，滴答滴答地往下淌着水，仔细看，竟然是一绺绺的水草。她大叫着惊醒，偌大的祖屋空无一人，月光泼了满地，原来是一场梦。地上隐隐约约地好像有水迹，她揉揉眼，再一定睛，又什么都没有。

她怕极了夜晚，每晚奶奶吃完饭便回屋睡觉。偌大的祖屋暗影幢幢，那些乌沉沉的桌椅，白天只是一堆堆冰冷的木头，一到晚上却活过来了似的，有些桌子甚至时不时还会发出一声长长的呻吟，吱——吓她一跳。奶奶蜷缩在里屋的床上一动不动，英子从不敢靠近她，因为沉睡的奶奶身上总是散发出一种腐朽的气息，就像是墓穴里死亡的气息。

奶奶忽高忽低地打着鼾，偶尔一声长长的鼾声，总会在最悠长处戛然而止，像被人生生扼住了喉咙。她大着胆子凑过去，将颤抖的手指放到奶奶鼻翼下，那几秒钟死寂的时间里，她分明感觉，手指没有感受到一丝气流的冲击。可突然，那具静默的躯体，又爆发出一声高亢的鼾声，这鼾声像一记重拳，打得她连滚带爬，蜷缩在床角瑟瑟发抖。

奶奶已经八十多岁了，村里人都说，这样的岁数是半截子入土的年纪，说不定哪天就被阎王爷招去了。他们还说，这个年纪是能沟通阴阳两界的年纪。所以，英子总是担心，奶奶在这些夜晚，会突然召唤来阴间的灵魂。尤其当听到奶奶神神道道地念着"虎子昨晚来看我了"，英子更是毛骨悚然，寒毛直竖。从那以后，她就生出个念头，要找个伴儿睡觉。她想到了村里的哑巴，他是个单身汉，没有妻子儿女，因为家里穷，晚上都不锁门。其实还有个更重要的原因，那年弟弟溺水，谁都不愿下水去捞，只有哑巴毫不犹豫地跳进了河里，捞出了弟弟的尸体；当她被闻讯而来的奶奶哭喊着打骂时，围观的人群里只有哑巴上前拉开了奶奶。她依稀记得，那一刻他看向她的眼神里，有父亲般的怜惜和关心。

6

哑巴又听到了沉闷的推门声，那一声声钝响，低沉而又执着，割开了暗夜的沉寂。他知道，英子又来了。他心里有一丝隐隐的心疼。前几夜，他都固执地锁好门，任她怎么推都不开，然后他就听到小猫一样低低的啜泣声慢慢远去。尽管这样，她仍然每晚都来，一遍又一遍地推门。真是个犟闺女。他暗想。

这几日，他夜夜失眠。这个睡了几十年的屋子，熟悉到闭着眼都能行走自如的屋子，忽然膨胀到像宫殿一样空旷死寂，桌子是死的，床是死的，有豁口的碗是死的，连床上的人也和死人没啥区别了。他整日神思恍惚，失了魂一样，可不就是行尸走肉嘛。他知道，这都是因为她不在，她就像一尾鱼，有了她，这汪水才有了生气，没了她，就又变成了死水一潭。因为她，他突然体味到了孤独的滋味。在这之前，他一直孑然一身，并不觉得有什么难挨，现在她的缺席，让十几年的孤独加倍地汹涌而来，将他狠狠淹没。

他一听到她的推门声，就不可自抑地坐了起来，但最终还是颓然躺下了。他努力地跟自己的意志搏斗，克制着不去开门，每次听到她抽泣着离去，他才敢打开门，远远望着她瘦小的背影，像打了场仗一般浑身大汗淋漓。

可这次，推门声停止了，外面虽然悄然无声，但他敏锐地察觉到门外有她的气息在流动，她没有哭也没有走，而是坐在了门槛上。他紧紧地贴着门，竟然听到门缝里传来了一种熟悉的声音，是她睡着后发出的细细鼾声。

唉，夜深露重，这犟闺女。他在心里叹了口气，浑身软了下来，那一直跟意志力对峙的坚硬也软了下来，他最终还是拉开了门。

　　她揉揉眼抬起头，忽然快速而灵巧地挤进门，飞快地躺到了床上。他故意板着脸不理她，她却开口说，你像我爸爸。他愣了一下还是没理她，把脊背对着她，耳朵却突然长长了许多，灵敏地捕捉着她的声音。

　　英子紧紧地裹着被子，一种熟悉的安全感很快淌遍了全身，每一寸肌肤、每一个毛孔都变得慵懒安逸。这种放松感让她心里的那扇门悄然打开了，那些无人诉说的恐惧、孤单、焦虑都争先恐后地涌出来，她对着那个沉默而瘦削的脊背，像是对着最亲的亲人，一股脑儿把心里关着的东西都倒了出来。

　　你信吗？我都记不清我爸的样子了，只记得他是方脸。还有，小时候他会拿硬硬的胡须扎我的脸，痒痒的……我知道我妈不喜欢我，因为我害死了弟弟；奶奶也不喜欢我，因为我是个丫头，我没干完活，她就会拿缝衣针扎我的手……我很怕，李老师每天都盯着我……我想爸妈，好想他们每天都陪着我。我很懂事的，我不要衣服和零食，我就想让他们都陪着我，陪着我……

　　她说着说着就迷迷糊糊地睡了，哑巴转过身来，仔细地看着她。女孩的脸明显比几天前瘦了一圈，黄黄的，没有血色，长长的睫毛上还挂着颗泪珠，她在睡梦中也是轻轻皱着眉头，好像那里藏了许多她这个年纪无法懂得的忧愁。哑巴忍不住想伸出手帮她抚平那眉间的忧郁，可想了又想还是没有动。忽然，她发出一声呓语"爸爸"，一只手伸出来抱住了他的胳膊。他浑身一震，可只是一瞬间便恢复了平静。他很奇怪，看着她，他再也没有了以前的情欲躁动，哪怕跟她肌肤接触，相隔咫尺。

他第一次觉得，她还是个孩子。她在他温柔的视线里安稳地睡着，慢慢缩小成小小软软的一团，缩小成一个需要关爱和呵护的婴儿。

7

几声鸡叫划开了黑夜与白昼的交界，也将英子从梦境拽进了现实，她翻身下床蹑手蹑脚地离开了哑巴家。奶奶起得早，她要赶在奶奶起床前回到家。

晨曦初露，天边还挑着弯月牙，村庄像凝固了的琥珀，一片静寂。

英子快步走着，莫名地觉得这静寂里有种无形的压力在迫近她。她猛地停住了脚步，忽然发现面前的地上有条长长的影子，从她的影子旁边斜斜地伸了出来。就像她的身体上又长出了一个怪异突兀的身体，鬼魅一样旁逸斜出。她骇得差点惊叫起来，脚下生风，走得飞快。宽宽的裤边扑扑地拍着光裸的小腿，全世界好像只剩下了心跳的巨响，怦、怦、怦，震耳欲聋。

这是条小路，两边是玉米地，密不透风。只要穿过小路就能到家了，可她却觉得腿像被谁拽着似的越来越沉重，眼一瞥，借着毛月亮的光，她看到那条鬼魅般的影子忽长忽短，越来越贴近她，分明是快要把她吞噬了。近了，近了，那畜生一样咻咻的鼻息声在耳后响起。她的脑袋像被点着了，轰然炸裂。

那一瞬间，她猛然感觉到被那鼻涕似的黏稠目光罩了个严严实实。是他！

英子忽然转过身来，背后的男人也站住了。看到那束目光落到实地幻成人形，她的腿也已经软了，半截身子跟着矮了下来。她嗫嚅道，李老师，你……你……她的舌头被巨大的恐惧粘在了一起，话也说不清，身子像只受惊的小鹿一样哆哆嗦嗦。她低下头，不敢看面前双目炯炯的男人。忽然，英子看到地上那个鬼影一跃而起，将自己的影子吞噬了，她徒劳地挥舞着胳膊抵挡着男人的撕扯，拼尽全力发出一声声尖厉的惊叫。男人的脸因疯狂而扭曲得可怕，他喘息着说，哑巴行，我为什么不行……每一分钟的厮打抵抗，都像千秋万代般漫长，英子的大脑一片空白，一个念头却凸现清晰起来——这个身体原来如此宝贵，那些裤头、背心覆盖着的地方一直想被男人撕开，原来那里就是贪婪之根、欲望之源。她感觉身体像是幻化成了葳蕤而邪恶的丛林，他急切地想闯入，尽管她并不知道哪里有宝藏。懵懵懂懂中，她像是明白了什么，却又不太明白。她的力气渐渐耗尽，胳膊越来越沉重，她闭上了眼，感觉自己像掉进了一个无底的深渊，一直下坠，一直下坠。

咚，忽然响起了重物撞击的声音，闷闷的。她睁开眼，男人那扭曲的脸上满是恼怒震惊的表情，然后一头栽倒在地。哑巴站在他身后，急剧地喘着气，举着一块砖。

她的泪再也控制不住，汹涌而下。哑巴拽起她飞快地跑，他宽大的手掌温暖而有力，驱散了她心中的一切恐惧。他们一直跑，一直跑，跑过阴森的玉米地，跑过铺满朝霞的水塘，跑到晨风的前面，跑到了自家门前。

她忽然想起，每个清晨，她从哑巴家回来，都能感觉到有一双眼睛在不远不近地跟着她、送着她，这目光是温暖的、安全的，所以她才从来不怕走那些昏暗的小路。直到今天，她才明白，那不是自己的幻觉。她愣愣地看着他那竹竿一样瘦削的背影慢慢消失在晨雾里，就像一艘孤独的船驶进了大海。

第二天晚上，她没有去哑巴家。她身体的某个地方在那场激烈的搏斗中被唤醒了。许多困惑迷茫，好像一夜间清晰明了起来了，她于一夜之间长大了，有了脱胎换骨的改变。那个单纯无知的小女孩，已经被那双粗暴的手撕得粉碎。

她蜷缩在床角，偷偷地在被子下抚摸着自己的身体，手指抚过那光滑幼小的丘陵时，她忽然觉得恶心，恶心这具初露女性特征的躯体。她忙不迭翻身下床，找来以前妈妈穿旧的衣裤穿上，她咬着牙攥紧了这些宽大的衣服，企图用它们来遮盖心里的难堪和惶恐。

8

　　英子最后一次见到那鼻涕一样的目光是在那个黄昏，飞鸟倦归，日色将暝，天空呈现出一种怪异的暗紫。

　　下课铃响，李双连在黑板上写完了最后一个字，然后开始收拾东西。不知他是否也预感到，这是他人生中讲的最后一节课，他收拾得很慢很慢，将散乱的粉笔一根一根摆好。教室里泛起了躁动的涟漪，就在这时，门被推开了，三个男人面无表情地走了进来，他们低声在李老师的耳边说了几句话，他的脸像被瞬间抽走了全部血液，变得惨白如纸，他垂着头耷拉着眼帘，像只羊一样顺从地被这三个男人拖走了。

　　临走前，他忽然扭头望了英子一眼。她躲闪不及，撞上了那目光，不禁浑身一凛。那目光里含着一丝怨毒和绝望，像濒死的三角蛇昂起头的那一瞥，令人厌恶又恐惧。教室里一片鸦雀无声，她和同学们像钉子一样被牢牢地揳在了那儿，一动不动。那一刻，她忽然发现他的背驼得厉害，头发几乎全白了。呸，真够老的！她在心里狠狠地啐了口唾沫。

　　村里有人从镇上听来了消息，说李老师是被人告了。再后来，警车在村里来来往往，越来越多的女孩被带走。

李老师很快被定了罪，猥亵强奸幼女，听说要在牢里蹲一辈子了。村庄一夜之间沉默了下来，白天的晒谷场只有稀稀落落的几个老头捧着碗蹲在那儿吸溜面条，那些麻雀一样叽叽喳喳的女孩子，忽然都变成了大门不出二门不迈的闺秀。英子敏锐地捕捉到了这些天村庄的变化，疑惑在她心中像气球一样越吹越大，最终被隔壁张婶的闲谈一下击破。只是她没想到，这谜底竟是那么不堪和沉重。

张婶说，那畜生被审了一夜才哼哼唧唧地承认，祸害的都是些学校的女娃子。有的在地头干活被他撞见了，就被拉到玉米地里了；有的被他骗到办公室，女娃子们哪能想到老师会是畜生啊。听说他从三十多岁就开始糟蹋学生了，现在让他想，很多连名字都忘了，有些长大的都已经结婚生娃了，他还说，就是瞅准这些女娃父母都不在家，没人照看才敢那么干的。真是个畜生，阉了也不亏！

英子拎着一袋刚出锅的枣糕，疾疾地走在去往梨树林的路上。招弟忧愁的脸浮现在眼前。就在昨晚，她说，英子，我要嫁人了，明天我们去看梨花吧，也许是最后一次了。英子想着想着，鼻子又开始酸胀起来。自从村里开始传她和哑巴的流言，招弟就疏远了她，有时还会跟其他同学一样，用鄙夷的目光砸她，她们已经许久没有说过话了。想到这儿，英子心里忽然隐隐地疼，像被一只手使劲揪着。她加快了脚步，枣糕的香气扑了一身一脸，温暖的香气给了她一丝熟悉的安全感。夕阳的余晖在小路上淌成了一条河，英子心事重重地在这条河里逆流而上。

拂开如雪似银的花枝，英子一径往梨树林深处走去，远远地看见招弟低着头坐在一棵梨树下，她披着一件灰色的外套，就像这黑色的土地上长出的一截枯木。她手里拿着一束梨花，正一片一片地将花瓣扯下来，撕得粉碎。

英子张了张嘴，却发现喉咙像被人扼住了一样无法发声。地上的枯木忽然抬起头朝她说，你肯定很想问我为什么要辍学嫁人对吗？告诉你，因为我也被李老师祸害了。

招弟的脸上看不出表情，英子惊得愣在了那儿，手里的枣糕掉到地上，滚落一地，沾满了花瓣和土屑。招弟的声音像冰块，幽幽地从水底浮上来，明天我要去相亲了。我妈说了，我这样的身子再不趁着年轻嫁人，以后就更嫁不出去了，就该成老姑娘了。英子慌乱地摆着手说，不要这样想，不要。招弟忽然抬头朝她嫣然一笑，英子一下子愣住了，她从未见过招弟这样的笑容，像是她的身体里又住进了一个女人，风情妩媚，甚至有些放荡。招弟就坐在满地支离破碎的惨白花瓣中，一直笑，一直笑，笑得身子乱颤，笑得泪流满面。

她说，你知道吗，我差点爱上了那个老流氓，多可笑啊，是不是？还记得他第一次欺负我那天，我真想把柴刀藏在书包里，去捅他几个窟窿，晚上回家我饭都吃不下去，一遍遍地擦洗身子，觉得真脏，真恶心！我多想跟我妈说说这事，多想听到她的安慰，哪怕就一句也行；多想让我爸去学校教训他一顿，让他再也不敢欺负我。可我刚打通电话，我妈就说她很忙，多说一句话就要被老板扣工资，还说过年回来给我买新衣服。我憋了一肚子的话，一句也没说出来。我知道他们在骗我，每年春节他们都不回来，他们总说过年城里的工资翻倍，挣的钱更多。其实我知道，他们早就离婚了，各有各的伴儿，我爸的那个相好还给他生了个男娃。

他们以前总是吵架，我爸骂我妈肚子不争气，我妈也烦心，给我起了个这名字也生不出弟弟。在我们家，没有人会在意我，那天我已经想到了死，农药放在床边半天，我爷爷奶奶都没注意到。是啊，他们都那么老了，还要照顾地里的庄稼，还要给我们姐妹几个做饭洗衣，还动不动三灾两病地往医院跑，哪儿还能注意到我呢，我都替他们累得慌。我每次被老流氓欺负，回家都吃不下去饭，一直躺在床上，可爷爷奶奶根本不管我，最多会唠叨几句懒骨头，每当这时候，我都特别想我爸妈。

只有在老流氓那儿我才能感觉到自己是被人重视和需要的。我每次去他办公室他都特别高兴，还偷偷塞给我零食，给我好看的故事书，虽然他一变坏就会很坏很坏，让我很害怕，但他好的时候真的对我很好。虽然我知道，他不仅欺负过我，还欺负过很多女生，我还知道，秀妹的事也是他干的。可我还是忍不住去找他。我肯定是疯了，肯定是疯了，是不是？

招弟抬起脸，抓着英子的胳膊使劲摇晃。英子不敢看她那张泪痕纵横的脸，只是默默地抓住了她的手。招弟的手冰凉冰凉，有种暧昧不清的黏湿，英子从高处看着招弟焦躁的脸，是悲悯的姿势，但英子心里却奇异地产生了一种共鸣，在这一点上，她们都是一样的，处境是相同的。不就是为了一点点被爱的感觉吗？为了这感觉，她们可以赴汤蹈火，可以做任何事情。在这一点上，村里还有多少伙伴是一样的？英子更紧地攥住了招弟的手，下意识地想把那冰冷一点点焐热。

英子说，你肯定也很想问我为什么晚上要去哑巴家睡吧？其实哑巴人很好，他从来不会像老流氓那样……那样摸我。我只是觉得他像我爸，还像我妈。在他那儿我才能睡着，才不会做噩梦。你知道吗？我每次做噩梦，都会梦到淹死的弟弟站在我面前，他说，姐啊，我好冷好冷，姐啊，都是你把我害的，你也下来陪我吧，我好孤单啊。

英子颤着声说着，眼睛瞪得滚圆，身子微微发抖，好像眼前就站着水淋淋的乌青着脸的淹死鬼弟弟，招弟也感到不寒而栗，拉了拉身上的外套。

英子抽噎着，我能有什么办法啊，我的妈妈爸爸奶奶都恨我，他们都不喜欢我，他们都不知道，我有多怕黑。我只好找个人陪我睡，不管是谁，只要是个大人躺在我身边，我就能睡着了。英子把头埋进膝盖间，小声呜咽着。招弟伸出胳膊，轻轻地抱住了她抽动着的瘦削的肩膀。

那坨枣糕的热气已经被黄昏的寒气吸得一干二净，像团污秽暗红的血块横陈在地。英子平静下来，沉默了一会儿说，下周我们还来看梨花吧。招弟凄然一笑，那时梨花估计该落了吧？

英子死死地咬着嘴唇，她实在想象不出，还像孩子一样的招弟竟然要结婚了，竟然要成为大人了。她忽然感觉眼前的招弟像张薄纸一样被风吹得很远很远，像跟她隔了万千云烟。招弟的脸上仍然挂着笑，那笑像冬季擎在枝头的一朵残菊，惨淡凄冷。英子不忍再看，道了声再见便转身欲走。忽然，背后传来招弟幽幽的声音，你知道吗？媒人介绍的那个男人，一只眼是瞎的。

英子回过头，她看到招弟不再笑了。她第一次发现招弟的眼睛那么大，整张脸瘦得只剩下两只黑洞似的大眼，绝望地盯着她，一眨不眨。

英子咬住嘴唇，快步往回走，她提着一口气飞快地走，简直是夺路而逃。一直走到很远，她才停下来，抚摸着胸口，大口大口地喘气，可一停下来，招弟凄然的声音又响起在耳畔，他一只眼是瞎的，一只眼是瞎的……她的脑袋嗡嗡作响，浑身冰冷，简直是逃命一样地奔回了家。

英子变得越来越沉默了，她一放学就急匆匆地赶回家，不在外面疯玩，做完作业就沉静地坐在那儿喂鸡、洗衣服。奶奶对人说，这孩子有心事了。

9

英子走出校门总是能看见哑巴，他的头发蓬乱，在风中像团燃烧着的黑色火焰。她总是朝他笑一下就走开了。不知从什么时候开始，他们之间变得生分起来。他总是远远地跟着她，目送她安全地走进家门才转身离去。

哑巴的事，英子是断断续续从乡亲们那儿听来的。她把这些零碎的信息穿成串，就变成了一个陌生的哑巴。

哑巴以前并不哑，是村里为数不多的高中生。有人说，哑巴上学时是个聪明娃子，成绩很好，歌唱得也好听。可那年高考他没考上，家里穷不愿再出钱让他复读，他就跟着村里的几个小伙子，去城里的建筑队给人盖房子。那时的哑巴浓眉大眼，长得有点像电视里的一个明星。

有天晚上，包工头的女人大哭大叫，说哑巴把她按在砖头堆里要强奸她。包工头气得要命，找人把哑巴痛打了一顿，打得他满嘴满脸的血，还把他扒光了用绳子捆着，在工地上捆了三天。三天过后，包工头捆着赤身裸体的哑巴，送回了村庄，满村的男女老少倾巢而出，围着哑巴，指着他两胯间那死蛇一样软塌塌的一团，议论纷纷。哑巴把自己往屋里一锁，这一锁就锁了整个秋天。再出来时，就变成哑巴了，这么多年，没有说过一个字。后来他就守着他的祖屋和几亩薄田，一直留在了村子里。

有人说，哑巴真的想强奸包工头的女人；有人说，是那女人勾引不成，恼羞成怒设的圈套想整哑巴；也有人说，根本没那回事，是包工头想赖哑巴的工钱……但不管是啥原因，村里人都慢慢地将哑巴定性为危险分子、臭流氓。他种的菜经常有人偷偷去摘，下暴雨，他晒的粮食来不及收，也没人帮他。

英子一直想象着哑巴被打时的情景，心里有个地方很疼很疼。她忽然觉得，这么长时间以来，在她心里，哑巴已经是她的父亲和母亲了，他代替他们给予她最想要的温暖和安全感。她不相信哑巴会做出那种事，她坚信他是被诬陷的。她结结实实地心疼他，就像心疼自己的父母。

这个傍晚，她走得格外慢。忽然，她停了下来，扭过头眯着眼远远地看着跟在后面的哑巴，她说，我有事要告诉你。哑巴走过来，目光躲闪着不敢看她。英子低着头，踢着地上的小石子，慢慢地说，我明年可能要走了。

哑巴手里正攥着一袋包装很花哨的糖果，她的话音刚落，那袋糖就掉到了地上。他忙不迭地捡起来，慌里慌张地拍着上面的土，一双手抖得厉害。她有些后悔，不敢看他那恓惶的样子，小声说，我奶奶说我爸妈下星期就要回来了，可能要把我接到城里去念书。她努力压抑着声调，可还是透出了掖不住的想跟人分享的欢喜。哑巴的脸上缓缓地浮现出一抹怪异的笑，嘴角像是被人硬拽着往两边扯，笑得勉强凄凉。她不忍再看，转身想走。他忽然一步迈过来，把那袋糖塞到她手里，然后一脸殷切地看着她。

　　她忽然明白过来，他陪她回家的这些日子里，每天他都拎着这袋糖果，却一直没勇气递给她。她掏出一颗，那包装纸上印着一串好看的英文，这显然是在镇上的商店买的。他为她做的事她都知道，他几个月里唯一一次去镇上，不是只买袋糖那么简单，他为她解决掉了最大的恐惧，让她再也不用害怕走夜路。

　　英子小心地剥开糖纸，糖果滑进嘴里，甜蜜迅速融进了血液，她脸上绽开了甜甜的笑容。真好吃！她在微凉的风中朝着他笑，他也笑了。傍晚的风很轻柔，夕阳像个巨型的罐子，倾倒出浓稠的橙黄色蜜汁，他们像两只被裹在蜜汁里的小虫子，一动不动，静静地站了很久很久。

　　那一个个相依相偎的夜晚所带来的温暖和慰藉，都乘着晚风，插上翅膀飞回来了。他们吃着糖，沉浸在这温暖里，恍惚间，好像远离了世间所有的孤独和悲伤。

10

　　父母回来那天，英子坐立不安，一会儿站起来，把光可鉴人的桌子再擦一遍，一会儿又跑到门口张望。像是绷得紧紧的弦，只要一听到开门的声音，立马就会射出箭来。可当他们真的进了门，她却又拘束起来，怯怯地站在屋子阴暗的一角，像一棵蔫头耷脑的小草。

　　奶奶过来拉她，她仍怯生生地不敢靠近，奶奶讪讪地说，这丫头天天盼着你们回来，回来了咋这副死样子。父亲卸下行李，瞥了她一眼，说，白吃几年饭，没啥长进，这闺女从小就养不熟。英子的胸口闷痛一下，痛得眼泪差点流出来。

母亲牵着一个小男孩慢慢走进来，肥硕的身子膨胀成了以前的两倍，她的背后是恣肆的阳光。英子眯起眼睛，却骤然被惊得张大了嘴，母亲的怀里竟然还抱着一个婴儿，他被布条紧紧地绑在母亲身上，像一只硕大的软体动物，牢牢地吸附在母亲身上。

这顿晚饭吃得既热闹又冷清，婴儿不时啼哭，小弟弟已经长到了"狗也嫌"的年纪，窜天猴一样四处乱翻，吃几口饭就要跳下凳子跑一会儿。父亲一会儿抱怨婴儿的吵闹，一会儿叱骂弟弟。剩下的几个人都默默地扒着饭碗，英子不时偷偷地看看父母，当快触到他们的目光时，她又赶紧低下头，藏起自己近乎贪婪的视线。奶奶没吃几口，就说没胃口回屋去了，紧跟着父母也进去了。没多久，奶奶苍老凄怆的哭声便穿过墙壁，回响在屋子里。我连自己都养活不了，还要照顾地里，照顾畜生，照顾这俩娃子……你们是想累死我啊。

妈，我们整天照顾孩子，都没法去挣钱了，您拉扯几年我就把他接到城里去。

我不信！你们以前说过等英子大些了就把她接到城里上学，咋还没接走啊？我都半截子入土的人了，真管不了那么多了。你们不带我去城里享福，还给我再添个负担，盼着我早死呢？

啪！母亲铁青着脸摔门而出，将奶奶的哭声狠狠地甩在身后，她一眼看见立在门旁的英子，使劲剜了她一眼。英子吓得浑身一抖，立在那儿一动也不敢动。

小弟弟的跋扈是英子没有料到的，他会突然揪一下她的长辫子，再飞速跑开，或者满院子追着砸她最宠爱的母鸡阿黄。当英子发现那袋糖果不见时，已经晚了，弟弟正将袋子里最后一颗糖塞进嘴里，一双脚踩在地上狼藉一片的糖纸上，得意扬扬地哼着歌。她冲过去一把将他推开，蹲下身去捡地上的糖纸。他躲闪不及，胳膊撞到床沿上，哇哇大哭起来，一边哭一边大叫，姐姐打我。

母亲飞快地冲进来，一把抱住弟弟仔细检查。英子颤着声说，我没打他，我没有。母亲抬起头盯着她，英子的后背爬上一丝凉意，母亲的眼神唤醒了久远的记忆，她忽然明白了，这么多年，母亲仍然没有原谅她。

你害死了虎子，还想再害死一个吗？母亲阴冷的声音响起。英子大惊，连连后退说，不，我没有。

母亲忽然长吸了一口气说，你奶奶年纪大了，照顾不了你了，你也大了，该出去挣钱了。一个闺女家的，学上得再好也没用，学学你六婶家的闺女，年年寄回来大把的钱供兄弟们上学。

英子的头像是被人猛砸了一棍，蒙蒙的，一切声响都沉了下去，只有母亲的嘴唇分外鲜明起来，那翕动的嘴唇里继续吐出不紧不慢的话，我们这次回来就是想跟你商量，你六婶家的闺女在深圳干得那么好，让她带你去历练历练吧。

英子的脑海里瞬间挤进来一张女人的脸，她其实也不过十八九岁的年纪，却画着妖艳的妆，血红的嘴唇，黑洞洞的眼睛，走起路来一扭一扭的，像个三十岁的妇人。母亲竟然让自己跟着她去那么远的地方打工！

英子像被抽走了所有力气，腿软得快站不住了。她本能地想跑出门去，一扭身，奶奶和爸爸不知何时已站在了背后，他们站在光线昏暗的门口，泥塑似的一动不动，蜡黄的脸上没有一丝表情，他们周围的空气都仿佛凝固成了铜墙铁壁，而她就是困在这堡垒里的飞虫。

她忽然明白过来了，原来父母回来，并不是接她去城里上学，而是要她像六婶家的闺女那样去挣钱。他们早就商量好了，只有她一个人被蒙在鼓里。谁都可以掌握她的命运，只有她自己不能，死也不能冲破这铜墙铁壁。他们都要活着，只有牺牲她，他们才能更好地活着，这个家如果有人要牺牲，只能是她，必须是她。

英子忽然不知从哪儿聚集了满身的力气，像只牛犊子一样猛地冲出门去。一天中最亮的光线正乘着晚霞慢慢沉下山脊，她疯狂地跑，拼尽全力地跑，跑过一座座房屋，跑过一群群牛羊，跑过归家的农夫，跑过长满青草的池塘。

很多晚归的人，都惊讶地看着这个女孩一边像疯子一样飞跑，一边号啕大哭，鼻涕眼泪糊了满脸。他们都被她悲伤的情绪感染，忘了正在做的事，呆呆地看着。

她一溜烟跑到村外的梨树林，果然如招弟所说，梨花都谢了。有的枝头还残留着一些花瓣，风一吹，纷纷扬扬，如雪似雨，像是天地间正举行着一场葬礼。她觉得心一揪一揪地疼，这么美丽的花，开放的时间却这么短，就这样消逝在风中了。疲倦袭来，她腿一软就躺在了满地柔软的花瓣里。

口袋里什么东西硌住了她，凉凉的，硬硬的，一摸，是一柄小鸟形状的刀，那是儿时母亲给她买的。她拿起小刀在手腕上试了几次，终于狠心一划，血蜿蜒而下。所有委屈伤心狠狠地冲击着她孱弱的身子，她再也忍不住了，抱着肩膀放声大哭起来。

忽然，小腹下面一阵潮热，一股温热的液体，缓缓地顺着大腿根往下流淌。英子掀起裙子，内裤已洇透，一股鲜红的血像条艳丽的毒蛇一样正顺着大腿，慢慢爬向脚跟。手腕上的血越流越多，像是急于和身下的血会合。她恐惧到极点反而安静下来，一动不动地躺在满地青草里，像一片苍白纤薄的梨花瓣。

她想起那年秀妹来看梨花时的眼神，那么凉，像雪地上的月光。泪水无法自抑地不停涌出，那里好像生出了两汪泉眼，源源不断，无穷无尽。回忆里的碎片都像飞鸟一样，在脑海里一一掠过。晚风吹过，雪白的梨花一片一片地飘落到她身上，像是要把她葬在大地深处。

泪眼模糊中，她看见哑巴远远地向她跑来，一边跑一边喊，英子，英子……

原来，哑巴真的会说话，她默默地想。

（原载《莽原》2018 年第 2 期）

监控

1

周五的阳光无精打采的，好像在天上值了一周的班，到了周末也想偷一下懒，光和热有些懈怠。

肖建飞醒来后，仍觉得一身疲倦拂不去。这几天上级相关单位走马灯似的来检查验收，作为办公室主任，他要写材料、搞接待，还要准备会议事宜，忙得脚不沾地。终于在昨天晚上送走了各路神仙，十点半回家，倒在床上就沉入了梦乡……

听到妻子白璐催促，肖建飞蔫头耷脑地从床上爬起来，慢吞吞地去洗漱，打算好好吃顿早饭，晚点儿再去上班。

女儿已经上学去了，白璐坐在餐桌边，一边吃煎饼，一边看手机。周五对白璐来说格外闲适，因为她的课在上午最后一节，晚点儿去学校也无妨。

　　肖建飞在餐桌前坐下，也打开了手机。都说夫妻在一起生活时间长了，生活方式会变得越来越像。现在，他们两人都披着一身朝晖，重复着同样的动作，像流水线制造出的两个机器人。这么多年，肖建飞早已熟悉了这样的生活，他噘尖了嘴吸溜着碗里的热粥，眼睛瞄着朋友圈里朋友们的动态。

　　这年头，不需要跟人交谈，只要看看对方的朋友圈，他的职业、性格、喜好、社会地位就能知道得八九不离十。肖建飞讨厌这种毫无隐私的生活，所以他很少发朋友圈，但他却喜欢躲在手机后面窥视别人的动态——某某装修了房子、某某得了个小奖、某某带着老婆孩子去海南了……虽然也经常觉得无聊。他知道朋友圈就是展现给别人看的，说白了，就是个大秀场。

　　白璐忽然叫道，还有这事啊，真恶心……

　　咋了？肖建飞漫不经心地问。

　　刚看了个新闻，一对情侣去外地旅游，回来不久就发现他们做那事的视频被传到了黄色网站上。报警后一查，原来他们住的那家民宿里安有针孔摄像头。警察审问民宿老板，老板还不服气地说大部分民宿和宾馆都安的有，凭什么只查他家？看看，什么世道啊！白璐一边用纸巾擦嘴，一边看着手机愤愤不平。

　　肖建飞的脸色早已变得僵硬呆滞，像刷了一层胶水，有种凝滞而牵强的平静。他喝完最后一口粥，匆匆站起身上班去了。

　　直到挤上地铁，肖建飞脸上胶结的平静才碎了一地。在众多陌生人面前，他放下了所有防备，深深地叹了口气，惶惶然掏出手机，又惶惶然放进手提包里，一时不知道该做些什么。四周贴满了人，背后是两个年轻女人，两种香水味一边打架一边争先恐后地往他鼻孔里钻；身侧站了个高个子男人，一脸漠然，像门神似的俯视着他。肖建飞想掏出手机搜索"民宿偷拍"，可想来想去，始终没有勇气付诸实施。

　　他不敢想象，如果他搜索那些新闻，面前的男男女女会怎么看他、怎么想他。毕竟他是个体面人，是个在国家机关工作的公务员，他可受不了被人用那种惊诧鄙夷的异样眼光去注视。肖建飞下意识地挺了挺胸，抻了抻发皱的衣角，长呼一口气。

　　地铁飞速向前滑行，窗玻璃上映出肖建飞的脸，他和众多的陌生人一样端着一张面无表情的脸，把汹涌澎湃的心情都藏在这张脸后面。他久久地看着这张脸，一动不动。

　　终于坐到了办公室里，肖建飞迫不及待地掩上房门，打开电脑。

　　情况比想象的更可怕，密密麻麻的新闻都在讲述现在的偷拍技术有多么发达，那针尖一样细小的微型摄像头隐藏在插座里、烟雾报警器里、机顶盒里、吹风机底座，甚至墙上的螺丝钉、卫生间的盆栽，简直上天入地，让人防不胜防。更可怕的是，这些不法人员利用无线网络将拍下的影像实时上传，这边你在颠鸾倒凤，情意缠绵，那边就已经传到了各大直播网站，你们的爱情动作片正变成一餐美味，被屏幕前那一双双贪婪兴奋的眼睛享用着，你不知道有多少陌生人会指着你们的器官、你们的姿态谈笑着、评论着、意淫着。还有，大多数偷拍设备都能录音，你们的喃喃情话、娇喘呻唤都会被送到别人的耳朵里，没有一丝隐私可言。

肖建飞腾地站了起来，全身的血液好像被点燃了，烫得他五脏六腑、四肢百骸皆灼烧不已。他迅速关掉网页，焦躁地在办公室里转悠。

怎么办，曾去过的酒店和民宿有没有摄像头？

前几天他和李妍去贵州玩，那几天晚上都住在一个叫"云水山居"的民宿。这个民宿坐落在半山腰，庭院深深，泉水淙淙。推开窗就可拥山岚入怀，以鸟啼洗耳；室内布置得很有艺术气息，墙上悬挂着水墨山水的长幅纱帘，地上摆着蒲团，桌上还有文房四宝；食宿价格亲民，服务周到。只是，那画框后面、吊灯上面、攀缘了满墙的花瓣下面、葱茏的绿植里面会不会有摄像头？

肖建飞像一头被困在笼子里的狮子，焦头烂额地走来走去。他不知道该不该把这件事告诉李妍，两个人一起顶着这压力，会好过一点儿，不是吗？

偷情的是两个人，凭什么由自己独自承担？他近乎无耻地想。

肖建飞掏出手机，翻出李妍的微信。她的头像是一只猫，猫乜斜着眼看着他。她就像猫科动物，柔软、妩媚、若即若离。肖建飞的手指在输入框里停留了半天，还是不知道怎么跟她说，便随手打开了她的朋友圈。

李妍展现给他人的生活永远都是精致、唯美、时尚、优雅的。她有时穿着羊毛长裙、围着披肩在异域的小镇漫步，有时在健身房展示着玲珑有致的身材，有时晒与闺蜜的合影，背景总是咖啡馆、瑜伽中心、花艺馆或者大型购物商城，她的笑容总是灿烂得好像要溢出屏幕来。然而，只有肖建飞知道她笑容背后那黑洞一样的寂寞、那伤心凄冷的哭泣。在一起的几个夜晚，激情过后的缱绻缠绵中，她抵着他的肩膀，碎碎地诉说，低低地啜泣，他的皮肤吸收了她温热的泪，让他总觉得浑身黏湿湿的，好像也浸透了她的悲伤。

肖建飞正斟酌着字句，李妍的微信倒先发过来了。

在干什么？

他愣了一下，马上回复道，想你。

又贫嘴，我才不信呢。

这个"呢"字拉出了余音袅袅的娇羞之意。肖建飞最喜欢李妍这种小女人的样子，每每读到徐志摩那句"最是那一低头的温柔，像一朵水莲花不胜凉风的娇羞"，他总能立马想到李妍。他一直觉得李渔的话说得很对，女人之美，在骨而不在皮。当年他选择白璐，也是因为白璐有一点这种含蓄的娇态。可结婚多年，当白璐上厕所不再掩门，做爱时先脱得赤身裸体，横陈床榻，肖建飞就知道，白璐的那点娇美早就被婚姻挫骨扬灰，连渣都不剩了。可眼下他无心再与李妍调情，他皱着眉头揉了揉太阳穴，又斟酌了一下字句，委婉地告诉了李妍今早得到的这些信息。

李妍的紧张反应超出了他的意料，她先是发了一个感叹号，然后是一连串的问号：怎么办？怎么办？他还没来得及输入安慰的话，她的电话便打过来了。他的眉头锁得更深了——真是急昏头了，都忘了他们曾经的约定：在单位她只能给他发信息，不能打电话。

喂，你不要这么紧张，也许没拍到我们，又不是每个酒店和民宿都安有摄像头。肖建飞安慰她说。

万一呢？万一被拍到了呢？万一被我老公、熟人看到了怎么办？别忘了我们住过很多民宿，新闻上说民宿里偷拍的最多。天哪，我都不敢想了……李妍的声音里带着哭腔。

肖建飞不禁在心里抱怨，是你喜欢住民宿的啊，总说民宿又方便又有情调。但嘴上却轻声劝慰，没事的，应该没事的，我们不会那么倒霉的。

忽然，门外响起笃笃的敲门声，肖建飞慌忙挂断了电话，说了声"请进"。

进来的是小王，刚毕业的大学生。

肖主任，这份文件需要您盖章，您看看。

肖建飞一边盖章，一边偷眼打量着小王的表情，男孩表情很自然，也许没听到什么。他们离得很近，他能闻到男孩身上散发出的蓬勃的青春味道，能看到他的头发像新生的草芽一样新鲜生猛。看着他离去的背影，脚步一弹一弹的，像随时能跳起来，肖建飞不禁想起了自己上大学的时候。

2

肖建飞出生在一个普通的农民家庭，大学时的他也是这么青涩。他家境普通，能力也普通，既没在学生会混个一官半职，也不像学霸们，攒了一大摞证书和奖学金，他只能拿着那点不多不少的成绩泯然众人矣。唯一可圈可点的是，他撞脸某男明星，相貌还算帅气。李妍是他的同班同学，一入校便因美貌而成名，即使在这个女生偏多的师范类大学，李妍系花的地位也是无人可撼动的。

肖建飞第一次见到李妍，是在迎新晚会上。她从容上台，用吉他弹了一首很小众的歌，偏偏他听过那首歌，还很喜欢。他的心一下子便被巧笑倩兮美目盼兮的李妍俘获了，大学四年从来没有移情别恋。而在这四年里，李妍也没有谈过恋爱，虽然她身边从来不缺追求者，她也从不拒绝那些蜂拥而至的情书和礼品，但她没有接受过任何一个男生的追求。肖建飞隐隐觉得，李妍的心就像秋天的云，缥缈高远，她要缠绕的是直入云霄的高山，而不是低矮的丘陵。学校里的男生都只有充足的荷尔蒙、旺盛的精力，却没有她真正想要的东西，而这些却是他过了很多年才明白的。

毕业的前一学期，肖建飞辗转反侧了几个晚上，不甘心就这样结束没有爱情的大学生活，他想为这四年光棍生涯画上一个句号。他知道这是一场赌博，赢了，他将抱得女神归；输了，就将彻底失去她，连朋友都没得做。但是，他愿赌服输。

那是一个雪天，肖建飞不敢在女生宿舍楼下喊李妍，更不敢让宿管阿姨通知她下来，只有傻傻地在楼下等。雪一层又一层地覆盖了他，彻骨的寒意像细小的芒刺钻进他的身体里，他的手脚很快便被冻得失去了知觉。他整个身体都是冰冷的，只有那颗心像加了油似的燃烧得滚烫火热，不断升腾起一种奇异的快感，好像这种自虐会让他更清醒地认识到自己的内心。来来往往的女生都好奇地看着这个"雪人"，窃窃私语。就在他快要支撑不住的时候，李妍姗姗而来。肖建飞睁大了眼睛，他抖擞抖擞精神，准备把胸中的那团火淬炼成一支丘比特之箭狠狠地射向她。可当他颤抖着冻成石块的嘴唇准备表白时，李妍却忽然嫣然一笑，拿出一块巧克力递到他面前说，听说今天是光棍节，这块巧克力我们分着吃吧，我们这两个世纪大光棍一起庆祝，祝福我们毕业后都能遇到合适的人。

李妍一边低下头浅浅地微笑着，一边撕着巧克力的包装纸。

肖建飞面如死灰，耷拉着脑袋，耳朵里回荡着她的声音，她把"合适"二字咬得很重、很清晰，他不是傻子，知道她在聪明、委婉地拒绝他。

虽然早有准备，但这种巨大的挫败感还是让他无法承受。他忘了自己是怎么一步一步挪回宿舍的，只觉得浑身像被冰雪浇注了一般，胸中的那团火成了冷烬，整个人从里到外，冷得结结实实、刀枪不入。

在李妍巧妙的处理下，他们仍然是好同学、好朋友，肖建飞仍然会帮她做些小事，打个饭、拎瓶水、占个座等等。她仍然心安理得地接受着他的关心，从不拒绝。一切都如行云流水般自然顺畅，仿佛他们之间从没有出现过那块掰开的巧克力。

毕业后，他们各奔东西，肖建飞留在北方，而李妍则飞往南方，他们像两条并排的铁轨，毫无交集地伸向远方。

肖建飞再次见到李妍，是三年以后，她给他寄来了结婚请柬。请柬是高贵典雅的淡紫色，他颤抖着手打开散发着馨香的封面，一对新人的卡通头像一下子弹到眼前，兀自在弹簧一端恶作剧地颤颤着笑，他吓得手一松，请柬掉落在地上，四个烫金大字格外刺目：百年好合。

肖建飞穿上自己最好的西服，脸上挂着一种视死如归的凄凉的笑，坐上了开往南方的列车。他故意选择不坐卧铺坐硬座，不是为了省钱，只是想用这种近乎自虐的方式，来对抗自己内心深处的痛。一路上，他始终看着窗玻璃上倒映着的自己的头颅，它被刺入茫茫的麦田、笔直的杨树、繁星似的灯光，一路向南。他只觉得自己的头颅被刺穿再合拢，合拢再被刺穿，那些和李妍有关的往事如火星般四散开来……火车开了一天一夜才到达她所在的城市，他早已累得如同被掏空了全身的力气，站也站不起来了。

肖建飞迟到了，婚礼已经开始了。他被安排在一桌女宾当中，这一桌女宾都是他和李妍的大学同学，这些昔日青涩普通的小女生如今都打扮得花枝招展、争奇斗艳，他看着她们熟悉的面孔，紧张的心情慢慢平复。

女人们兴奋地叽叽喳喳，讨论着这场婚礼的花费。肖建飞也瞠目结舌，场面的奢华出乎他的意料，他恍若掉进了一座水晶宫，全场都悬挂着粉色的奥地利水晶球，坠着雪白喷香的羽毛，香风阵阵，暖意袭人，珠玉堆叠，璀璨生辉。李妍在无数的灯光焰火特效的加持下，如下凡的仙女一般缓缓出场，她手指上的那枚鸽子蛋，在灯光下耀眼夺目，像一颗子弹一样击中了他，他忽然觉得周遭的一切都变成了默片，人们无声地笑着、闹着、鼓着掌，只有他，捧着一颗鲜血淋淋的心无所适从。

李妍微笑着顺着红毯往前走，气定神闲，颇有贵妇气质。红毯尽头缓缓迎来一个男人，他上前挽住李妍的手，和她相对而立，含情脉脉地看着她。

不会吧！

旁边不知道哪个女同学惊叫出声，声波又戛然而止，被捂了回去。

肖建飞也不禁失色——新郎有五十多岁，都能当李妍的爹了。虽然头发染得黑亮，礼服簇新而笔挺，但那沧桑的老态仍然透过他的整个身体洇出来。肖建飞愣愣地看着他，只觉得那颗鲜血淋淋的心又被人补了一刀——她宁愿嫁给一个老男人，也不愿和自己谈恋爱！

看你们眼睛都要掉出来了，我早知道了。席间一个女同学倒是波澜不惊。

说说，到底怎么回事？众女宾的眼睛都收回来，聚焦到那个女同学脸上。

她举起杯子小抿了一口，清了清嗓子，低声说，李妍刚毕业时找的单位不好，日子过得穷哈哈的，不知怎么认识了这个大老板，有钱得很。他们认识没多久，这老头就找前妻摊牌，要离婚。这前妻也不是吃素的，找人跟踪恐吓李妍，不过李妍根本不吃这一套，硬挺着。后来这前妻被逼得熬不住了，就答应了离婚，不过她有个条件……

什么条件？众女宾的眼睛像吸血的蚊子似的死死地盯着她的脸，肖建飞的心忽然像被一双无形的手揪了起来，他隐隐地嗅到了这背后暗藏的一缕寒意。

这女同学四下看了看，对众人得意地一笑，低声说，他前妻的条件是这老头永远不能跟李妍生孩子！

众女哗然，叽叽喳喳地议论纷纷，脸上都挂着狂欢似的潮红，同情中伴有极大的满足感。

肖建飞却像沉入了冰冷的海底，隐隐感到四周逼来了缕缕寒意。他遥遥地望着海面上的李妍，她的面孔被水波摇曳得支离破碎、模糊难辨。肖建飞碎了的心被一双无形的手攥了起来，越攥越紧，越攥越紧。

后来李妍就从公司辞职了，现在是全职太太。

啊，不上班了？

唉，大学都白读了。

就是，完全依附男人不好吧？

像只金丝雀被关在笼子里，啧啧……

听着女人们七嘴八舌的议论，肖建飞感觉自己像被浸在了醋坛子里，周围都是泛着泡的醋水，浸得他的心里也有了一种说不清道不明的酸意。

肖建飞暗想，如果他处在李妍这个位置，他会不会也义无反顾地做一个全职太太？会，一定会的。他为自己的想法吃了一惊，耳朵慢慢热了起来。他赶紧喝下一口冰凉的香槟，视线越过众人看向李妍。她是今晚的主角，迷幻的灯光在她的脸上投射了一层光辉，让她看起来神采奕奕，好像浑身都在发光；她笑得贤淑温婉，纤细的脖颈像白天鹅一样优雅地微微弯着，看起来高贵而迷人。他眯着眼看着李妍，不禁想起她刚进大学时的样子。

那时的李妍梳着两条小辫子，怯生生地跟在她母亲身后，好奇地东张西望。那廉价的衣着、土气的发型，无不泄露着她的出身——她和肖建飞一样，都是来自小地方的人，眼睛里都带着几分心虚。每每想起这些，肖建飞就觉得心头有一丝暖意，他始终觉得李妍和自己身上都烙着一个印记：贫穷。他借此拉近和她的心理距离，不断暗示自己：她不是高贵的牡丹，是路边的野雏菊。

李妍倒是率直，在他面前从不掩饰。他们一群同学去逛街，她能为了十元钱和卖衣服的商贩争得面红耳赤；去食堂打饭，也会为打菜师傅多给了几块肉而开心不已。他见过她没钱时的窘态，也格外能理解她因为贫穷而从心底生出的那股狠劲，像凌霄花一样为了攀缘能够舍弃一切和抓住一切的狠劲……只是，他也有一丝和女同学们一样的不愤，凭什么，就凭一副皮囊？他竟可耻地发觉，自己冰冷的心里正缓慢地升起一丝隐秘的快乐，谁让你选择老男人，这就是代价！

肖建飞既羡慕又嫉妒，还有些许鄙视，独独缺的是为李妍高兴。他想，歌里唱的"只要你过得比我好"都是假的，真正看到她过得这么好，有财富、有地位，他只觉得像吞了枚未成熟的酸枣，哽在喉中，咽之不下。

3

　　李妍不知道自己是怎么挨过这一天的。她开着车在城市里乱转，漫无目地游荡，周遭的一切都变得陌生起来，那种久违的漂泊感又回来了。

　　刚来这座城市的时候，它以一种高傲的姿态俯瞰着她，看着她不停地求职，四处碰壁。李妍后悔上大学时只顾着玩了，为什么就没想着考研、考博呢？只凭一张薄薄的本科文凭，自然找不到理想的工作。多亏天生一张好脸蛋，才找到一份文秘的工作，她都不好意思跟别人说——小秘，说出去，谁知道那些爱嚼舌根的人背后会怎么编排她呢。

　　工作比想象的要忙，李妍常常加班到深夜，然后踩着自己的影子孤零零地回到出租屋。那时，她就总看着马路上的车流发呆，这流光溢彩的洪流对岸是一座座高楼，密密地挂着橙黄色的灯光。只要一看到这万家灯火，她心里就像大风刮过一样冷清恓惶，灯火代表着温暖、阖家幸福，然而，这只属于那些真正在这个城市扎根的人，作为一个外来者，她只有深入骨髓的漂泊感。

　　李妍也想过听父母的话，回到家乡。可她不甘心，越是被现实撞得头破血流，她心底越是生出一股狠劲，像一棵小草芽，拼了命地要挤掉头顶的石块钻出地面。

　　为此，她可以忍受地铁上那无处不在的咸猪手，夏天有时穿得少，挤一路回家，一撩裙子，大腿上都被揪出瘀青了。还有公司里那些油腻的中年领导，总是故意让她捡东西，趁她弯腰冷不防朝她屁股拍一下，或者伸头往她领口望，脸上都挂着湿答答黏腻腻的笑……她饱尝了这个世界对美女满满的恶意后才明白，自己已经从大学里女神的神坛上摔下来，跌入泥泞的俗世了，现在一切只能靠自己了。

当然，李妍身边仍然不缺追求者，同一栋写字楼的男孩们，一个个清新得像早晨的风，假装无意邂逅，毫不掩饰地殷勤，她故意装作不在意，尽量避免和他们那炽热的眼神接触。她很清楚，他们能给她的，不是这个城市里的一座房子、一个家，他们不能帮她解决任何难题，最多只能陪她共患难。而这些，不是她想要的，她很清楚自己想要什么，所以一直单身，一直等待。

所以，当老陆向她示爱时，她挣扎了几天就接受了。因为只有这个老男人才能给她她想要的一切。

车拐进了家乐福的停车场，李妍才忽然醒悟过来——再失魂落魄，她也能记得要去买菜为老陆做晚饭，做个尽职尽责的家庭妇女。她在心里冷笑着自嘲，忽然涌上一丝莫名的悲凉。

她走进超市，径直来到冷冻柜前，随意拿着那些价格不菲的海鲜，根本不看价钱。她能注意到身旁一个同龄女人投向她的复杂眼神。刚毕业那几年，她逛超市从没看过这些昂贵的食材一眼，因为它们意味着高收入，更意味着精致的厨房和温暖的家。而那时她和几个人合租，狭窄脏乱的厨房令她望而生畏，那些年她的胃都是靠路边摊和泡面填饱的。年轻的身体真是好啊。

李妍推着购物车慢慢地在超市里转悠，导购殷勤地堆着笑容，向她介绍着各种新上架的商品。她不敢去看顾客们的眼睛，想着早上肖建飞告诉她的事，他们的视频会被传到网上吗？会有人看到吗？她一边走一边想，只觉得周围的声浪像翻滚的热水，而她被这锅热水煮着，四肢软塌塌的，像是要化了。

强撑着回到家，李妍累得像用尽了全身的力气，一下子瘫倒在沙发上。

老陆回来得很晚，两个人在阔大的餐桌两端吃饭，头顶是雪亮的灯光，他们都没有说话，屋子里只有刺溜刺溜的喝汤声和咯吱咯吱的咀嚼声。李妍被这灯光烤出了一身汗，心里却觉得冰冷，像独自在无边的雪原狂奔，放眼尽是耀眼刺目的白亮。她忽然听见自己的声音从喉咙里挣扎着挤出来：你今天忙不忙啊？

老陆正在聚精会神地对付一只大龙虾，听了她的话一愣，随即抬头对她一笑说，忙，挺累的，今天的饭菜味道不错。

李妍被老陆的笑笼罩着，差点扔掉筷子抱住他。她真的怕，怕这秘密捂不住，怕暴露在他的面前。李妍很清楚，如果秘密败露，她将会失去一切，就像午夜钟声敲响后的灰姑娘。

晚上，老陆照例要在入睡前看会儿书。她偷眼打量着他，看不出有什么异常。他的鬓角修得很整齐，一层短发茬让她想起下了霜的田野，她赶紧移开目光。不知从何时起，她开始嫌弃他的老了。

老陆肯定也是年轻过的，但年轻的老陆不属于李妍。他们相识的时候，他已经这么老了。李妍反复告诉自己，她喜欢这种老，因为这种老代表着财富、地位、成熟、稳重，她喜欢让她崇拜的男人，而不是那些青头茬子。她反复地在心里给自己上课，慢慢地，自己便相信了。她自动忽略了老的另一面，衰败、腐朽。她只选择自己想看到的。她还说服自己，她喜欢这种老是因为她从小缺乏父爱。当年，父亲抛下母亲和年幼的她，与另外一个女人结婚。李妍恨父亲，但又渴望父爱。她骗自己能在老陆宠溺的眼神里找到这种爱，却从没想过正是她，引诱老陆走上了一条和她父亲一模一样的路。

她把头靠在老陆肩膀上，说，看什么呢？

他捏了下她的鼻子说，我看的都是经济学的书，你这个中文系的小妞是不懂的。

她嗅出了空气里令她安心的气味，顺竿子往上爬地撒娇说，不管嘛，我要你陪我。

老陆很享受小娇妻的这种调调，翻身抱住她说，春宵一刻值千金，我不会傻到放着千金不赚的。

可这春宵也的确只有一刻，不，连一刻都不到。老陆上下求索一番，很快便缴枪下阵了。这也是她开始嫌弃他的主要原因。她忘了，老男人虽然像柔软的羊毛毯，温柔舒服，熨帖着每寸肌肤，但毕竟还是旧了，质感上会有一些问题。

老陆讪讪地说，今天有些累了，早点睡吧。然后便趁着这点歉疚感，抱着她沉沉地坠入梦乡，发出了粗重的鼾声。李妍没有被这鼾声感染，她睡意全无，轻轻挣开他的怀抱，转过身子躺着。

她开始狠狠地想肖建飞，想他们在一起做的那些疯狂的事。

李妍翻开肖建飞的朋友圈，又开会了，他总是要开各种会。他的朋友圈干净清爽，大部分是工作上的事，要不就是转发的各种政策文件，很少有他的个人生活记录。她了解他，他喜欢在人前经营这种形象，干净简单，一脸正气。如果他在床上的样子、略显发福的裸体……被熟悉的亲朋好友看见，他们和他会是什么反应？

想到这里，她不禁裹紧了被子。

4

上大学时，李妍其实很清楚肖建飞喜欢自己。都是情窦初开的年纪，满是缠缠绕绕的心思，她不相信有哪个女生会如此迟钝，接收不到男生发送的电波。说不知道的，要么是真的傻大姐，要么就是装傻。对，伪装多容易啊，无辜地瞪大眼睛，茫然地，傻乎乎地，一脸纯洁的样子，像只小绵羊，这些她都无师自通，可谁都不知道她心里早已复杂得如一个身经百战的熟女。

从小没了父亲，李妍跟着母亲讨生活。母亲在缫丝厂工作，每天起早贪黑，手里的每分钱都恨不得掰碎了花。母亲经常偷拿厂里的蚕蛹，回家炒给李妍吃。直到现在，只要看到蚕蛹，李妍口腔里便会立刻充斥着那种腥甜的昆虫尸体的味道。母亲用这些肥胖滚圆的虫子把她喂大了，也身体力行地教会了她怎么精打细算、怎样讨价还价、怎样用最小的成本获取最大的利益。

母亲的身体变成了一个蛹，李妍完美地蜕变出来，长成了一只美丽的蝴蝶，她跟母亲一样精明，甚至青出于蓝而胜于蓝。她长相甜美，外表温顺朴实，全然不像母亲，每个毛孔都透着精明算计的样子。只有从小看着她长大的邻居奶奶说过，妍妍这丫头是心里藏算盘的人，一根肠子拐着好几道弯呢。

李妍从小就知道自己的美貌，她从没让这张脸傻愣愣地整日挂在身上白白地亮给人看，她本能地选择用它来谋利，哪怕是很小的利。她无师自通地学会了使唤周围的那些男生，她的课桌上经常出现早餐、点心，作业本快用完了就有人送新的，下雨了母亲也不用给她送伞，她绝对能一根头发都不湿地进门。对这些，母亲都是睁一只眼闭一只眼，她了解女儿，心里清楚这些小子都是自作多情，白献殷勤。

这么多年，李妍长袖善舞，如鱼得水，男孩们的讨好和关照已经成为她生活的一部分，像皮肤一样已经和她连为一体。那些男孩各不相同却命运相同，他们都像尘灰一样飘落在她的脚下，轻得连声叹息都听不到。后来，她看到网上有个词叫备胎，心里忽然生出一缕纤细的疼，她心疼在她青春里滚过的这些备胎，但只是一瞬间她便完成了她的自责，恢复如常。她告诉自己，这都是那些男孩的一厢情愿，她并没有逼他们那么付出。包括肖建飞，她也从不觉得亏欠他。只不过这一次，她惊讶自己竟会为这个备胎而神魂颠倒。

和肖建飞断弦重续的那天，是一个午夜。李妍看着身边睡得鼾声震天的老陆，忽然悲从中来。窗外的月光汩汩地流淌进来，她看着那轮月亮，周身慢慢地浸上了寒意，像身处广寒宫的嫦娥。她摸着枕边的发梢，忽然觉得这样的生活在白天可以随便秀，随便演，让无数"观众"羡慕嫉妒恨，可晚上的黑暗会无情地吸去她身上所有的光环，将她融化成一片冰凉的月色，她看似拥有很多，实则又好像什么都没有抓住，两手空空。

李妍辗转难眠，就在朋友圈里发了条动态："夜深忽梦少年事，梦啼妆泪红阑干。"这是白居易《琵琶行》里她最喜欢的两句诗。那时还年轻，读了也没有什么切肤之痛，最多是放低声调浅吟着，为赋新词强说愁。如今，却忽然觉得无比应景。但发出来只有两分钟她便赶紧删了。她后悔了，这是怨妇行径，她这么一个生活美满幸福的人怎么能让别人知道自己在伤春悲秋呢？太丢份儿了。

可是，刚刚删完，就收到了肖建飞的微信：你还好吗？

李妍惊得手机差点掉了。这么多年，肖建飞除了节日祝福，从没有主动联系过她。而现在他就像蹲踞在网络那端的一只神秘兽，睁着炯炯的眼睛，准确地捕捉到了她的情绪波动，然后发起追逐。不过，她隐隐有些享受这追逐。这可是午夜啊，所有人都贪婪地享受酣睡的午夜啊。他午夜时分还不忘浏览我的朋友圈？他仍然为了我而失眠吗？李妍惯常的骄傲情绪瞬间膨胀，虚荣心被撑得如气球一样飘飘然于空中。

看着肖建飞的头像，李妍感动得鼻子发酸。她不知道的是，肖建飞只是因为肠胃炎发作，半夜睡不好觉，玩手机时无意间看到了她的动态；她更不知道的是，他早已不是当年那个见了她就什么也说不出来的闷葫芦了，他洞悉她的寂寞，像猛兽一样趁势追击，要将她一举拿下。

他们开始在微信上暗通款曲。你来，我往，你进，我退，两人穿过岁月和无形的网络，脸贴着脸跳起了华尔兹，每次舞毕，都是脸红心跳。

李妍好久没有这种感觉了，她再一次如怀春少女般眼含秋水、面如桃花，荷尔蒙果然能让人年轻啊，而这荷尔蒙只有恋爱才能给予。一个天生丽质的人，被婚姻的围城困死，再也不能谈恋爱，是多么残忍的事啊！李妍总是这样试图说服自己。

肖建飞更不必说，每天都有一种不真实感，昔日的女神竟能跟自己打情骂俏，聊些暧昧温热的话。他简直像一头扎进了风月场里，晕乎乎地喝醉了酒似的，满目旖旎风光，乱花渐欲迷人眼。

大学毕业后，肖建飞也谈过几场恋爱，那些女朋友如一个个师傅，用各种吵架、哭闹、纠缠教会了他十八般武艺，将他从一个青涩男孩变成了一个有情调、懂风月，知情识趣，体贴周到的成熟男人。他一直遗憾于刚识尽女人心掌握了一身恋爱本领就结婚了，从此满身武艺无处施展。这次，他狠狠地、不遗余力地将恋爱技巧全部用在李妍身上，攻势猛烈，带着一雪前耻的凶猛。

有时李妍连续给肖建飞发了四五条微信，肖建飞马上就能断定她现在正是孤独寂寞的时候，可他偏偏不理她，将她冷在一边，任她猜他想他恨他怨他，等抻的时间差不多了，再极尽温柔地回应她。肖建飞总能把这个度拿捏得恰到好处，让她不好意思将埋怨说出口，也让她知道他的世界并不是只有她。他知道只有让她的心情总是像过山车一样忽上忽下，才能将她的心慢慢拴牢。

有一次，她倚窗感慨着冬天一到外面的一切都萧瑟凋零，令人生悲。而他只是笑谈着其他的事，像是毫不在意。

可刚挂了电话不久，门铃就响了，有人送来了一大捧鲜艳
芬芳的花——他表面上装得若无其事，实则跨城给她搞了
个浪漫。

　　李妍感觉有一种久违的东西回来了，那是被人追求的
虚荣心。她不远不近地吊着他，享受着这种暧昧，可只要
他想跟她说些露骨的情话，她便立马小鹿般跳开。她不想
出轨，不想跟肖建飞有什么实质性交往，但她又对这种感
觉欲罢不能，难以割舍。李妍以为还能像以前一样长袖善
舞，万花丛中过，片叶不沾身，但没想到麻烦来了——肖
建飞并不满足于此，他提出要飞来见她。李妍当即拒绝。
说白了，他们之间的情意纠缠、暧昧心动都像冬天的寒气
凝结成的玲珑窗花，不能摆在太阳地儿里。何况是来她的
地盘，万一被熟人看到了怎么办，她还怎么经营这鲜花着
锦、烈火烹油的生活？

　　肖建飞好像也不生气，话锋一转，说起他手头正看的
《国家地理杂志》：记不记得"湖光秋月两相合"的下一句是
什么？

　　当然记得，好歹也是中文系的，"潭面无风镜未磨"
呗。听他不再提见面的事，李妍稍稍松了口气。

　　我正看的这本杂志上有一幅图，完全就是这两句诗的
写照。你说这个诗人会不会是去过这儿才触发灵感写出这
句诗的啊？

　　哪里啊，有这么美？

洞庭湖。

洞庭湖啊，离我们这儿不远。

是啊，所以才告诉你这个好地方。周末咱们从各自的城市出发，到那儿会合怎么样？

李妍在心里嗤笑一声，这个坏蛋，兜来转去还是把自己绕进去了。只是他假装得太自然了，语气轻松而随意，就好像他真的如君子心怀坦荡，只是邀旧友旅个游罢了。

可偏偏她脑子拎得清，这把戏哄小女孩行，在她这儿，啥弯弯绕绕的心思都能被看穿，孤男寡女去旅游，难道只是旅游？其他什么都不发生？

李妍没有立即表态，心里却像有什么东西在借着春风一拱一拱地发芽。她心痒得不行，就去找闺蜜诉苦。

咖啡馆的包间里，李妍一边跟闺蜜说着肖建飞的事，一边用手指在窗户上画着，眼神迷离，脸颊绯红，屋里融融的暖气扑在窗户上，烘托得那些画出的心挤挤挨挨，让人窒息。

闺蜜没等李妍说完，就打断了她的话：

不要去！去了你们的关系就发生质变了。肖建飞曾经是你的手下败将，要知道，手下败将一旦翻身，是会杀你个片甲不留的。

没这么可怕吧？

就是这么可怕，男女之间的关系说到底就是一场场不见血的战争，你和他之间，你已经是胜者了，何必再去招惹？

　　李妍点点头，舀了一勺提拉米苏入口，眼睛却不看闺蜜，朗姆酒的芬芳和可可粉的醇苦在口腔里撞击，她的头转向窗外。

　　闺蜜是个给杂志写专栏的情感作家。李妍不禁暗暗撇嘴，这个书呆子是不是写狗血情感文章太多了才这么偏激啊？男女之间难道就没有美好得像"同心而离居，忧伤以终老"的感情存在吗？难道非要刀光剑影、枪林弹雨吗？还是，连你也妒忌我？

　　李妍这样腹诽着，眼睛像无处安放似的到处游弋，不敢停留在闺蜜身上。她不禁想，像自己这种有钱有闲的女人，竟然还能在青春不再的年纪收获大把大把的爱，拥有一个情人，简直是上帝的宠儿，什么都有了。这怎能不让另一个女人眼红呢？闺蜜又如何？不是有句话说：闺蜜和亲姐妹之间的对比是最伤人的。

　　这样想着，她的优越感立马像气泡一样升腾起来，占据了整个心房，再看眉飞色舞讲着笑话的闺蜜，忽然就生出了点微弱的歉疚和怜悯来。

　　李妍还是决定去赴这场约会了。他们一前一后来到龙虎山景区，李妍先到的酒店，仔细装扮了一番，静静地等待肖建飞。下午，当肖建飞出现在她面前时，她竟有些眩晕的感觉。肖建飞已被时光抹去了青涩之气，蜕变得温润如玉，俨然一个谦谦君子。去饭店吃饭时，他又是为她开门、拉椅子，又是端茶倒水；逛街时，又是替她拎包，又是为她买奶茶，关怀备至，礼貌周全。她享受着他的服务，却不知他在官场摸爬滚打这么多年，这些本事早就渗透进他的骨子里，和他牢牢地焊为一体了。

可是，到了晚上，肖建飞完全像变了一个人，粗暴地摧毁了她这座城池，她原本设想的循序渐进、情调浪漫，统统都没有，她隐隐有些失望，但又劝慰自己，他只是太喜欢自己了。

她喜欢跟他回忆大学时的往事，仿佛一进入那段封存在象牙塔里的时光，他们的偷情就沾染了一些纯真年代的味道，多了几丝合理化、人情味。但肖建飞好像不喜欢提旧事，总是顾左右而言他，巧妙地把话题引到她当下的生活。她敏感地觉察到他的情绪波动，便善解人意地聊着自己和老陆。

李妍说，年轻时我讨厌小孩，觉得生孩子会让身材变形、乳房下垂、脸上生斑，而且我觉得抱着那么一团软乎乎的肉好恐怖，所以我一直认为我的选择是正确的，我一点也不在乎别人的看法，更不接受那些怜悯的目光。但现在年纪大了，不知道怎么回事，母爱开始泛滥。我变得特别喜欢孩子，尤其是那种肥肥嫩嫩的小婴儿。可老陆已经给不了我了，老陆离婚前被他前妻逼着做了结扎手术，这是他们离婚的条件……李妍有些说不下去了，停了好大一会儿才接着说，可我是多么想要一个孩子啊！老陆说，我们不需要孩子，我们就是彼此的孩子。我知道这是哄我的，他确实很宠我，对我百依百顺，可这能一样吗？养不了孩子，我就养了一条狗、一只猫，每天乖啊宝啊地叫它们，可它们永远不会叫我一声妈妈……

说到这里，李妍一头扎进肖建飞的怀里，呜呜地哭了起来。肖建飞轻轻地抚摸着她的头发，一下，两下，他低沉的声音响起，是最苍白的安慰，不哭，不哭了……他知道这是富豪们常见的把戏，说到底，是不想让后来的孩子分了他们的家产。唉，这些李妍当初就该想到啊，你图的是钱，人家图的是玩——各取所需吧。

那几天他们几乎没有出门，吃饭就叫外卖，白天黑夜地厮缠在一起。其间，白璐打过电话，李妍在旁边搂着肖建飞的腰，故意胳肢着他，憋着笑看着他。肖建飞推说在开会，两三句便草草挂了；老陆也给李妍打过电话，问她旅游是否开心，她光着身子跳到阳台上，离肖建飞远远的，一边小心应答着，一边紧张地看着肖建飞。他欣赏着她这副羞赧紧张的偷情者的样子，心里各种感触波涛汹涌。这就是曾经高高在上的女神啊，昔日伊人，在水一方，溯洄从之，道阻且长……如今在自己面前竟也成了这副样子。不知为何，他忽然有些隐隐的失落。他明白，他急于想得到她，更多的是想穿过岁月，向曾经那个忧伤无能的自己证明些什么，可是，又证明了什么呢？

他们沉溺在这种偷情的巨大狂欢里，上瘾、痴迷、坠落、升腾，这个光怪陆离的斑斓世界填补了他们现实里的苍白，他们都深以为耻，又无法自拔。

5

这一天肖建飞同样过得兵荒马乱。

吃完晚饭他去刷碗，偷眼打量了白璐一下，她表情自然，没有什么异样，一脸认真地辅导女儿做功课。女儿也一脸认真，不时轻轻地点头。她们母女长得很像，隔着昏暗的玻璃望过去，就像她和一个小号的她坐在一起，共同研究着什么世界难题。肖建飞工作忙，再加上工作外的心思都被李妍占着，很少关注女儿学业，不过女儿的成绩一直名列前茅，这得益于妻子的精心培养。女儿的性格也很好，严谨认真，那种自律也遗传自白璐。

白璐太自律了，自律到每周几次房事必须控制在一个阿拉伯数字里，每天早饭一定要吃，哪怕天塌下来她也能坚若磐石地坐在那里捧着煎饼吃得津津有味，每天晚上一定要在十点前关灯睡觉，雷打不动。而且她不仅律己，还喜欢律他，要求肖建飞也必须和她步调相同，习惯一致，肖建飞也试图反抗过，但这反抗微弱得如旷野中的萤火。她不说话，但她那严肃静默的神情已经传达出一个信息：反抗无用。更何况还有个小号的她在旁边摇旗助威：爸爸不对，妈妈对。

肖建飞常常感到日子就像一个个方方正正的格子，他走完了一个格子，继续走下一个格子，相似重复的格子连在一起，像"卍"字花纹一样绵延无穷，伸向岁月尽头。尽头处，一个发苍齿摇的自己等在那里。

所以，肖建飞总想冲出格子一次，让灵魂畅畅快快地出窍一次。

这些年肖建飞不是没打过其他女人的主意。办公室里新来的女大学生，个个精得很，平时哥长哥短的喊得人心驰神荡，可一到关键时候，就逃得八丈远，倒不是她们多圣洁，官位尊卑她们分得清楚着呢，市局的领导一来，都跑前跑后端茶倒水只差没坐到人家腿上了。当然，还有单位那些已到中年的女人们，整日抱着杯红枣枸杞水，喝到天荒地老，肖建飞才看不上呢，若论姿色，她们还不如家中糟糠呢。

有一次，肖建飞和朋友聚餐，他们聊起许久不见的老同学王亮，才知道这个脑袋光秃秃的"灯泡王"偷偷地在外面养着情人。满桌就数肖建飞情绪最高涨，眼睛在灯光下亮晶晶的，他借着三分酒意把桌子拍得震天响，不知是感慨别人的风流韵事，还是哀叹自己的妒忌失落。谁也不知道他心里早就打翻了一大缸醋，打个嗝蹿出的都是酸味。

没想到啊，没想到，高中时闷不作声土不拉叽的"灯泡王"竟有了情人，做了他一直想做却不敢做的事！肖建飞感到自己的心更没办法乖乖地待在格子里了，简直每天都在寻找机会脱笼而出。

刚好重遇李妍，他一招一式有板有眼地跟她过招，如今的他已深知感情这事像品红酒，放一放，醇香芬芳的味道才会出来，品的过程也不能急，要一点一点、循序渐进，若急不可耐、大口牛饮，就成了大观园里的刘姥姥了。过程的顺利令他吃惊，结局也令他满意，女神一路丢盔弃甲，城池陷落。

肖建飞一边出神一边洗着碗，厨房的水声传到客厅，白璐诧异地问，还没洗完？他惊了一下，赶紧把思绪拉了回来。

晚上，白璐梳洗后上床，照旧捧着手机看，肖建飞看了看她的脸，小心翼翼地说，你早上看的那个新闻真可怕，咱们也旅游过很多次，会不会被偷拍呢？

白璐头也不抬地说，我们每次都是带孩子出去，开的三人房，规规矩矩睡觉，他们拍了也没用。

肖建飞想了想，又说，哎呀，你忘了吗？咱俩刚结婚时去旅游过一次。

白璐凝神想了一下说，你不说我还真快忘了。不过，都是多少年前的事了，再说那晚我们也没干啥啊。我记得那时我们都没钱，住的是小旅社，床单脏兮兮的，我看着就没心情，没答应你。

肖建飞的记忆之门被打开了，往事的碎屑都被大风刮进脑海里。在那个逼仄肮脏的旅社里，任他怎么纠缠、乞求，有洁癖的白璐都不愿脱掉衣服，最后他只好作罢，搂着她睡了一夜。那时他一无所有，父母是农民，拿不出钱来给他付首付，他刚上班，薪水如纸般微薄，平日只能和别人租住在一起。白璐的父母坚决不同意他们的婚事，为此，白璐不惜跟父母翻脸决裂，像个慷慨赴死的战士，拖着一个行李箱，毅然决然地嫁了过来，在那间出租屋一住就是五年。五年里，他们每晚都像两只取暖的小兽一样紧紧地抱在一起，那时的床很窄，但很温暖。后来存了点钱，他们就计划补上蜜月旅行，去了省内的一个风景区。那次旅游，他们住最廉价的旅社，坐最慢最便宜的火车，但那时，他们都很快乐，有说不完的话。

看着身边的白璐，肖建飞心里忽然升起一种莫名的情愫，便把手放在她下垂松软的乳房上摩挲起来，她打了个呵欠，推开他的手说，我明天还有早自习呢，快睡吧。白璐翻了个身，很快便沉入了梦乡，发出了轻微的鼾声。肖建飞忽然觉得这宽大的床变成了一片汪洋，他被抛弃在这孤独的茫茫的海上慢慢漂流。他叹了口气，点开了手机，就像抓住了一个救生圈，纵身投入光怪陆离的网络世界。

他给朋友发微信：老侯，上次你说的那个小黄网给我发一下，能看偷拍的那种。

我先找找，这种网站总是没几天就被封了……你小子又憋啥坏呢？

废话真多，快发！

肖建飞一边看，一边冒冷汗，这些卑鄙的偷拍者设备

很先进啊，不仅拍得清楚，而且连声音都听得很清楚。他
忽然想起，有次和李妍在酒店床上聊天时，他提到过领导
的丑事，那戏谑轻蔑的语气如在耳侧。假如那话也被传到
网上，传到领导耳中……想到这里，他惊出了一身冷汗。
整整一夜，他无法入睡，直到天快亮时，才迷迷糊糊地睡
了过去。忽然，屋里冲进来一群人，一把掀开他的被子，
照相机、摄像机对着他的裸体一阵狂拍。一片雪白的闪光
灯中，他像蛇一样蜷缩着身子，惊惧地问，你们是谁，你
们是谁？那群人贪婪地疯狂地拍着他，一言不发。他一扭
头，猛然发现身边躺着的不是白璐，而是李妍……蓦然惊
醒，阳光像水一样泼了进来……

6

　　起床后，肖建飞觉得头疼欲裂，他强行把迷迷糊糊的
思绪按在肉身里，提着包去单位上班。

　　一进单位大门，他就自动变为雷达，捕捉着来自四面
八方的信号。迎面是那个整天阴着脸的门卫大爷，肖建飞
心虚地跟大爷打了声招呼，分析着大爷脸上的阴云见到自
己是否有所加重，紧走几步，和几个单位的小年轻一起挤
进了电梯。

　　这几年，单位每年都会分来不少大学生，他们蓬勃的
活力很快让电梯狭小的空间变得热气腾腾。一个男孩说，

昨晚我熬到半夜，超刺激！另一个男孩接话道，今晚把链接发给我，我也看看。肖建飞眼观鼻，鼻观心，大气也不敢出，捕捉着他们聊天的每个字。他悄悄侧头瞥了一眼，刚好和那男孩四目相对，肖建飞刹那间魂飞魄散，身体开始变得燥热起来。他们在看什么网站？那上面有我的视频吗？周围的嘈杂声忽然变得震耳欲聋，简直要把他活埋了。

刚坐到办公室，便接到局长的电话，说让他去局长办公室，有事跟他谈。什么事？谈什么？肖建飞马上像被浇了一盆冰水，从里到外都清醒得颤抖，他只觉得所有游离的不安聚集成了一枚核弹，在自己体内爆炸了。他稳住心神，走进局长办公室，端坐在办公桌前的沙发上，脑子里开始吵吵嚷嚷，各种辩白的话纷至沓来：我和李妍只是普通朋友关系、同学关系、熟人关系……唉，呸，床上内容都曝光了，还解释个啥？唉，算了，还是沉默吧，以不变应万变。

局长呷了一口茶，目光从厚厚的镜片后面射向他，说，事情你都知道了吧？

肖建飞看着局长，不知道应该点头还是摇头。

局长并不在意他的回应，继续问，事情发生时，你正在歇工休假是吧？

他的眼睛呆滞地盯着局长杯子里冒出的水汽，那雾气将局长的面目涂抹得模糊难辨，他的冷汗瞬间冒了出来——没错，正是歇工休那几天，他和李妍一起去贵州旅游了。看来，领导什么都知道了。

局长又喝了口茶说，你干了这么多年办公室主任，工作能力是有目共睹的，你对自己以后有什么想法？

肖建飞的嘴唇干而冷地黏在一起。还能有什么想法呢？调离岗位、降级、撤职他都能接受，只是别让妻子知道，他不能再连累家庭。

出了这档子事，是谁都不想看到的，怨谁呢？局长一副怒其不争的样子。

肖建飞忽然紧张起来：总不会被开除公职吧？他张了张嘴，却无法发出声音，便抬头无奈又绝望地看着局长，眼神里含着哀求。

局长看着窗外，好像对他的反应毫不在意，继续说，你休假期间，林科长的妻子找到我办公室来了，揭发了林科长和付科长的私情……唉，真是想不到啊，就在我眼皮子底下，他们竟然……局长生气地把茶杯往桌子上使劲一蹾，惊得肖建飞立马像解冻了一样，从脑子到身体都活泛了起来，他赶紧起身抽了张纸把桌子上溅出的茶水擦干净，巨大的狂喜冲击着他僵硬的表情，他极力按捺，不让嘴角翘起来。

局长看了看他，意味深长地继续说，纪委已经来调查过他们了，不知道会怎么处理，你干好自己的工作，等谢局退休了，努努力，争取进局班子。

肖建飞感激涕零地连连点头，只差扑上去抱住大腹便便的局长狂亲一番了。从局长办公室出来，他昂首阔步、气宇轩昂地走回自己办公室，赶紧关上门，像老牛反刍一样细细咀嚼局长刚才的话。

难怪啊，前几天休假回来，他总觉得怪怪的，单位里像是发生过什么，气氛很诡异，但人人都三缄其口，他明白，像这种机关单位，最好是不打听不乱讲不胡传，所以就没打听，也没放在心上，没想到，上天赐给他这么好一个机会。

林科长是肖建飞多年的竞争对手，论能力，肖建飞不比林科长差，但论资历，林科长却胜他一筹。眼瞅着谢副局长年底就要退休了，如果被姓林的抢占先机，他又不知道要熬多少年了。没想到姓林的自己后院失火，更没想到，姓林的竟然和年老珠黄的付科长搞在了一起。这次纪委介入了，姓林的完蛋了，只要不空降过来一个副局长，努努力希望还是很大的。肖建飞一会儿叹气，一会儿窃喜，一会儿沉思，脸上的表情风云变幻。

正沉浸在这个重大事件中，手机忽然亮了起来，肖建飞拿起来一看，吓了一跳：竟然有十几个未接来电，都是李妍的。这不就是传说中的夺命连环 call 吗？幸亏肖建飞有个习惯，每次去局长办公室都把手机调成静音。万一刚才在局长那里忘了调静音可咋办？这个女人是怎么回事，明明说过的，平时联系只发信息不打电话啊！他压住心里的愠怒，挂断了李妍的电话，只回复了两个字：开会。

信息很快回复过来：我来找你了。

　　肖建飞盯着手机，像见了鬼一样，霍地站了起来，李妍一定是疯了，不打招呼就跑来！难道她不知道自己就是个可移动的巨型麻烦吗？

　　胡乱处理完手边的急事，肖建飞来到李妍发给他的地址，竟然是一个居民小区。肖建飞看了看手机，按照信息提示，找到了房子，敲响了门。门开了，李妍身上裹着浴袍，软软地倚着门，幽怨地看着他。怎么回事？你怎么会在这里？肖建飞问道。

　　李妍说，我在你这个城市有个朋友，刚好她到我那边出差，我们聚会时，她听说我要来这里，就把钥匙给了我，让我在这里等她回来。

　　你来她去，这可真是巧了……肖建飞这才放下心来。

　　李妍细长的手已经攀上了他的脖子，温软的身体靠在他怀里，他一看到她那娇俏的模样，便什么都忘了，情不自禁地抱住她，两人嬉笑亲吻着挪到卧室床边。忽然，肖建飞就像被针扎了一下的气球，蔫了下来，他猛然推开她，掏出一个口罩戴上，然后仔仔细细地查看屋子的角角落落，李妍气极了，反倒笑了起来，肖建飞，你神经病啊，我朋友家里会安摄像头吗？

　　那可不一定，谁知道她把房子借给你会不会有企图呢？万一借这个要挟你呢？

　　你谍战片看多了吧！李妍有些生气了，丰满的胸部一鼓一鼓的。

宝贝儿，我真没心情和你温存了，原谅我吧。除非……除非我戴着口罩……肖建飞黑色口罩上面的眼睛弯了起来，坏笑从眼睛里溢了出来。

呸，想得美，为了保护自己你连戴口罩都能想到，上次我们在一起时让你戴个避孕套你却死活不肯！

不是说你在安全期吗？乖，别生气了。肖建飞戴着口罩的脸凑了过去，胳膊也随之伸了过去。李妍啪地打开他的手，气鼓鼓地穿上衣服说，你没心情，我还没心情呢！我这次来，是找你商量对策的。

肖建飞无趣地收回手，往床上使劲一坐，啪嗒啪嗒地玩着打火机，头也不抬地说，商量什么对策？

不是说偷拍的事吗？万一我们真被偷拍了怎么办？

唉，你说怎么办？

你是男人啊，让我想办法？

我也不是神啊，我能有什么办法？肖建飞点了一支烟，烟雾遮住了他的半张脸，让他看上去更加昏昧不清。

我有个笨方法，咱们去以前住过的民宿、酒店，找我们住过的房间，仔细查看到底有没有摄像头。如果有，再追查背后的人，哪怕是花钱，也要把视频销毁了。李妍的眼睛亮亮地看着肖建飞，好像胸有成竹。

肖建飞只差把手指头戳到她鼻子上了，我们去过五个城市呢，难道要重新再跑一遍吗？你能记起咱们那时住的是哪间房间吗？你能追查到背后偷拍的人吗？即使找到了怎么能相信他们真的把视频销毁了？

他还有句话没说出来：万一报警了，身份信息怎么说呢，毕竟是偷情，不能见光的，吃亏也是吃的暗亏、哑巴亏。

李妍撩了一下半湿的长发，端着一张苍白的脸，盯着肖建飞道，你这么快就烦了？厌倦了？不愿再跟我故地重游了？

你想的太多了，纠缠这些问题没有意义，我还有个会要参加，先走了。肖建飞刷地站起来，抓起外套就往外走。

李妍颓然倒在床上，整个身体都好像碎裂坍塌了，成了一堆七零八落的碎片。她努力将这堆碎片收拢起来，回想着肖建飞前后态度的变化，不禁狠狠地把床单揉在手心里，现在的悲伤里更多的是不甘、愤恨，她害怕自己会败在这段感情里。男女间真的就是一场战争，只是，她做惯了常胜将军，绝不容许自己败走麦城。

她回忆起前几天他们一起去贵州玩，去看瀑布的路上经过一个果园，趁着没人看管，他们偷摘了一捧果子，用她的衣角兜着，听到远处传来狗吠，两人笑着跑出很远。她又一次发现这种偷的感觉如此奇妙，充满了异样的快感，肖建飞也这样认为，说妻不如妾，妾不如妓，妓不如偷，偷到不如偷不到。那时的他们，不再是城市里那个一板一眼的公务员和养尊处优的贵妇，而是如两只无拘无束撒欢偷情的狗。

　　李妍穿上苗族服装，走在苗寨里的风雨桥上，远处青山隐隐、绿水迢迢，那些河边的吊脚楼在细雨里笼着一层烟岚。她往前面跑着，身上的银饰叮当作响，不时回过头去朝肖建飞笑，那时的她很笃定，他一定很爱自己，否则眼中怎会有光，神情怎会那么温柔。

　　但有时她也有小小的烦恼，像冷不防被小虫叮上一口，微痛过后是深入骨髓的麻痒。

　　在逛千户苗寨的时候，路边有个小女孩在兜售银饰，细长的银簪子雕刻着繁密的云纹，底下还垂着一串水滴似的银珠；月牙形的银梳子刻着花开并蒂，花朵的姿态优美地舒展在阳光下，闪着耀眼夺目的银白色光晕。她拿起来看，不禁啧啧称叹。肖建飞瞥了眼价格说，1500元，这价钱有些离谱了，即使是他们标榜的国库银，也不能这么贵吧？一把梳子才多重？

　　她不满地瞪了他一眼说，你看看这里的小孩多可怜，这么大了还上不起学，只能在这里卖些首饰度日，你就当扶贫好了。

　　他撇了下嘴说，别傻了，银饰店故意找些小孩，骗的就是你这种单纯姑娘。

　　三十多岁的人了，还被称为姑娘，李妍心里像被春风撩拨了一样，起了一池涟漪，一时又做不出娇羞之态，自己都觉得起鸡皮疙瘩，只好顺着"姑娘"两字的余音收敛了锋芒，沉默了下来。

　　肖建飞兀自往前闲逛，那个小女孩不甘心地追随着李妍，一直举着手里的银梳子。李妍不忍心，从包里数出一沓钞票买了一把。晚上在民宿梳洗时，她拿出银梳子梳头发，梳妆台的镜子里她恍惚看见他的眼睛闪了一闪，便很快转过头去装作没看见，她的心也莫名地坠了下去。她其实是想让他为她买，她把这种方式当成了一个仪式。而他，明知道她喜欢，却不愿为她掏钱，说到底，他的钱都是给老婆孩子花的。也许他早就认为，她有钱，不论是以何种方式获得的钱，都应该自己付钱。这就是闺蜜说的成年人的爱情，看似旖旎，实则世故——就像雪后的原野，表面纯净诗意，雪化后却是令人心凉的荒芜。

　　李妍躺在朋友家的床上，回忆着点滴细节，周身渐渐升起寒意，如堕冰窖。她开始后悔，为什么不听闺蜜的话，在肖建飞心里留个女神的印象呢？为什么要让昔日的感情燃烧殆尽，连余温都不剩？真正走进这段看似美好的旧缘里，难道真的是花团锦簇，而没有恼人的跳蚤吗？她越想越觉得心灰意冷，却又不甘心，他肖建飞凭什么？他永远是她脚下的一枚卒子，凭什么卒子也想翻身做将军？他配吗？这个想法一冒出来，她自己也被惊到了，原来她从心底里还是看不上他，她并不爱他，从以前到现在，从来都没有爱过他，她追求的只是这种恋爱的感觉，至于对象是谁，并不重要。

7

肖建飞一边开车一边想，大学时的李妍是多么聪明伶俐啊。那时男生们说到李妍，都说她像金庸小说里的赵敏。是啊，她不但长得漂亮，而且脑子灵活，伶牙俐齿，别人开的玩笑，隐藏再深的梗她全都能自然地接上，简直就是一朵解语花。可现在，她怎么变得那么愚笨了？竟然想着去查找偷拍者，简直连一点常识都没有了。是不是女人一成为全职太太就跟社会脱节了，就变成冒着傻气胡闯乱撞的脱轨列车了？什么女神啊，简直就是颗炸弹，没有头脑说爆就爆的炸弹。他惋惜而又恐惧地想着，把车开得飞快。

回到家，白璐已经做好了饭，女儿一边吃，一边讲着学校的趣事，母女俩哈哈地笑成一团，笑声发酵膨胀着，充斥了肖建飞的脑子。他一脚踏进这氤氲着饭香的热闹气氛里，心忽然像悬了半天的锤子重重地落了地，悬而未决的都解决了，无所依傍的都有依托了。他重新找回了安全感和归属感，这是婚姻赠给他的。而不久之前，他还视它为桎梏，急于摆脱它的困囿。

李妍耐住性子不再跟肖建飞联系。她知道，在这场战争里，谁先忍不住，谁就输了。虽然她早就看穿了肖建飞的凉薄，但毕竟那些年他对她倾慕有加，她多少还是有些底气的，她料定他不至于这么快便彻底冷落自己。她看过他妻子的照片，瘦削扁平，纸片人似的榨不出一点汁水的样子，她自信能把他吃得死死的。

果然，肖建飞又撩拨过她几次，但都是说些不痛不痒的话，没有什么实质性的内容，更没提出再次约会。那唠家常似的话里总渗透出一缕清冷，全然没有了以往的蜜里调油。李妍是何等聪明的人，察觉到这些，也就自己给自己找台阶下了——给他的回信从开始的几句话变成一个短句，再变成一个词语，后来就不再回复了。貌似是李妍在冷落他，其实她很清楚，肖建飞在保全她的面子，让她自己慢慢放手。瞧瞧，这个男人，连分手都这么绅士、体贴！但她的心里却挤满了愤恨和挫败感。李妍向来是个拎得清、能狠下心的人，对感情这事也拿得起放得下。她把他的微信备注改为"屌丝"，不再看他的朋友圈，更加勤勉地护肤、美容、装扮，把自己收拾得更加光彩照人，还加入了一个书友会，每周参加一次读书沙龙，俨然一个高贵知性的优雅女子。她把所有的时间都拧成绳，不留一丝空隙，就是为了将肖建飞这滴水挤出来。

慢慢地，他们被强大的时间洪流冲散了，日渐变为陌路天涯，连朋友圈都不互相点赞了。

圣诞节的时候，他们收到了对方的群发祝福短信，才恍然惊觉这段感情已经过去那么久了。肖建飞不禁又有些"此情可待成追忆，只是当时已惘然"的感慨，他想听听李妍的近况，犹豫了半天还是没有拨通电话。他有时也会问

自己：他爱的到底是现在的李妍，还是曾经的李妍？或者
没有爱，只是想征服？想通过征服来为过去的自己"平
反"？每个人最爱的也许只有自己，爱恋他人，也不过是爱
自己的反射映照？他怅惘而茫然。李妍也看着那条祝福短
信出神，经过这么长时间的冷却，她越来越明白，她从来
没有爱过肖建飞，说到底，只是两个空虚寂寞的成年人互
相拥抱取暖罢了。

　　想通了这些，李妍好像也释然了，但还是忍不住感叹，
感情这东西真他妈的脆弱啊！

　　单位体检时，肖建飞被查出前列腺有问题。医生深深
地看了他一眼，说，以后房事要节制，不要纵欲。肖建飞
坐在那儿垂着头等着开药，忽然感觉身体正在迅速地衰老
下去，岁月一层一层地在他身上不断沉积，快要把他堆叠
成一个臃肿的胖子了。肖建飞想，这样的检查结果妻子应
该会很满意吧？她一直都那么冷淡，像个无欲无求的修女，
如果他停止履行夫妻间的义务，她反而会高兴吧，他这样
想着，又有了另一种深深的疲惫感。

　　肖建飞开始到处搜集小黄网，甚至付费充值，搜寻那
些偷拍视频来看。每个夜晚他都背对着熟睡的白璐，躲在
被窝里盯着手机，两只眼睛瞪得溜圆，试图找到自己和李
妍的视频。他看着那些男女，同样的肉体，同样的过程，
同样的呻吟，视频里的一切都如此雷同，看久了总有一种
错觉，仿佛他们就是他和李妍，他看了一千个视频，就像

看着自己做了一千次，一直看得头晕、反胃、呕吐，他从没觉得性如此恶心，他觉得自己被隐形阉割了。

临近过年时，要打扫房子。白璐早早包好头发，穿上旧衣服，爬到阳台上擦玻璃。肖建飞指挥着女儿和自己一起搬开鱼缸。这时，鱼缸旁的小茶几上，白璐的手机亮了亮，没有振动，也没有声音，像一双诡秘的眼睛眨了眨。肖建飞本来没有在意，但不知被什么牵引着探头看了一眼，看到的瞬间他就像被流矢穿胸而过，一动也不能动了——屏幕上飞快地闪过一条微信：亲爱的，早上你忘了给我发"早安"了，好想你……微信一闪而过，但肖建飞还是一眼便瞥到了那个微信头像，是个戴眼镜的男人。每个字都像钉子，死死地钉住了他。

女儿叫了他一声，他才回过神来，勉强挪动着身体，将鱼缸放好。也就在这时，他看到鱼缸后面有一张小纸片，捡起来看，竟然是他上次去贵州的飞机票。当时他跟白璐说的是去省里开会了，回来后也曾想着把机票扔了，又想以后可能有机会报销，就偷偷藏了起来，可它怎么会出现在这里？他的脑袋轰然欲裂，只觉得五内俱焚。

肖建飞摸出一根烟抽了起来，他的手指不受控制地颤抖起来，好几次烟都掉到了地上。

白璐擦完窗户，进卫生间洗澡去了，卫生间的磨砂玻璃上映出白璐的身影，看不出凹凸，只有朦朦胧胧、模模糊糊的一个轮廓，像一头奇异的大象，对，就是一头大象，正笨拙地用鼻子往自己身体上浇水。肖建飞忽然觉得卫生间里的水汽弥漫升腾到了屋顶，越聚越多，整个屋子都被水汽笼罩着。地板上、沙发后、茶几旁都开始长出青翠葳蕤的植物，它们飞快地抽枝展叶，伸展蔓延，很快便将这间房子变成了一个葱茏繁茂的热带雨林。他听见了隐隐的象鸣，看见卫生间的那头大象就要破门而出，朝他冲来。他的喉咙里咕噜了一声，夹着烟飞快地冲出大门，跑到了楼下。

大街上人群熙熙攘攘，偶尔响过几声零星的鞭炮声，每个人都说着笑着，脸上挂着过年的喜悦，只有肖建飞一脸惶恐、失魂落魄地站在马路边上。他抬头望着自家那个窗户，玻璃被妻子擦得一尘不染，干净透亮。阳台上挂着他的几件衣服，在寒风中左摇右摆，像披着人皮的鬼一样。妻子的几件衣服前后夹击，将它们围在中间。肖建飞痴痴地看着，直到烟烧尽，灼到了手指，他才愣过神来，发现自己早已满脸泪痕。

突然，他的手机响了起来，是李妍。电话那头的女人一改往日慵懒温柔的嗓音，低哑急促地说，我怀孕了！

砰的一声，肖建飞慌张地抬头，头顶的天空轰然绽放出一大朵烟花，这烟花绚烂夺目，让人惊叹之余竟忘了它是如此的短暂和易逝。

（原载《莽原》2020 年第 3 期）

猎物

一

　　一只苍蝇绕了一圈又一圈，终于停在公安局灰白的墙上。肖友生盯着苍蝇，反复地搓着手，两只膝盖开始有节奏地抖动，像通了电一样快速而剧烈。许蓉不满地瞪了他一眼，他讪讪地停了下来，但没过一分钟，就又开始剧烈地抖起来，好像肢体的忙碌才能冲淡等待的焦虑。

　　就在今天早上，肖友生接到了公安局老张的电话，"刚得到信儿，江西那边抓到一批人贩子，解救下几个孩子，你快去看看有没有你儿子。"电话刚挂断，肖友生便拉上妻子许蓉直奔长途客车站。他们也记不清多少次这样满怀期望地赶赴那些陌生的远方。四年里，他们从开始的互相指责、争执慢慢走向后来的互相安慰、默然，就像两条被困在玻璃缸里的金鱼，眼前一片光明，但茫然凄惶地四处乱转，撞破了头也闯不出这片困境。可是希望就像冻土里的草芽，稍有点阳光春风，便一拱一拱地顶着他们的心。时间久了，他们干脆不约而同地让这点希望破土生长，一个辞了工作，一个办了停薪留职，只要听见哪儿有风吹草动，就相携奔去，寻找儿子已经成了他们生活的主题。

楼梯上传来嗒嗒的脚步声，肖友生的头刷地抬起来，一个女警察慢腾腾地走过来递给他一张纸说："DNA 鉴定报告出来了。"肖友生的手抖得像得了帕金森，来不及揣摩那女警察看他的眼神，慌忙接过那张重如千钧的薄纸，快速地扫了一眼，顿时如被人兜头浇下来一桶冰水，透心彻骨地凉。虽然这些年来，他已经历过无数次这样的失望，但是，这次的失望仿佛是被放大了几倍，无边无际，密不透风，重重地向他压下来。胸口像被人砸了一锤那样揪疼，他捂着心口扶住了墙。许蓉张了张嘴，最终什么也没说。

肖友生定了定神，想起刚才见到的那个被解救的小男孩。听民警说人贩子要把他卖到山里，他寻死觅活，人贩子没办法就一直把他带在身边，让他装成哑巴跪在街边乞讨。因为长期营养不良，他满脸菜色，黄瘦得像根豆芽。一双大眼睛倒是很有神，一眨不眨地盯着肖友生，像极了童童小时候。虽然身高、胖瘦、肤色都跟童童不同，可这双纯澈的眼睛还是让肖友生的心一下子沦陷了，他那绝望得近乎干涸的心田陡然生出了一大片希望的绿芽，在等待亲子鉴定结果的这段时间内，他心里的这些绿芽正疯狂地拔节生长、葳蕤成势。现在，一张薄薄的鉴定书却如猛然砸下的冰雹，将希望斩草除根，一丝不留。

回去的车上，肖友生的神智还在清醒和混沌之间游走，那双眼睛刻在他的脑海里，赶也赶不走。他重重地将身子全部陷入松软的车座里，忽然前所未有地想要一个孩子，卸下的疲惫又幽幽地浮起来，一个念头也跟着浮了出来，牢牢地将他的心攫住。

肖友生忽然快速而口齿清楚地对许蓉说："我不想找了，咱们领养那个孩子吧？"许蓉冷静而简短地从牙齿里迸出一个词："不行。"这冰冷而坚硬的词语猛地砸到肖友生的心上，击碎了他微弱的希冀，也激起了他的愤怒。

"为什么？这些年，你不领养，也不再生，只是找找找，可找到了吗？"肖友生愤怒地吼叫一通后，如同卸下了长久穿戴的盔甲，痛快无比。这些话是地雷，虽然在心里想过一千遍一万遍，但真的听到地雷轰然爆炸，还是觉得痛快淋漓。但很快，他心头又涌上一阵愧疚和难过，仿佛看到了儿子那伤心幽怨的眼睛正盯着自己。

许蓉仍然一言不发地望着车窗外，睫毛映下来的阴影层层叠叠地堆积在她的眼底，好像雪山下一对深不可测的湖泊。

二

　　肖友生永远忘不了那个飘雪的黄昏，那个人潮汹涌的火车站。许蓉像条鱼一样大张着嘴死死盯着他，快要凸出来的眼珠里满是恐惧，这恐惧像迎面泼来了一盆水，将肖友生浇得浑身透湿，使他不禁颤抖起来，他从来没有见过许蓉那样恐惧的表情，就像是被人牢牢把头按进水里，每个毛孔都散发着无法挣扎的痛楚和无助。突然，她从喉咙深处发出一声尖厉而响亮的嚎叫："儿子丢了！"肖友生只觉得整个世界都坍塌了，所有的东西都失去了本色，像默片一样灰蒙蒙一片。满天撕棉扯絮的雪片都是黑色的，天上下着黑雪！每个人都行色匆匆，每个人都心怀鬼胎，每个人都像在偷偷看着他，眼神狡黠。每个人都像人贩子！

　　后来的日子里，肖友生总是反复回忆起那个黄昏，像老牛反刍一样咀嚼着那种撕心裂肺的痛苦，奇怪的是，日复一日地咀嚼并没有让痛感变淡，反而每次都像刚撕开伤口般痛彻心扉，那淋漓的血新鲜得好像还冒着热气。

　　他真的悔青了肠子，后悔那天下午不该告诉妻子他要回去了，那样许蓉就不会带着三岁的儿子去火车站接他，儿子就不会丢。

　　这四年，肖友生再也无心做任何事，生活的意义只剩下寻找儿子，他没事就去火车站转悠，企图找到那个把儿子抱走的人，这种企图是如此渺茫，像大雾深处的一方沙汀，连方向都辨不清楚，只是急吼吼地想要划船过去，终究是一次又一次的失望。公安局成了他的第二单位，一有空他就去问民警是否有线索，几年下来，儿子仍没音信，他倒是跟局里的一帮民警成了哥们。

童童的屋子早已被锁起来了，屋里的一切都保持着孩子离开前的样子。玩具四处散落着，衣柜的门半开，一双小鞋倒是整整齐齐地摆在床前，仿佛床上那堆被子里随时会爬出一个孩子翻身下床穿上小鞋跑开。这个屋子像被巫婆施了魔法定格在时光的某个瞬间，处处透着怪异。他一直没敢进去，那是片令人悲伤的梦境，一旦梦醒便是更冷冽刺骨的痛苦。

有次肖友生半夜被噩梦惊醒，去厕所的时候忽然定在了原地。儿子的小屋从门缝往外透出丝丝缕缕的光，这光在黑暗的客厅里就像浮在大海上的一叶孤舟，虚幻而又神秘。

肖友生的呼吸瞬间急促起来，蹑手蹑脚地走过去，只见许蓉把头埋在儿子最喜爱的毛毛熊身上，发出小声的压抑的呜呜痛哭。他悄悄地退回卧室，半晌才发现满脸都是冰凉的泪。肖友生这才知道，原来他梦里经常听到的断断续续的呜咽，是许蓉的哭泣。她的哀恸之声就是他梦境的背景音乐。就是从那一刻，他原谅了她。

肖友生贴出去的寻人启事很惹眼，"重金酬谢"四个字浓墨重彩。他骑着摩托车，许蓉坐在后面，一人提糨糊，一人拿纸，配合得越来越娴熟，动作越来越行云流水，大大的寻人启事几天时间便贴满了大街小巷。自那以后，肖友生的电话开始忙碌起来，鸟叫的铃声昼夜不停地响起，他仿佛随身携带了一个小型鸟笼。都是说有孩子的线索，都是要先付钱。开始，肖友生带着飞蛾扑火般急切的心情来者不拒，但慢慢地，发现很多都是骗子，拉着个跟孩子长相八竿子打不着的小孩，装腔作势地嚷着找到了找到了。后来，他便存了戒心，不再轻易相信人了，可许蓉却不愿意了，埋怨他抠门、吝啬、不疼儿子。肖友生靠林业局发的那点微薄的薪水便全都如牛一样沉入到这茫茫的寻子大海中，而且，这只牛还是泥塑的。

再后来，朋友让他去看看"宝贝回家寻子网"，让他登记上童童的信息，他便没事就打开这个网站查看，网站里有很多失踪儿童的照片，他常常在夜里睡不着时点开那些照片，一一看过去。张雪，女，短发，圆胖脸，失踪当年8岁，头上两个旋。陈思思，男，走失时身穿红衣棉袄，深灰色的裤子，脚穿蓝色的鞋子。鹿敏，女，身高95厘米，穿一身黄色的衣服，走失时4岁……肖友生看着那一张张天真的娃娃脸，仿佛看到了屏幕背后两双或多双悲伤无神的眼睛，一个孩子的丢失要毁掉多少大人的幸福啊！他常常想，儿子在哪里？他现在过得怎么样？童童的一切慢慢地从回忆里浮出水面，日渐清晰起来：他吃枇杷果会过敏，他是个安静的小男孩，他最喜欢看中央一套的《动物世界》，看到那些或大或小的动物他就两眼放光。很多人都说他长得像妈妈，不像爸爸。他生气时会生闷气，从不撒泼哭闹。儿子的所有细节都在漫长的思念中被放大，也越来越使肖友生坚定信心，不管以后还生不生孩子，一定要继续寻找童童。

回到家后，一切照旧，一个月很快就过去了。这个月里，肖友生去了趟山东，参加了一个民间寻子组织举行的公益活动。日子如昔，只是家里那死水般的平静背后隐约有丝风雨欲来的气息，他和许蓉背对着背睡在床上，却像隔了千山万水。

许蓉坐在阳台上，低着头看着地上那盆青葱逼人的"玻璃翠"，长发披披拂拂地垂下来盖住了脸。她使劲地撕扯着自己的袖子，末了，颤颤地伸出手去，抚了几下肥厚的叶子，便硬生生地掐断，一共掐掉了七片叶子后，她噌地站起来，疾疾地走向肖友生，把一张纸拍在他面前说："离了吧，这样对谁都好。"肖友生的脸色霎时变得苍白，仿佛血液在一瞬间被鬼吸走了。许蓉说完话下意识地后退了一步，她以为，这个脾气暴躁性格憨直的河南汉子会一蹦三尺高，会拿起桌上的杯子砸向她，会粗暴地问候她的祖宗八代尤其是她母亲，会撕扯着头发号啕大哭。但事实相反，一片死寂，连空气都仿佛被冻结了。肖友生死死地盯着眼前那张方方正正的纸，仿佛要将每个字都吃进肚里。忽然，他飞快地拿起笔，刷刷刷地签上了自己的名字，起身离去。留下许蓉大张着嘴愣在那里，她准备的应对他的话通通没派上用场，随着一团唾沫硬生生地咽进肚里。

三

肖友生躲在一棵浓荫蔽日的大树后面，一瞬不瞬地紧盯着不远处那朱红色的大门。一群衣着时髦的年轻人正说笑着从里面走出来，他不动声色地盯着那群男女。许蓉出现了，熟悉的身影被他毫不费力地捕捉进眼帘。他下意识地将身子往后缩了缩，直到整个面孔都隐没在大树的绿荫中。几天没见，许蓉的脸色竟然有红有白，比原来多了几分滋润，他的心一时间五味杂陈。许蓉的乳白色高跟鞋嗒嗒嗒地敲击着地面，盈盈一握的腰肢娇俏地扭动着。肖友生不得不承认，她对于他，仍然和初见时那样，有种将他吸进去的魔力。也正是这种魔力，吸引着他每天走到这里，躲在这棵树后面，去弄清心中的谜团。这个谜团沉甸甸得像个果子挂在肖友生心里，迫使他必须快点摘下来，剖开它，看看究竟是蜜汁还是毒液。

许蓉眼望前方，脸上忽然浮现出一抹像浸过蜜似的微笑。肖友生的心像被揉成了一团的废纸皱巴着，他看惯了许蓉的漠然表情，那温柔的笑于他而言，陌生得有些妖异了。但是他能感觉到，那是对深爱的人才会流露出的笑。许蓉一边微笑一边快步走向不远处一辆黑色宝马，熟练地打开车门坐在副驾驶座上。肖友生的眼珠恨不得能脱眶而出，他最终也没看清车里那人的样子，但直觉告诉他，肯定是个男人，而且是跟许蓉关系不一般的男人。他来不及细想，赶紧坐上一辆出租紧跟着那辆绝尘而去的宝马。

肖友生第一次见到许蓉是在朋友南磊家，那天，南磊将他拉到一边说："兄弟，你看哥给你介绍的女朋友不错吧，虽然是我老婆的朋友的妹子，但我对这姑娘也多少有所耳闻，大学毕业，有文化有气质，最重要的是性格好。"那时，肖友生还是个见了姑娘就脸红的"愣头青"，只顾哎哎地答应着，眼睛都不敢往许蓉的身上瞄，但偏偏墙角立着一个大大的穿衣镜，许蓉的整个身子映在里面，镜里看美人，如同雾里看花、水中望月，有种不真实的美。姑娘低着头摸着指甲，天蓝的长裤映衬得那双手像瓷一样细白。肖友生偷偷地瞄一眼，再瞄一眼，忽然，镜里的姑娘抬起头朝他笑了一下，他惊得一哆嗦差点跌到地上。从那以后，肖友生的心里便满是许蓉的影子。他忐忑不安地求婚，没想到许蓉很爽快地答应了，连彩礼都不计较，他们飞快地领了结婚证，摆了酒席，装修房子。肖友生每天都像喝酒了一样，晕晕乎乎，像踩着云彩走路。他拉着南磊灌了一肚子黄汤，大着舌头一直说感谢党感谢人民感谢老天爷感谢各路神仙赐给他一个漂亮媳妇。

直到入洞房那晚，看着许蓉那平静得有些漠然的表情还有干干净净的床单，肖友生仿佛明白了些什么，但他什

么也没说，只是想，这样的姑娘能看上他这个高中毕业的
糙汉子，还挑剔什么呢？

　　肖友生的回忆缠在前面的宝马车上，忽远忽近，渐渐
地缠成一团乱麻。眼瞅着那车拐进了一个小区，他抬头一
看，愣在了那儿，裕祥苑！这是他熟悉的一个小区。肖友
生的心里忽然生出一丝不祥的预感，这预感渐渐铺展成一
片荫翳，让他有些恐惧，也许走进去，会是一个无法承受
的谜底。

　　许蓉挽着一个男人的胳膊进了一栋单元楼，肖友生在
楼下看着楼道的声控灯亮了三层，然后随着响亮的锁门声，
7 号楼 5 单元 3 楼东户的灯亮了，他的心也直直地坠进了
无底深渊。这个房子他曾来过。

　　肖友生呆呆地在夜幕下的芭蕉树后站到深夜。回想着
婚后生活的一幕幕，就像往事里伸出了锃亮的钩子，将那
些露出端倪的琐屑、线头统统挑了出来。线头理清了，心
里的那个谜团也解开了。他一直看着那窗户后的灯光熄灭，
才不得不接受事实：这两人怕是早就好上了。他失魂落魄
地转身欲走，却发现腿早已麻木，深夜的露水打湿了衣裳，
冰冷沁骨，天上积着厚厚的乌云，阴沉沉地悬在头顶，仿
佛随时会压下来。他僵硬地挪动着酸麻的腿，看着路灯下
那个鬼一样伶仃细瘦的影子，不禁悲从中来。

四

肖友生一夜未睡，身子翻来覆去得像烙饼一样，终于按捺不住在凌晨的时候敲响了裕祥苑小区 7 号楼 5 单元 3 楼东户的房门。敲门声响了很久，他贴在门上，能听到屋里一阵响动，接着便陷入一片死寂，他盯着那个猫眼，直觉告诉他猫眼后有双眼睛也在盯着他，空气开始变得黏稠混沌，他的呼吸急促起来，像被人掐住脖子提到半空中。铁门发出暗哑的嘶叫，被慢慢地拉开了，明亮的光争先恐后汹涌着流淌出来，涌到肖友生身上。南磊高大的身躯挡在门口，像尊门神一样。他的脸背着光，显现出一种怪异的肃穆和模糊，也许是睡意未退，他的眼睛眯缝着，暗暗地打量着不速之客的表情，脸上却挂着客气得有些生硬的微笑，两个男人一时无言。

肖友生突然迅速将身子塞进门去，站在雪白的吊灯下大声喊："许蓉，你出来！"这一声尖厉高亢，不像他平时的声音，话一出口，他自己也微微地愣了下。从他一踏进屋，这房间里就好像悬着一根隐形的弦，而他的这声叫喊，陡然将弦一下子绷得紧紧的，弦上的箭悬而欲发。

这时，客厅旁边的一扇屋门打开了，一个女人趿拉着拖鞋慢吞吞地走了出来，脸上是万年不变的冷漠表情，只不过这冷漠里还掺杂了些许惶恐。以前，肖友生恨透了这水火不侵、波澜不惊的面容，可今天再看见，心里竟莫名地一阵悲怆。可是她看他的眼神很陌生，像在看一个可怕蛮横的入侵者。

许蓉看看南磊，又看看肖友生，微微低下了头，使劲揪着袖口，拽一下，又一下，机械地重复着这个动作。肖友生张了张嘴，感到有什么拽着自己在迅速下坠，他明白，不用问了，事实如一根鱼刺鲠在他的咽喉里，他生生把它咽了下去，连同那划破皮肉的疼痛和咸咸的血腥味。

许蓉有个习惯，一旦她心中不安，便会使劲撕扯袖口，这是她无意识的动作，但对肖友生来说，这么多年耳鬓厮磨、同床共枕，每个动作下掩藏的心思，他都谙熟于心。头顶的吊灯把炽热的白光兜头兜脑地向他倾泻下来，他忽然有种错觉，像躺在手术床上，无影灯正热烘烘地烤着他，让他的所有羞耻、愤怒都无所遁形。

"妈妈"，最里面的屋子里走出来一个穿着睡衣的小男孩，揉着眼睛过来拉住许蓉的手。南磊和许蓉异口同声地说："回去！"急促紧张的断喝里是浓得化不开的恐惧。肖友生骤然一惊，直直地盯着这个欲被他们捂住的秘密。当他的眼睛和那双眸子相对时，他的身子晃了晃。是那个被拐的小男孩！

肖友生忽然有种错觉，他是误闯进来的陌生人，他不该踏进这扇门。不安的空气里，暗流涌动。他直直地盯着小男孩那双清澈见底的眼睛，忽然冲上去一把掀开他的睡衣，一条长长的疤痕赫然在目。"童童"，肖友生发出梦呓般的轻唤，声音里像融进了棉花糖，有种不真实的甜腻和温柔，身子却克制不住地颤抖起来。南磊忽然冲过来一把将男孩搂进怀里，像头护崽的雄狮一样，浑身戒备，须发皆张。

肖友生的头一阵眩晕，南磊的脸和许蓉的脸飞速旋转起来，慢慢地重合在一起，竟然幻化成了童童的脸！他只觉得头轰然一声仿佛炸成了千万片，四面墙在炽亮的灯光中蒸腾融化，他坐在灯光下，却觉得像是坐在黑暗冰冷的深渊里。原来，他以为妻子是他捡到的大便宜，却不知自己才是猎物。南磊和许蓉精心编织了一张网，等着他乖乖撞上来，然后默不作声地旁观，看着他度日如年痛苦地在网中挣扎。

过度的激愤使肖友生的大脑一片空白，他只觉得自己就像个舞台上的傀儡，忽然失去了背后的操控，一时不知道该先举手还是先抬脚。忽然一个念头在心头劈开一道闪电，豁然撕开了眼前的平静，露出底下的波涛翻腾。他还来不及细想，手里已鬼使神差地举起了一把刀子，那是许蓉曾经送给他的生日礼物。是她在藏饰店买的，小巧而锋利，可以削果皮，也可以防身。曾经，他爱屋及乌，把刀穿在钥匙串上，到哪儿都带着，离婚了也未曾取下。如今，他只想冲上去，把锋利的刀刃深深地刺进南磊的心脏。

南磊僵直着腿站在那儿，脸上浮起一层薄而脆的苍白，好像一碰就会碎。童童的哭声像锥子一样尖厉，顷刻间打破了房间里的压抑。忽然，许蓉冲上前去，挡在了南磊身前，她眼睛里的恐惧还没完全褪去，便涌上了更多义无反顾的坚定，那坚定让她全身生出了一层硬硬的壳，她像只处于防御状态的母鸡，张着翅膀，护住了南磊。

许蓉直直地盯着肖友生，他和她的眼睛就这样对接了一分钟，短暂的一分钟骤然像被拉扯成了一条时间的直线，漫长无比。他和她在这条直线上狭路相逢，兵戎相见。

肖友生率先挪开了目光，合起刀颓然走出门去，是许蓉眼底的那点义无反顾的决绝击败了他。他只觉得从未有过的痛苦，一下一下挫着他的心脏，他甚至能听到那钝钝的声响。

肖友生艰难而缓慢地挪下楼，昨晚的乌云已经化成了雨，漫天飘着雨丝，天地一片迷蒙。小区里冷冷清清，偶尔路过的几个人吃惊地看着一个眼神涣散、浑身湿透的男人拖着步子走在雨中。他再也忍不住，号啕大哭起来，胸中憋着的怨恨、悲伤、愤懑好像只有通过这眼中涌出的液体才能排出来。而他不知道的是，此刻他身后的三楼窗户后面，正贴着一张小小的脸，看着他那因哭泣而不停耸动的肩膀慢慢地消失在漫天雨雾中。

五

肖友生坐在屋里，看着墙上黄昏的光线一寸一寸往下移，整个世界仿佛变成了一个巨大的沙漏，时间像沙子一样从他身上流淌过去。他想着逝去的那四年，想着这段时间发生的一切，努力克制想要杀人的冲动。他想，忍吧，只能忍了，闹腾起来只会是更深的耻辱。

可他清楚地感觉到，从他鼻子呼出的气息里，从他散发的气息里，从他的每个举手投足里，都是浓得散不开的怨气，这无形无色的怨气很快塞满了这个萧索冷清的房子。他努力想着以后的日子，越想越心如死灰，现在他没有钱，又离过婚，想找个女人重新开始该有多难啊。不！肖友生打了个冷战，他再也不想结婚了，女人，太可怕了！

他吃饭的时候心痛，睡觉的时候心痛，走路的时候心还在痛，他想忍下一切重新开始，可他发现，忍是世界上最艰难的事。他由衷地佩服那个发明忍字的人，这是个多么睿智的人啊！心上架着一把刀。可不是吗，这把刀日日夜夜凌迟着他，他怎能不心痛呢？他甚至怀疑，也许自己有天就会这样痛死了。而许蓉呢，不爱他，却要勉强跟他生活在一起，怀揣着暗无天日的秘密，一忍就是这么多年，难道她的心已经被这刀磨出了茧子？钝了才会失去痛感吧，才会有那张终年漠然的脸吧？太阳下的每个人都在努力认真地活着，每个躯体都曾被生活之刃砍过几下，割过几刀，除了自己，又有谁知晓？那么多貌似光鲜貌似平静的躯体，曾经历过怎样的遍体鳞伤，又有谁看到？

肖友生忽然想起那些暗夜里，他梦中的背景乐——那隐忍压抑的哭泣。心里莫名就生出了一丝疼惜，这丝疼惜将他和她连在了一起，他们都是受害者。想到这儿，他的脑子里马上浮现出那个笑得红光满面的人——南磊。

凭什么这家伙盆钵皆满，凭什么他可以轻而易举地把自己这个道具像甩鼻涕一样甩开，凭什么他把自己最珍视的东西抢走了？肖友生紧紧地攥紧了拳头，指甲嵌进了肉里，刺痛传到心里。展开手，掌心几个印痕，像一个个血红的眼睛。

肖友生想起有一天黄昏，也是这样暗暗的天光里，儿子在看《动物世界》。赵忠祥四平八稳的声音充斥着整个客厅，"狼蛛，腿部之间的跨度为 20 厘米，体内毒液足以杀死老鼠、蜥蜴、小型鸟类和蛇……"他抬头看了一眼电视，一只巨大的蜘蛛正在悄悄靠近一只小白鼠，而白鼠浑然不觉，眨眼的时间，白鼠便沦为了巨型狼蛛的猎物。儿子兴奋地对他们喊道："快看那只小老鼠，傻不傻？"那时，许蓉正在收拾屋子，瞥了一眼电视没有说话，他学着儿子皱鼻头的样子用夸张的声音说："真傻，傻透了。"

如今，这话穿透岁月的烟尘像把匕首插入他的心脏，是啊，他真傻，傻到一直被当作猎物而不觉醒。这世上，有多少人以为自己是捕猎者，猎取利益、财富甚至他人的心，却料不到早已在无知无觉中成为他人眼中的猎物，而不知有多少人却心甘情愿做一只猎物。其实，他何尝没有察觉到她多年不变的冷漠、夫妻生活的敷衍，当他一次又一次看到她偷偷跑出去打电话时，何尝没有起过疑心，只是他强迫自己不去多想，不去理会太多。他自己给自己捏造了一个快乐安稳、固若金汤的幸福小家，直到，他们无情地一棒将它击碎。

他猛地睁大布满血丝的眼，他要做一件疯狂的事，要完成一个许过的承诺，一个尘封在往事里的约定！这个念头在辗转难眠的夜里疯狂地生长，蓊郁成荫。

六

许蓉像堆散沙一样靠着墙坐在地毯上，她死死地盯着大门上的钟表，眼珠跟着指针一圈一圈地转动，恍惚感觉像是时间的巨轮在心上一圈一圈地碾过。

就在十五分钟前，她给南磊打了电话，告诉他童童又失踪了。她盯着那扇门，知道过不了多久这门就会被猛地推开，然后闯进来心急如焚的南磊。他会是什么表情呢？会和肖友生当年的表情一样吗？她像堆没有形状、没有灵魂、没有生气的肉一样瘫在那里，仿佛随时会坍塌，会四散淌开，她觉得自己已经没有一丝力气了，只有大脑和眼珠能转动。

四面都是惨白的墙，牢牢地将她罩在这里。她想起小时候养过的一只蝈蝈，翠绿可爱。她爱极了它，所以特别怕它跑掉，就把它随手用一个白瓷盆扣在桌子上，等放学回来一看，蝈蝈已经死了，就像风干了一样轻飘飘地躺在那儿。

有时候，许蓉觉得自己也快窒息而死了，死在这四面白墙的冷冰冰的屋子里。南磊每天都要回他的家去陪他的胖夫人，所以来这里的次数不多。每天把童童送到学校后，她就开始一遍一遍地拖地，来来回回，反反复复，光滑的大理石地砖被拖得像湖面一样，可以照出倒影，她站在上面杵着拖把，摆了个扭腰扶胯的姿势，竟有了些许临水照花、顾影自怜的意味。

她曾对南磊撒娇着试探说，想在这四面雪墙上挂上他们的合影，否则看着太清冷。却被南磊毫不犹豫地拒绝了，他虚虚地笑着，好像随时都能换作横眉怒目，他的目光像磷火一样闪烁不定地说："多俗啊，挂些油画什么的才高雅。"她在心里冷笑，多么谨慎的人啊，真是片叶不沾身，一丝痕迹不留啊！怕哪天原配找到这儿吗？她咬着牙冷笑，直笑得浑身冰冷。

其实，许蓉早就明白，南磊是不会离婚娶她的。但可恶的是，他总是给她希望，就像捉狗的总是给狗一点吃的，又不让它吃饱，跟着跟着，绳索就套在狗脖子上了。她一个人在黑暗中跌跌撞撞，什么都不在意，只眼巴巴盯着前方这点鬼火般微弱的希望，跟的时间久了，反而成了一种自虐的习惯了。即使她早就知道，他不会为了她离婚，可她还是像只飞蛾一样朝着那点渺茫的火光靠近、再靠近。

童童丢了之后的那段时间是最难熬的，她眼睁睁看着那点
微弱的希望消逝在无边的黑暗里，那么多难眠的夜，她走
进儿子的小屋，抱着那些小玩具小被子痛哭，不只为儿子，
也为自己。

童童被找到后，许蓉仿佛一夜间心里生了刺，长了牙，
由防守者变成了进攻者。她决定将自己逼到绝路，这样才
能把南磊逼到绝路，这也算破釜沉舟吧。

她找到南磊说："我不想再和不爱的人过下去了，我
已经和肖友生离婚了。如果你再不跟我结婚，我就把孩子
送给肖家，这是我欠他们的。"

南磊急得直跳脚，没过几天，他就带她去买了个戒指，
并一脸郑重地说："我的生意最近出了些事，必须用到老
岳丈的关系网，等这些事摆平了，我一定跟那个胖子离婚，
风风光光地把你们娘儿俩接进门，你先别冲动，再等等。"
许蓉又鬼使神差地跟着那点微弱的火光走了，她跟一切亲
戚朋友都断了联系，带着童童住在这里。

许蓉低着头看着手指上的那个戒指，小小的一点碎钻
闪着晶亮的光，就像一滴盈盈欲坠的泪珠。她的心忽然痛
得想抽搐，她为南磊流了那么多眼泪，而他用这一滴小小
的泪珠就又让她乖乖地俯首称臣了。

想起年轻时第一次见到他，她愣了，她从没见过那样
的眼睛，眼梢长长的微微上挑，深得像要一直望到人心里
去，那眼睛能勾魂，让她一瞬间迷了心智。过了很多年她

才知道这叫作桃花眼，男人女人，有双这样的眼，必定风流。他们相识后，他便对她展开了猛烈的追求。涉世未深的她哪儿是他的对手，几个回合下来，她便彻底沦陷了。

而那时的南磊刚结婚一年，妻子是市组织部部长的千金，他常常开玩笑说这个千金真的是千斤。结婚那天还闹了个笑话，当地风俗是新郎要把新娘抱进接亲的轿车，南磊累得满头大汗也抱不动新娘，勉强抱起来跌跌撞撞走到车门处，脚下一滑不小心把新娘重重地扔在座位上，他把头探进车窗里，还没来得及道歉，就"啪"地挨了一耳光。这一耳光奠定了"千金"在家中岿然不动的一家之主的地位。那时，许蓉对南磊真是心疼可怜啊，她心底深埋的那点母性被这个可怜兮兮的男人勾了出来，恨不得把那要溢出来的心疼都给他，慢慢地，疼惜就变成疼爱，关爱就变成深爱，南磊像找到庇护所一样拱在她怀里哼哼唧唧地倾诉着他婚姻的不幸，趁机钻进了她的心里。

可是南磊怎么都不肯跟老婆离婚，他皱着眉撇着嘴苦哈哈地说："我的公司是老岳丈赞助开的，客户都是岳丈的朋友拉的，我现在还不能跟他们断了关系，等我翅膀硬了……"这样的承诺，南磊从她二十四岁一直说到现在，说到后来，她都懒得再分辨誓言的真假，心甘情愿地跌进这一片浓稠甜蜜的誓言里，慢慢被淹没，被凝成琥珀，连同那被浪费的哗哗流过的青春一起被凝固。

二十九岁那年，她在父母的压力下不得不考虑嫁人的事，而南磊的生意也做大了，可翅膀硬了的他还是不敢承诺娶她。那晚，她偷偷地在避孕套上扎了个小洞，她算好了，这两天是排卵期，欢爱过后，一定会撒下种子，她为了迎接这颗种子，做足了功课，准备了很久，只为怀个男胎。因为她知道，农村出身的南磊极其重视男嗣，偏偏那个"千金"生了两个丫头后死活不愿再生了，这让南磊一提起来便唉声叹气、一筹莫展。如今，许蓉决定拿这个未知的孩子做筹码，她真的奋不顾身、孤注一掷了。她要拿自己的婚姻和后半生的幸福跟这场不见光的爱情赌上一局。

还好，她如愿以偿地怀上了个男胎，可这一局她还是输了。南磊仍然不答应和她结婚，却温声软语地哄着她不要打掉孩子，然后，肖友生这只傻乎乎的兔子就在毫无防备的情况下跌进了一个精心铺就的陷阱。

想起肖友生，许蓉的心不由得揪成了一团，从嫁给他那天，她就感到身上背负上了一层沉重的东西。每当她拒绝跟他亲昵，每当她看到他为了儿子喝得酩酊大醉，每当她听到他深夜梦呓时喊着儿子的名字，每当……每当这些时候，她身上背负的东西就一层一层加重，直到那天，肖友生什么都知道的那天，当她看到他的脸瞬间变得惨白时，这些东西重到将她一下压垮在地。这一生，她逃不过良心的债，这一生，她欠他太多。

门砰地被猛然推开，巨大的声响硬生生地割断了许蓉缠缠绕绕的回忆，南磊心急如焚地赶回来了。

"儿子丢了。"许蓉直直地仰着脖子盯着站在她面前的男人，眼睛一动不动，仿佛要看穿他的眼睛直望到他心底去。

"我知道！你他妈别提了！"南磊脖子上的青筋像愤怒的小蛇在皮肤下暴凸出来，许蓉的目光黯淡了下去，她想起四年前的火车站，她也是这样对肖友生说，肖友生抱着她哭了，一边哭一边还不忘给她擦眼泪。

"你没去学校接吗？怎么丢的？"

"我睡过头了，去晚了，去的时候已经放学半小时了。"许蓉平静地回答，脖子仍然直直地仰着。

"你他妈的是猪啊！看个孩子你都看不住，你这样的女人我敢娶吗？我敢吗？敢吗？"南磊显然被她的回答激怒了，愤怒地蹦着喊着，像只被踩了一脚的青蛙。

许蓉心底最脆弱的地方被深深地刺激到了，就像她一直不敢面对的东西被人强行扯出来了，亮在光天化日下，摆在她面前，硬逼着她直视。愤怒使她这堆瘫软无力的肉瞬间像被注射了能量剂，她刷地站起来，指着南磊道，"你这样的混蛋就不配有儿子，就该断子绝孙！"她是拼尽全力咬牙切齿地从嘴里迸出这句话的，尤其是最后四个字，字字都如飞镖，闪着寒光狠狠地射向南磊。

"啪"一声脆响后，两个人都愣在了死一样的沉寂中，怔怔地互相看着对方愤怒到扭曲的表情，忽然觉得恍若隔世。多年积攒堆砌起来的温情和爱意纷纷破碎坍塌、狼藉满地。一切都回不去了，两个人在心里同时叹道。

许蓉的半边脸像火烧了般滚烫，奇怪的是，她竟然丝毫感觉不到疼痛，她想，也许心里的痛太深，以至这点皮肉之痛感觉不到了。人生第一次挨耳光，竟然是最爱的人赐予的。她嘴角不禁浮起一丝冷笑，慢慢地，这笑波及全身，她笑得像被通了电一样浑身颤抖，南磊厌恶地瞪了她一眼，黑着脸摔门而出。

她又贴着墙慢慢跌坐在地上，心里那冷冽的疼痛反而让头脑一片清明，他最在乎的原来是她当初机关算尽种下的那颗种子，而她，年轻时是他在婚姻之外获得满足和快乐的一具肉体，如今，容颜衰败，就成了他抚养儿子的免费奶妈，她的意义仅此而已。她还为了那点微弱的希望一直执着至今，多么傻！说到底，这场爱情不过是自己的一出独角戏，演员是自己，观众也是自己，自己演给自己，自己感动自己。

许蓉又看了下挂钟，已经过去四十分钟了，她轻轻地呼出一口气，儿子和他应该已经坐上开往婺源的火车了吧？他说过，如果有天找到儿子，一定要兑现许过的承诺，带他去看中国最美的油菜花。

她一直在利用他，利用他对她的真心。他一直是她布的局中最无辜的棋子。直到这最后一刻，她又利用了他，利用了他对儿子的真感情。

南磊的家里除了那个母夜叉，还有两个骄横跋扈的胖女儿，她要为儿子以后的生活考虑周全，要给他最安稳幸福的生活。而南磊，两年前就被"千金"逼着做了结扎手术，这辈子他都不能有自己的儿子了。

许蓉站起身，忽然觉得身上那种沉重的东西开始悄然坍塌，她迎着晨光展开胳膊，有种从未有过的轻松在全身肆意流淌。她迅速收拾好行李，将冰冷的铁门重重地关上。

可就在转过墙角下楼时，她却忽然定住了。墙角结着一张细细密密的蛛网，银亮的细丝在阳光里反射出熠熠的光彩，这么精致完美的网中却缠着一只奄奄一息的小飞蛾，不远处，一只瘦小丑陋的蜘蛛悄无声息地爬过来，飞蛾做着最后徒劳无功的挣扎，然后快速地被蜘蛛吃掉。许蓉仰着脸，捂着嘴，在天窗里漏下的刺眼日光里泪流满面。她一直以为自己是那只精心布局、稳踞网中的蜘蛛，其实，不过是只奋不顾身的飞蛾。

（原载《北方作家》2015 年第 5 期）

生门

一

午饭后，杯盘一片狼藉，桌边人岿然不动，像在椅子上生了根，任由那一堆油腻的碗筷在号啕呼救。我木然起身，麻利地将它们收罗到盆中端去厨房。

刚挽起袖子，母亲迟疑而微弱的声音就像藤蔓一样从背后伸了过来，"我给你搭把手，这么多呢。"我拉下脸生气地把她往门外推，"说过多少次了，你是客，不能在这儿干活。"母亲扭脸瞥了下客厅，翻了个白眼不满地嘀咕道："你不生个崽，我们坐着也烧屁股，再说我也不想听你婆婆啰唆。"母亲的嘴角像坠了两个秤砣，一脸皱皱巴巴，是常见的那副抻不平展的愁苦相。

我透过厨房的玻璃门，一眼看到父亲也是一脸愁苦地坐在那儿，公公婆婆正围坐在他的周围，眉毛像要飞上天了，表情生动得简直像在演戏。我烦躁地把水龙头开大，唰唰唰地使劲涮着碗，水花愤怒地溅得四处都是。水珠落在我的手背上，像冰凉的小嘴紧紧吸吮着，让人心烦。水流声并没有掩盖住谈话的声音，婆婆的哀叹隐约传来，"唉，亲家啊，你都不知道啊，我现在都不敢去跳广场舞了，那些姐妹们一见我就问：'你媳妇怀上了吗？'"

母亲低声惊叫道："死闺女，你开恁大响让谁听啊，快关小点，被你婆婆听见了又要埋怨。"我瞥了眼她那惊慌的神情，忽然涌起一阵悲凉，曾经让他们荣耀四乡的女儿，如今却让他们谦卑得像棵耷拉着头的狗尾巴草。

父母等我从厨房出来就匆匆告辞了，我连忙换上衣服陪他们下楼。刚走出门，母亲就一把拽过我的胳膊急切地说："妈跟你说的记住了吗？早晚一定要默念'大慈大悲观世音菩萨保佑'，那个瓷娃娃一定要在褥子下压好了，别被张龙整理床的时候扔了。"

我耐住性子不停地点头说："知道了，记住了，放心吧。"

母亲又殷殷地看着我说："那个瓷娃娃是娘跑到武当山给你请来的，很灵的，再坚持坚持，今年肯定能怀上，妈只能帮你到这儿了。"

母亲的声音忽然有些变调，她低下头快速地擦了擦眼。走在前面的父亲扭过头，粗声粗气地呵斥道："别给闺女太大压力，怀不上又咋了？我培养了二十多年，名牌大学也上了，硕士文凭也拿了，难道一辈子的成就，要拿个婴儿来衡量？"父亲是小学教师，跟母亲说话，总是不自觉就变成了老师训学生的腔调。

可这个"学生"明显不服，尖声叫道："你说得好听，你闺女哪怕考上天，也还是个女人，做女人就得为夫家生孩子。你现在宽慰她，回头她又不好好备孕了，难道让亲家埋汰咱们一辈子吗？"

父亲涨红了脸，呼哧呼哧地喘着气，一副要开战的样子。母亲不疾不徐地说："我问你，如果是咱儿媳妇晓楠生不出来孩子，咱俩能吃得香睡得好吗？"轻轻松松一句话像一盆冷水浇在了父亲头上，父亲低眉耷眼，立刻偃旗息鼓了。

我木然地打断他们的争论："别说了，我烦了。"这两年，类似的争执、劝慰我听得太多了，它们像一枚枚小型炸弹，不定时地在我脑海里爆炸，炸得我晕头转向，丧失抵抗力，直至变得麻木迟钝。

送走父母，我不想回到那个冷冰冰的家，就漫无目的地在小区里闲逛。这是一座有两万多人的大型小区，绿化面积很大，假山、小桥、微型湖应有尽有，随处都是景致，大群孩子披着阳光尽情地奔跑嬉戏。我坐在长椅上看着他们痴想，什么时候我的孩子也能奔跑在这草地上呢？

两年前，我每天也能见到很多孩子，那时我是省重点小学的骨干教师，是孩子们喜欢的"知心姐姐"。那时我没有想到，以后我会和孩子杠上。

父亲是个乡村教师，一家人全靠他那点微薄收入过生活。母亲怕瘦弱的父亲累倒，承担了家里的所有家务和地里的大部分农活。我和弟弟在这样的家庭里长大，都考上了不错的大学。我承认，我就是别人嘴里说的那种"学霸"，考啥过啥。本科上完我就考硕士，一考就中，毕业后招教考试也是一考就过，进了学校当上"孩子王"。我一直感激父母坚持让我接受教育，让我通过知识改变了命运，我被头上那圈"省城人"的光环照耀得有些忘乎所以了，早已忘了要在这个二线城市立足，仅仅有个户口是不行的，还得买上一套一平方米一两万的房子，钱再次像很多年前一样，成了我的掣肘。

当一个人缺少什么的时候，就会对拥有这东西的人产生别样的情愫，这是我后来才明白的。也许从一开始，我对张龙的感情就不是纯粹的。他不是我的追求者里最帅最有才能的，却是最有钱的。对于我这样从小在穷日子里泡大的人来说，张龙的生活为我展开了一幅我从没见过的旖旎画卷，我在这画卷前不由得收敛了所有锋芒和骄傲。财富为张龙镀上了一层风度和魅力，让我努力忽视了他的大专文凭、粗俗谈吐和玩世不恭的举止。公婆很满意我这个儿媳，见人便说我是名牌大学的研究生，学问大着呢。

本来我和张龙各取所需，加上点深深浅浅浓浓淡淡的情意作润滑，小日子应该是和和美美的。可偏偏老天要往我们的婚姻里扔下一颗未引爆的手雷，我徒劳地和它做着对抗，时刻担心它把这个家夷为平地。

我们结婚两年一直未孕。

二

一开始我的月事还很正常，张龙也戒酒半年，极力配合，两人都没把这事当回事。结果半年过去，月事仍每月如一条妖异血红的蛇如期而至。公婆的焦虑扩大了我的焦虑，老公的不满深化了我的不满，我的月经开始像受到惊吓一样，畏首畏尾，从一月一次变为两月一次，再后来竟然三个月才来，害得我盼它来又怕它来。每次它杳无音讯，我都以为怀上了，拿着验孕棒望穿秋水，瞪得眼珠子都快掉出来了，眼前暗影幢幢，还是只看见明晃晃的一块白板。

我拿出当年考研的劲头买了几大本《怀孕秘籍》《如何怀上一个聪明宝宝》《子宫里的奥秘》等书，拿出探索学术难题的精神日夜求索，还运用理科生的优势制作表格、统计数据、分析研判。最终决定把重点放在调经上。经血，为女人之本，失了根本，还怎么孕育？没有充沛的气血，身体里的那片土壤就干涸、枯竭，成了板结地、盐碱地了。

我也曾跟张龙说，让他去男科检查下，他已经跑到医院门口了，却死活不下车，狡辩说："又不是阳痿，让熟人看见了太尴尬！"我磨破嘴皮子也毫无作用，便只好随他去了，反正他没有抽烟酗酒的习惯，应该是没事的，这样一想，我的压力就更重了。我把自己牢牢钉死在道德的耻辱架上，根本没有意识到，一个人的思维很容易被周围的人同化，当连自己也认为传宗接代是女人的本分时，就已经悄然开始做那只吐丝自缚的蚕了。

我早已忘了自己是一名优秀的人民教师，一个精通数学的专业人才，我只知道，每月我都战战兢兢地感受着体内那股暗藏的潮水，猜想着它何时涌动，因为书上说了，只有例假来了才有排卵，如果没有卵还咋生孩子。我放下知识分子的假清高，真诚地向老家的姐妹们打听怀孕的偏方，龇牙咧嘴地在每天晨昏喝下去一大碗黑乎乎的苦药汁，那真是酷刑啊，草木的魂魄在沸水里煎熬沸腾后，从口腔窜进去，迅速奔走占据整个躯体，那种苦涩简直要把人撕裂成碎片，每次喝完，我的脸都要扭曲成一个大大的"苦"字。

这种酷刑还不算可怕，可怕的是那些屈辱而黑暗的就医过程。两年间，我去过太多的医院，见过太多的医生，印象最深的有两个。

第一个是一个头发花白的女大夫，医院的照片墙上她笑得慈祥无比，照片旁是一大串头衔——不孕不育专家、生殖中心主任、全省生殖医学协会主席……我费了九牛二虎之力才挂上她的号，还没进诊室就听到她在里面痛斥患者："你又不运动？咋不听我的话？你看你胖得像啥似的，还吃？都多囊卵巢了还吃？先给我减肥去！"那中气充沛的怒吼瞬间震醒了外面一堆昏昏欲睡的等候者，大家立马噤若寒蝉，正襟危坐。没过一会儿，又传来怒吼："让你周二同房，你为啥要等到周四？他出差？他出差你不会去追他，跑到他那儿同房？这事你不主动难道想凭空造出个孩子？"我怀着兔死狐悲之感，脸莫名地变得滚烫，感同身受地替屋里那位患者羞窘起来。一个年轻的女孩通红着脸，挤出木然的人群，掩面而逃。我不禁问身旁的一个女人："你以前来这儿看过吗？这大夫这么凶啊？"女人叹口气道："人家是主任、专家，有脾气是正常的，谁让咱是有病的呢？要我说，她就是骂我一百句，把我的尊严扔地上踩，只要能让我怀上，我也愿意。"我愕然，舌头转了几转也接不上话，只好闭嘴。

　　轮到我时，大夫从眼镜框上面冷冷地盯着我，毫无照片墙上的善意，看得我像裸身立于雪野。她问："你爱吃冷饮吧？爱喝凉水吧？饮食不节制吧？"猜错了，都不是，但我还没回答，她已经开始说话了："肯定是，你们这些年轻女孩，一点也不注意养生，一个个恨不得只挂个布片走在大街上……"我下意识地看看自己穿的短裤，后悔不迭，在她怒其不争的痛诉中紧紧地夹紧臀部坐端正，然后莫名其妙地领了一长串药单退出去了。直到出了门，满腹的羞恼和委屈才后知后觉地冒了出来。

　　第二个医生是一所三甲医院的不孕不育专家。我刚坐定，她便扔过来一张单子，上面写满了要做的检查，我听见自己的声音像风中摇曳的蛛丝，颤颤巍巍的。"大夫，您还没问我的情况呢。"口罩上方的眼睛刷地射过来一道不满的目光，截断了蛛丝。"你是大夫还是我是大夫? 跑这儿看的肯定都是有病，不做检查我咋知道你病在哪儿?"在这目光的威慑下我只觉得好像被人摁住了肩膀，立马矮了三分，一时说不出话来，只好拎着单子赶紧让位给后面排队的人。挤了半天挤出屋子，回头看，小小的一间诊室里里外外都是满面愁容的男女，他们或焦虑或木然地等待着就诊，好像有双无形的手把他们每个人的眉头都拧了起来，这个不大的空间仿佛笼着一层凄云惨雾，令人压抑得无法呼吸。我叹了口气，转身离开，想起新闻上说的，我国不孕不育患者人数已超过 5000 万。

来到检查室，冷气很足，我一看到那些闪着寒光的不锈钢盒子、托盘、器皿，就开始哆嗦起来。"双腿岔开!"白大褂的声音有种不容置疑的权威，我抖抖索索爬上高台，闭上眼睛，分开两腿，几分钟后，感觉一根细长的管子像虫子似的爬进了我的身体深处，然后一股凉凉的液体被注射进体内，一种酸胀的感觉传到我的每个神经末梢，不是痛，却比痛还要难受，我忍不住哭出声来。白大褂扭头对护士哧地一笑说："给输卵管通个液都哭，生孩子时还不知道得喊成啥样呢!"我脑袋已一片空白，没有愤怒，没有悲哀，如同刀俎上任人宰割的鱼肉。

　　从高台上爬下来，我就赶紧颤抖着两腿，马不停蹄地去喝水憋尿做子宫彩超，其中痛苦自不必说。检查结果出人意料，一切正常，更出人意料的是专家仍然给我开了一大堆药，我每天昏天黑地、晕头转向地喝，为了给胃空出地方，饭吃得越来越少，简直是以药为食了。这些药迅速催肥了我，却催不开身体深处的那颗种子。

　　有次回老家看亲戚，听说乡卫生院有位老中医看病不错，就顺道去了趟那儿。他把了我的脉，又看了我的 B 超单子后说："你这闺女没啥毛病啊，身体正常，只是有点血瘀，估计是没少生闷气，我给你开点活血化瘀的药，例假就来了。"我眼睛一热，鼻子都酸了，周围那么多亲人，都认为我有问题，只有他温言安慰我，给我打了强心针，告诉我，我的身体是正常的，我没问题。回去喝了他的药后例假果然如约而至，可是我还是没怀上。我知道不能再生闷气了，气郁了，血就瘀了，内分泌就乱套了，整个身体的乾坤大运转就无序了。可我很快便发现，心绪不受他人影响实在太难了，这境界我达不到。公婆那失望的眼神，冷冰冰的语气，我都没法视而不见。还好张龙坚持和我站在统一战线，总是对他父母说："急啥啊，这是造人呢，比造宇宙飞船还需要技术含量。"私下里他笑嘻嘻地对我说："晚点当爸爸也好，我们能多玩两年。"

　　我想尝试下试管婴儿，可公婆激烈反对，他们说那是玻璃瓶里种出来的孩子，先天不足，后天肯定容易生病，智力肯定也比不过其他小孩。我哭笑不得，找资料查数据想要说服他们，可他们像一堵墙，硬生生地把我最后的希望隔绝在外。

我没想到的是，他们早就有了别的主意。

三

我是在第四次遇到这个奇怪的女人后，决定向她搭讪的。工作日大家上学的上学，上班的上班，小区里只有几个老人游魂似的闲逛，而她却若无其事地坐在长椅上发呆半个小时。我绕着小区快走，一圈又一圈，每次经过她都忍不住瞥一眼，她总是呆呆地盯着湖面，脸上的表情是沉入梦境的迷醉，有时嘴角还会泛起一丝轻浅的微笑。她怎么这么闲？也没有孩子吗？我怀着抱团取暖的心思走向长椅。

搭了几次话便互相了解了，这女人叫雅茹，全职主妇，跟我同岁，也住在这个小区，丈夫在江海路开了一家很大的高端法式甜品工作室。她有孩子，是个几个月大的小婴儿。

我问："你出来这么久，小宝宝谁照顾啊？"

"我婆婆。"她梦一样的神情消失了，脸上立马结了一层冷霜。我还没说话，她就自顾自地絮叨起来。

"我婆婆巴不得我赶紧出来，晚点回家更好，她想霸占我的儿子，把他据为己有，所以看到我们母子在一块儿就生气，我根本就不想在那个家待，听见孩子哭闹心烦，喝了很多催奶汤还不下奶心烦，老公太忙不理我也心烦。只有每天在这湖边坐一会儿，心绪才能平静。"她撩了一下被风吹到额前的刘海，一种浓重的忧郁悄悄地从她周身弥散开来。

我说："你不该这么忧伤的，想想你拥有的，你有个孩子啊，多幸福。你知道吗？我为了拥有一个孩子，刚办了停薪留职，要离开我最爱的讲台和学生们，每天都要运动，锻炼身体，要喝一大把西药和几大碗中药汤，要吃补激素的雪蛤和长内膜的黑豆，还要吃我婆婆弄来的各种各样的偏方，我也不想回家，我怕看到他们焦虑的脸。如果我有个宝宝，人生就圆满了，什么烦恼都不再是烦恼了。"我看着湖面上的波光，越说越激动，身子也不由得颤抖了起来。

她忽然打断我，掷地有声地撂下一句硬邦邦的话："我就知道，我的痛苦是不足与人道的。"说完起身便走。我尴尬地看着她的背影，站也不是，坐也不是，不知怎么，想起了前不久网上的一个新闻，一个女人得了产后抑郁症，抱着两个月的孩子自杀了。看着雅茹柳条一样瘦弱婀娜的身影，我不禁打了个寒战，她不会也得了这病吧？

每天散步都能邂逅雅茹，本是同龄人，性格又相似，我们像两只蜗牛，互相碰碰触角后便习惯了互倒苦水，平淡日子里有了别人的苦难做伴，好像就不是一个人的煎熬了，这白昼黑夜也不那么难挨了。

她问："你备孕也没必要办停薪留职吧？下班了绕着操场走走路不行吗？"

我的嘴角勉强牵起一丝笑纹说："三年了，三年我都没怀上。我没想到这无形的压力除了来自公婆、亲戚，还有单位的同事。学校里女教师多，女人多的地方闲话就多，我和一个三十多未嫁的老姑娘成了同事们茶余饭后的谈资，甚至还有好事者来问我的经期，借此羞辱我。没有人记得我教的班的成绩连续三年都是全区第一，我被评为优秀青年教师，所有人都只记得我的性别，我是一个女人，一个必须用生孩子来证明自身价值的女人。连一直以我为傲的父亲，也打电话劝我，别只顾工作，生孩子是女人毕生的使命，要努力完成。听听，这语气就像当年他劝我冲刺高考状元一样。所以，当公婆跟我说，让我停薪留职，在家调理身体时，我只考虑了一下午就同意了。四面都是黑暗，还怎么突围？只能按照别人指的路摸索着走呗。"

雅茹惊讶地瞪大眼看着我："你竟然同意不上班了？"

我苦笑着摇摇头："是啊，我同意了。我打电话告诉我妈，我妈也默许了，她还说像我这种情况，搁旧社会早就被婆家休了。"

"那你老公同意吗？"

我默然，张龙的脸浮现在眼前，他握着我的手一脸歉意地说："我知道你心里委屈，放心等宝宝生出来，你随时都可以上班，我找咱们这儿最好的保姆来带孩子，不用你操心。"

眼前的湖水上跳跃着金色的光点，草木蓬勃的气息被风吹送着掠过鼻翼。雅茹的眼神像下过雪的荒原，冷冽苍白。突然，她声音高亢尖厉地说："生不了孩子就不生，你看看我现在的样子，人不人鬼不鬼，皮肤黯淡松弛，肚子上的肉能扯起来兜东西。我老公早晨很早出门，晚上顶着星星回家，根本就不看我一眼；婆婆不爱做饭，只会躺在那儿看电视；娃娃晚上能哭一宿……"她又开始了，只要一提起她那个繁芜杂乱、鸡飞狗跳的家，她的嘴巴就会变成一汪苦泉，源源不断地流淌出伤心的牢骚、苦涩的抱怨，这滔滔不绝的苦水立马淹没了我，我湿手湿脚颓然地坐在那儿，被她的忧郁所感染，只觉得天地无色。我愈加觉得，她一定有产后抑郁症。

以后的聊天我总有意无意地往这方面引，提醒雅茹注意这个病。我说："听说这产后抑郁症的发病率高达14.7%，这意味着每7个产妇中就有1人得产后抑郁症，而且这些人中有一部分都选择了轻生。"我很委婉地提醒她："要注意心理健康啊。"

雅茹嘴角微扬，一声轻笑从唇间飘了出来，她说："你知道吗？咱们小区前两天就有一个女人得了产后抑郁症，从楼上跳下来了。"我骇然，急忙问她，"那后来呢？

死了吗？""没死成。"雅茹姣好的面容波澜不惊，像是在讨论今天的菜价是一斤几块钱，只是我敏锐地察觉到，她眉宇间悄然笼上了一层淡淡的荫翳。

雅茹顿了顿又说："我总是在想，死不过是肉身消亡了，而我们很多人，都为了这具肉身苟延残喘在这世上，灵魂不幸福不快乐，还拖着这具肉身有什么意思呢？就像你，为了治好这个身体，受了那么多罪，吃了那么多药，而我，日夜煎熬着，也不能解脱。这样活着，跟死了有什么区别？人如果只是为了一副皮囊而活，岂不是太无趣了。"她抱紧双臂，将脸埋进膝盖间，声音像月光一样清冷。

忽然一个男人走过来叫道："雅茹，你又不说一声便跑出来了，手机也不接，我找了你半天。"男人理着利落的板寸，穿了件灰色棉麻的上衣，小麦色的皮肤。雅茹淡淡地看了他一眼，没说话，忽然扭头对我说："这是我老公乔安，我家住在 7 号楼 7 单元 7 楼西，记得去找我玩啊。"她的眼睛紧紧地盯着我，满含期盼，好像下一秒我们就永别了，我一边忙不迭地点头，一边感到诧异。他们走出很远，男人忽然扭过头来认真地看了我一眼。

四

停薪留职的这些天，我就像失重的人，每天都有种脚踩在棉花上的虚无感。也难怪，人生的前二十年都在马不

停蹄地努力拼搏，学习、考试、工作。如今忽然如一只被
抽惯了的陀螺，晃晃悠悠地停下来了，还真不习惯。

　　每天早上一睁开眼，首要任务就是拿过枕头下的体温
计含在嘴里。大夫说了，要从体温变化的曲线里判断黄体
是否有恙，激素水平是否正常。所以这个重要的工作我从
不敢马虎，即使有时晨尿憋得要爆炸，也仍然如中了定身
法儿般一动不动地量完体温再如厕，谁让这基础体温必须
要在一天之始不说话不运动的情况下测量呢。

　　吃完早饭就要去小区里快走锻炼，医生说了要保持体
重稳定，不能太胖，太胖会激素紊乱。小区的环境挺好，
鸟声啁啾，倒是淡化了几分我心里的焦虑。每次经过湖边，
我都忍不住张望，奇怪的是，从那天和雅茹分别后，就再
也没见过她，她就像一颗露珠从我的世界里蒸发了，好像
我们从没有遇见过。

　　有天走路时忽然听到两个锻炼身体的大妈在身后说：
"你说说现在的女人多娇气，生个孩子还能得抑郁症，像我
们那时候都是两眼一抹黑就生了，生完就得下地干活，哪
儿有时间抑郁！"

　　"就是啊，现在条件多好啊！真是身在福中不知福。听
说前阵子咱们小区有个女人就是因为这产后抑郁症跳楼了，
还好消防员在下面铺了垫子，没让她死成。"

　　"哪栋楼的？"

　　"听说是 7 号楼 7 单元 7 楼西的。"

"哎呀，那咱们转到那边看看去。"

我的脑袋轰的一声，像要爆裂开来，一双脚也不听使唤了，像被铅坠着走不动路，我扶着路边的小树大口大口地喘着气。这不是雅茹家的地址吗？还好她没死成，否则那天跟我聊天的不就是她的亡魂了吗！只是，那天她口中的跳楼女人是她自己吗？还是她受到启发效仿而为？我抚着胸口躬着腰，忽然有种想呕吐的感觉。地上的草坪绿茸茸的，带着初生的新鲜和泼辣，直伸到远方。

张龙这阵子总是回家很晚，他说公司遇到了一点问题，我问他他又不愿细说，我也懒得操那么多心。对于这个男人，我总觉得我们之间有一层摸不着的隔膜。张龙肚里没多少墨水，谈吐粗俗，但心思却特别细腻，很会洞察人心，玩浪漫哄人开心更是不在话下。这几年不孕，他从没给过我压力，有时甚至还会跟我说，当个丁克也无所谓。但我知道，张龙每次看到朋友的小孩都喜欢得又亲又抱，我感念他的善解人意，体贴爱护，也以温柔相待。两个人之间倒也有些举案齐眉、琴瑟和鸣的意味。张龙喜欢打游戏，我就坐在他旁边看平板电脑上的电影，两个人吃一桶爆米花，喝一瓶饮料，像两只小兽亲密无间。只是婚姻没有孩子作点缀，总是显得苍白寡淡，孩子是这张画布上最重要的画龙点睛的一笔。

白天总是难熬的。虽然张龙一整天都不在家，偌大的房子却并不显得宽敞。婆婆的身影不停地在我面前晃悠，她一会儿在客厅看电视，一会儿在阳台收拾花草，走来走去，满屋子影影绰绰。我知道，其实是我的心乱，所以看什么，都是一池吹皱的春水，尽是余波微澜，此起彼伏。

无聊时我经常去逛商场，我喜欢坐在商场的休憩凳上研究来来往往的人，尤其是那些女人。

这些同类身上都或多或少地流露出各种讯息。她们有的行色匆匆，直奔商场的一楼超市而去，脚上蹬着平底鞋，头发简单地挽着，一看就是忙着采购的主妇；有的不疾不徐，拐着同伴的胳膊，袅袅婷婷地走着，妆容是无懈可击的，头发是精心收拾过的，踩着娇俏的高跟鞋，一双眼睛在橱窗前扫来扫去，这些一看就是来买衣服的，营业员们也格外上心，热情地恨不得把人一把拽进店里。

我看着这些女人，思绪经常像随波逐流的小舟，任意东西。这个年轻女孩的脸上还有层淡淡的绒毛，两眼晶晶亮，好奇地左顾右盼，细瘦的四肢、雏鸟似的乳，身体像朵还没打开的花苞，还是个学生吧？那个女人神情落寞，脸上涂着厚厚的粉底，脖子上的皮肤却暗黄松弛，像嫁接了个假头似的，手里拎了好几个购物袋，是和老公生气了出门狂购物吗？还有那个女人，看不出年纪，穿了件时尚的包臀连衣裙，愈发衬得腰肢盈盈一握，我不禁盯着她的小腹暗暗想，身材这么好，生过孩子吗？这片平坦柔软的地方曾经住过一个婴儿吗？

除了坐在长椅上发呆，我还经常往卫生间里钻。

忘了从哪天起，我忽然发现卫生间的门上、角落里贴上了一些小纸片，写着"爱心捐卵""万元求卵子"之类的字眼，还有捐卵热线，我好奇地打过去，对方是个口音很重的女人，那声音通过话筒的传输变得格外诡异神秘，充满了蛊惑力。"姑娘，卵子不用也是浪费，每月都浪费，不如捐献出来又能帮人又能挣钱！"女人舌灿莲花，口齿利落地细数着不同学历的人捐献的卵子值多少钱，我一听头皮都麻了，这不就是桩买卖吗？什么义务捐献啊！好不容易挂了电话，女人的声音犹在耳畔回响，无痛苦、无副作用、来钱快……

一丝不安像一条吐着信子的游蛇悄然爬上心头。我在微博上一搜，"17 岁女孩卖卵以换取 7000 元，一次性取卵 21 颗险些丢掉性命"。我越看越惊心，原来这种黑市取卵公司会先使用促排卵药让女性一次排出多个卵子，然后再取出这些成熟的卵细胞。而促排卵药物的注射可能引发捐献者卵巢过度刺激综合征，这种病症最终会造成不孕，甚至死亡。

我惊出了一头冷汗，真是想不到，连女人的卵子都能被拿来交易！

每个月的激素有序运转，月信潮涌，才能迎来那颗卵子。这是如明月盈虚、大海潮汐一样暗合了万物乾坤之道的，岂能强行催逼、贪婪索取？这些黑市真是想钱想疯了，难道他们没有母亲和姐妹吗？全中国有数目庞大的不孕不育患者，所以催生了很多这样的黑市公司，即使他们打着慈善的旗号，还是难以遮掩那赤裸裸的金钱味道。误入歧途的女孩们，懵懵懂懂地就成了待宰的羔羊，却不知道提前透支自己稚嫩的身躯，换来的是日后无尽的痛楚。

　　我不禁想起有次做完 B 超，大夫说没看见卵泡，我心急如焚地说："您干脆给我开些促排卵的药吃吃得了。"那个女大夫抬起头扶了扶眼镜，用温和而坚定的眼神看着我说："你激素水平正常，可以正常排卵，尽量不要用促排卵药物，生育这个过程要遵循自然，切忌竭泽而渔。"

　　从这以后，我去商场便多了项任务，拿笔去卫生间把卖卵小广告都涂花、划烂。有时不禁想，大学时我特别喜欢在冬天吃雪糕，也许宫寒的病根就是从那时种上的，可那时没有人劝阻我，没有人给我讲身体之道。如今我想为这些女孩做些什么，哪怕力量绵薄。

　　每个女孩都应该有茁壮健康的花苞，有孕育生命的能力。

五

　　我从没想到雅茹的丈夫乔安会找到我，当他从背后追上正散步的我时，神情里还带着一丝男孩的羞涩，这点羞涩出现在那张三十多岁的脸上却并不违和，这是个心思单纯的男人，我对他友好地笑了笑。

　　乔安说："你好，雅茹自从得了抑郁症后就断了和所有朋友的往来，这些天里，她唯一的朋友就是你。明天是她的生日，我想邀请你晚上来陪她过生日。她这段日子情况不太好，我想，如果你来她会很开心的。"他神情恳切，眼神紧张地盯着我。我愣住了，看来雅茹的确有抑郁症，还有，乔安和雅茹嘴里经常说的那个不顾家、冷漠自私的老公完全不一样，他的眉宇间充斥着对她的在意和关心。雅茹那弥漫着忧愁的眼睛浮现在眼前，我犹豫了一下便答应了。

　　第二天晚上，我给张龙发了手机定位，告诉了他我去这个新朋友家串门了。敲响了 7 号楼 7 单位 7 楼西的屋子，开门的是雅茹，她一看到我，眼睛就亮了，但我注意到，这一点亮光很快便黯淡熄灭了。

　　我高高地举起手中的礼品盒说："好久不见啊，祝你生日快乐。"

　　乔安快步走来对她说："是我请杨女士来的，来为你一起庆贺三十岁生日。"

　　雅茹的脸像春风消融了的小溪慢慢活泛起来，往日温柔的笑容又浮现出来，她轻轻说："快进来坐吧，谢谢了。"

　　走进去，一阵古墓似的清凉扑面而来，鸡皮疙瘩悄然爬了一身，我忽然感觉这屋子有种说不清的诡异。房间陈设倒是简单大方，墙壁洁白，窗帘干净，地板一尘不染得像湖面，映着三个人的影子，可我总是觉得哪点不对劲。坐下定了定神，我才发现，诡异的源头是这间屋子里没有孩子，也没有她的婆婆，这屋子太整洁太安静，不像一大家子生活的，倒像是久无人住的空房。她话语里那个爱哭爱闹的孩子和自私薄情的婆婆都好像在我推开门的一瞬间，化作轻烟遁去了。我被自己的想法吓了一跳，扭头看雅茹，她正看着我微笑，仍然是一脸做梦似的神情。我刚想张口问，乔安好像洞穿了我的想法，慌张地摆了摆手。

蛋糕端上来了，莹莹的烛火下，乔安脸上流转着一种奇异的光彩，他紧盯着雅茹说："这是我亲手做的，你一定要吃光。"我不禁在心里暗暗称奇，不愧是学过高端法式甜品烘焙的，这蛋糕只有两个手掌大，却精致异常，通体是由奶油做的花瓣堆砌而成的，点缀着颗颗珍珠，在烛火的映照下熠熠生辉。不知是我的眼花了还是怎的，总觉得那花瓣堆砌出的图案有点像一个母亲拥抱着孩子。雅茹笑了，像融化在了满屋甜腻的蛋糕香气里，表情温和而欣悦，唇角还挂着一抹小女孩的娇羞。

生日歌响起，蜡烛被吹灭，男人又端出一个小蛋糕放在我面前说："不好意思，那个蛋糕是雅茹独有的，这是给您准备的。"我忙笑着说："看你们俩恩爱的，我真不应该来当这个大灯泡。"乔安脸上又浮起那种大男孩的羞涩，我忽然觉得这两个人般配极了。雅茹很认真地说："你来我很高兴，谢谢。"杯盏碗筷的碰撞声中，我们边吃边聊，不知不觉夜色已深了，雪洞似的屋里慢慢氤氲起浓浓的温情，乔安讲了个小段子，逗得雅茹哈哈大笑起来，从来没见她笑得这么灿烂过。

起身告别时，雅茹扭头看看窗外浓墨似的夜色蹙眉说："太晚了，让我老公送送你。"我推辞不过，只好答应，忍不住掏出手机看了下，没有未接来电，没有短信，心莫名地就坠了下去。这么晚了，张龙却没想起过我。

乔安的脚步啪嗒啪嗒地响在身后，他陪我下楼后并没有往回走的意思，一直沉默地往前走，路灯把我们两人的影子拽得扭曲变形，几只鸟怪叫着掠过树梢，夜晚的清旷把空间放大了几倍。我刚想劝他回去，忽然他的声音悠悠地飘了过来："你是不是想问，我家为什么没有孩子?"我一愣，一时不知道如何回答，刚才那点诡异像只阴凉的蜥蜴慢慢地向我爬来，心莫名地跳快了几拍。

他的声音干干的，混合着夜的冷冽："雅茹总是和见过的所有人说她有个孩子，有个婆婆，还有个不管事的老公。"他苦笑一声，摸出根烟点上，明明灭灭的烟头映着他的脸，那张脸再也没有一丝少年的清澈，满是中年男人的倦怠愁苦。

"我们是有过孩子的，不过，孩子没了。雅茹生完孩子后身体就变得很虚弱，奶水不足，孩子经常饿得大哭。我母亲应我的要求来帮忙带孩子，一见孩子哭闹，就忍不住抱怨雅茹的奶水少。长期日夜颠倒的劳累和种种委屈愧疚自责，慢慢地压垮了雅茹。而这一切，我都没有察觉到，我那时很少关心过她，总以为女人生了孩子自然就会照看的，何况还有我母亲在这儿帮忙，所以就整天忙着店里的生意，早出晚归。雅茹的产后抑郁症越来越严重，整宿整宿地失眠，对孩子的哭闹也无动于衷，每天都拉着一张面无表情的脸，我妈给她煲的下奶汤她都偷偷倒到马桶里。甚至对我，她也毫无感情，整天不说话，冷冰冰的像块石头。我察觉到不对劲，就带她去看了心理医生，开了药，她的病情也慢慢好了。孩子一天天长大，我越来越感受到当母亲的不易，一有空闲便带孩子、做家务，尽量减轻她们的负担。可谁也没想到，在孩子两岁的时候意外发生了，当时大人都不在他身边，孩子自己在围着围栏的床上玩，滚着滚着毯子裹住了面部和身体，挣脱不开也发不出声音，就这样没了。"

乔安停下讲述，拿烟的手剧烈地颤抖起来，我不忍看他，雅茹愁苦的面容和乔安憔悴的面容重合在一起，我的心慢慢地沉了下去，像被石头坠着。

乔安猛烈地吸了几口烟继续说："事情发生后，我母亲太过伤心，血压升高，被我送回老家由哥哥照看，雅茹抑郁症复发，而且她好像无意识地续上了上次的痛苦记忆，每天絮叨着说她奶水又没有了、孩子闹得她睡不好了、我母亲和我对她不好了，等等。我又惊又怕，又去找了那个心理医生，他说雅茹这次的病不好治，是心病，还说了一

大堆的心理专业术语，我啥也没记住，只记住一句话：看
紧了，一直发展下去会自杀。我把店交给徒弟打理，和岳
母轮流在家里守着她，甚至还想再和雅茹生个孩子，可她
对什么都没有兴趣，连吃饭和吃药都不配合。后来，我发
现她每天都会去小区花园里闲逛，和你聊天。本来以为她
有了朋友就会慢慢恢复过来，谁知道那天她找到了一件孩
子用过的肚兜，一时想不开，趁岳母上厕所时坐到了窗台
上，还好邻居看见打了电话，消防员来得也及时。后来我
把岳母送回家，自己一个人白天黑夜地守着她，也不让她
再出来闲逛了。"

"可怜的雅茹……"不知何时，我的眼角有些潮湿。一
直以为，怀孕分娩是女人最重要的关卡，没想到，这只是
开始，后续的每个环节都危机四伏，稍有不慎就会毁了一
个飞扬美丽的生命。

乔安抬头望着苍穹，无边无际的月色轻如羽毛。他狠
狠地吸了口烟说："谢谢你，再见。"说完大步流星地走
了。我看着他的背影，久久地呆立在一地月光筛下来的树
影里，远处是高楼林立，万家灯火，每盏橙黄的光影后都
悬着一家的悲欢。虫声如雨，窸窸窣窣地落在草叶间。

六

母亲打来电话说："你大伯母去世了，你明天回来一

趟。"我的胸口像被猛击了一下，半晌回不过神来，大伯母
也只比母亲大七八岁，怎么就去世了。

第二天回村里大伯家，一进门就看见灵堂上摆着伯母
的照片，简陋的黑色木框圈住了一个人的一生，那镜框里
灰白黯淡的面容也像褪去了一生的繁华光鲜，等着被活着
的人评说。伯母在照片里像往常那样温和地笑着，谦卑而
沉默。我的泪不由得流了下来，母亲在身边哽咽着说：
"多磕几个头，你大伯母生前最疼你了。"

灵堂外的院子里摆着桌子，一群男人围着一桌的酒菜
吆五喝六地划拳，大伯父的声音格外响亮，他的脸在人头
后面忽隐忽现，酱鸭似的赭红色，油乎乎的嘴巴不知正嚼
些什么食物，鼓得像要冒出来。我扭过头，院子里的热闹
兴奋是他们的，我不想跨进去，只想沉浸在这灵堂清凉苍
寂的空气里，慢慢回忆伯母。

听说伯母出嫁时惊动了全村，村里人都艳羡地说我家
祖上积德，大伯娶了个天仙般的美人。我奶奶逢人便得意
地说："脸似银盘，长了个大腔，能生男娃！"可惜伯母婚
后一直没怀孕，伯父是个一点就着的急脾气，听多了爷爷
奶奶的抱怨和村里人的嘲讽，因为琐事第一次对伯母动了
手，从那以后，拳头便像生了根似的经常落在伯母因长期
吃药而日益臃肿的身上。伯母不堪其辱，跑到李半仙那儿
去算卦，那李半仙摸了半天伯母的手，慢腾腾地说："你
看你这条代表子女缘的掌纹是断的，断的怎么能生孩子？"

伯母大恸，从此再也不求医问药，只是常常看着我们几个在院子里玩的小孩，默默地发呆。伯父渐渐开始酗酒，酒后就像疯魔附体了似的满院子追着伯母打，有次还拿斧子去砍伯母，她抬手一挡，手上立马就是一条血糊糊的口子。

那次之后，伯父收敛了很多，日子在无尽的光阴里一寸寸地往前拱着，好像一切都恢复了平静。不久，伯母竟然有喜了，她把手伸到我妈眼前喜不自胜地说："看看，他那一斧子下来，把断掌纹续上了，我的子女缘就来了。"她笑得左摇右晃，满脸是泪。可就在怀胎两个月的时候，她坐着架子车去赶集，在一个土坑那儿颠了一下，回家就流产了，村里大夫说这是坐胎没坐稳。我妈陪着她哭了大半夜，后来她整个人就像被抽走了精气神，一天到晚迷迷瞪瞪，见人便说，她手上的子女线是硬续上的，终究也是假的，没缘分。

我上高中的时候，伯母已经憔悴得像个老妇人了，年少时的清秀水灵荡然无存，伯父不知何时找了个离过婚的女人，把积蓄几乎都花在那女人身上了，那女人给伯父生了个女儿，要了一大笔钱就走了。伯母忍着气答应了收养孩子，辛辛苦苦把孩子抚养长大，还没享一点福就得病去世了。

我回忆着伯母的一生，看着院里那满面红光的伯父，不禁浑身发冷，悲从中来。女人的一生，注定了要开花、结果。即使无果可结，花朵也不能长开，总要被风吹雨打，零落成泥碾作尘。

　　母亲忽然凑到我耳旁悄声道："没事别出去。""咋了？""左邻右舍的都在外面，一见你又要问怀孕的事了。"心中的悲凉愈发沸腾起来，我闷闷地应了一声。忽然发现，自以为走出了大山，受过高等教育，该摆脱的却未曾摆脱，想褪去的却不曾褪去，兜兜转转，隔着两代人的风尘，我竟然和伯母这位大字不识的村妪困在同一个深坑里，苦苦挣扎。看着屋外的灿烂阳光，我忽然心生怯懦，如果我走出去，他们看我的目光可能和看伯母的并无二致。

　　压力悄无声息地日夜咬噬着我，"大姨妈"又像被吓到了，久久不肯光临。去医院做 B 超，大夫说没看见成熟的卵子。我全身的器官和激素都在等这颗卵子，等得简直行将崩溃了，我真怕这个内分泌系统会因为长久的等待而变得紊乱起来，我知道，公婆和张龙也都在等这颗卵子。

　　我开始失眠，脑袋一挨到枕头就像被泼了水似的清醒，这清醒一点一点地蚕食着无边的黑夜。我羡慕而怨恨地看着张龙沉在他铁块般坚固完整的睡眠里，眼睁睁看着自己被切割得支离破碎的睡眠而无能为力。没办法，我开始把白天安排得充实忙碌，上午在小区里快走，下午就逛商场，全市的大型商场一个一个地挨个逛。我疯狂地去透支体力，想让这种疲惫感把睡眠一点一点地拖进黑夜。只要能睡着，快被压力挤爆的大脑就有了歇息的机会。

　　这天，我坐在商场的长椅上休息，竟然看到了张龙。

他臂弯里吊着一个丰腴的女孩，年纪大概二十出头，嫩得像颗水蜜桃似的能掐出水来，他们像对怪异的连体婴儿，快乐而缓慢地移动着。我脑袋里轰的一声炸开了一朵蘑菇云，震得头脑一片空白，我呆若木鸡地坐在那儿，看着他们你侬我侬甜甜蜜蜜地走进一家珠宝店。

什么时候勾搭上的？是从那次他半夜接电话，从那阵子他频频说要加班，还是那次他面对我的拥抱，身子有些僵硬？我的大脑像解冻的河流开始慢慢流动起来，往日的沉渣泛起，闪烁着冷冷的寒光，日子像块千疮百孔的破抹布摅在我面前。我深吸一口气，定了定神，鬼使神差地跟了过去。

女孩正站在面朝大门的镜子前试着一条项链，我在橱窗外像朵乌云悄悄移过来，忽然，她从镜子里看到了我，立马瞪圆了眼像见了鬼似的，她的表情一下子便出卖了她，她知道我的存在，至少见过我的照片。张龙顺着她的目光也看到了我，迟迟疑疑地走了出来，还没等他说话，我扭头便走。

女孩软软的声音像条腻滑的蛇不依不饶地追了上来，"姐，我和龙哥是真爱，你就成全我们吧。"我站住了，生平第一次不相信自己的耳朵，缓缓转过身，女孩那天真又无耻的样子刺得我眼睛生疼，张龙赶紧过来拉我，嘴里说着："不是的，不是的。"我奋力挣脱他，飞快地跑开了，却不小心崴住了穿着高跟鞋的脚，一阵钻心的疼，我想，我的样子一定狼狈极了。

我收拾好行李搬回了娘家，躺在那张熟悉的小床上，盯着天花板上那块盯了二十多年的污渍，回忆像水波把小床轻轻托起，我在往事里荡漾。

从记事起我就住在这个不到十平方米的小屋里，走路要格外灵活，要会腾挪躲闪，否则会经常被地上堆的杂物磕碰到，夏天屋里显得更加拥挤而闷热。我常常想，长大后能有一间宽敞的房子住该多好啊！要有童话故事里的大露台，开满了鲜花，垂地的白色纱幔随风飘荡，那是梦一样的幻境。想起第一次和张龙去见他父母，我一进门就惊呆了，他家是小区里的大户型，上下两层，客厅大得连那个 65 英寸的壁挂电视都显得有些小巧，家具都是我最喜欢的欧式风格，沙发上雕刻着精美的花饰，珐琅彩的花瓶里插着一丈多高的不知名花束，白色窗纱笼着一阳台的鲜花。这个房子符合我对完美住宅的一切想象。

没过多久，我就同意了张龙的求婚。我努力说服自己是看上了他的体贴，但心底深处却有一丝隐隐的羞耻。在婚姻的市场上，每个人都待价而沽，我自诩清高，其实也不能免俗。

后来，在书上看到这样一段话：女孩要富养，从小就带她见识各种美好的事物，一定要开拓她的眼界。当时看到我心里就一阵刺痛，是啊，穷人家长大的女孩总是有种刻进骨子里的对财富的渴望。遇到诱惑时，抵抗力容易变弱。何况那时的我除了青春，一穷二白，眼界狭窄，欲望却宽广。擦干净被欲望蒙蔽的眼，和往昔对照，张龙轻浮风流的本性就一点点显露出来了。我不禁苦笑，没有感情的豪宅，即使再美好舒适，也不过是一座由钢筋水泥浇筑成的物体而已。

七

我把离婚协议书扔到张龙面前的时候，他的笑容薄而脆，像贴在脸上的一层面具。他赔着笑说："老婆，别来真的啊，我跟那女孩只是逢场作戏。"我看着窗台上的兰草，一字一句地说："这女孩是你老家的吧？从你爸妈把她接来，你们就存了心，要找个年轻漂亮的，因为你们留着后路呢，如果我生不出孩子，你们就打算干脆让她取代我的位置，反正青梅竹马，知根知底的，她是你们筛选出来的最健康最适合生育的女人。只是没想到，你这么快就等不及偷了腥，而且连孩子都有了。"

张龙的笑来不及撤退，愣在那儿，"这死女人什么都告诉你了？好，我是没忍住，但是，我们还是有感情的对吧？"

他哀求的眼神让我一瞬间跌入回忆，那时我们新婚，每天都像在蜜糖堆里打滚。我心里一痛，面无表情地说："回不去了，晚了。"

　　他眼神闪烁，忽然冷笑一声，"你没想过吗？离开我你就再也过不了这种生活了。根据法律规定，我家的几套房子和车都属于婚前财产，你什么也分不到，我们的共同财产不多，即使我是婚姻过错方，你也多分不到什么。"我死死地盯着他，就像掉进了冰窖里，那些往昔的温情片段都摇身变成嘲笑我自作多情的罪证，刺得我心里生疼。我忽然明白了，说到底，建立在利益交换上的婚姻里谁都不是无辜者，谁付出几多真心，谁想获得什么，都在心里那杆秤上明明白白悬着，自以为无人知，也不过是掩耳盗铃罢了。

　　一团火从我的脚底烧起，一路噼里啪啦直烧到胸腔、脸颊，声音也被烧得嘶哑干裂："怎么审判，法院自有公正，我们缘分已尽，从此一别两宽，各自心安吧！"嘴上说得潇洒，心里却痛得像被撕碎了五脏六腑，如果没有当初的私欲，如今也不会被人如此羞辱。我一直冷笑，笑得停不下来，像我这样的女人，并不贪图太多，也没有想着不劳而获，婚姻只是我们最退而求其次的选择，想在这狼奔豕突的世界求一方安稳，而我只是不自觉地用学历、外貌、清白的家世换取我想要的安稳，这难道很可耻吗？我忽然又感到悲凉，妇女解放已经一百多年了，女人们还把婚姻当成一种生存方式。说到底，这种畸形的婚姻就像是恐惧和希望催生出的孩子。

　　离婚后，我回到了久别重逢的校园，再看到学生们天真烂漫的笑脸，竟恍若隔世。穿上职业套装，夹上教案，精神焕发地走在校园的林荫路上，风掀动衣袂，竟有种凌风的轻快感。我又付首付供了套小户型的房子，虽然面积狭小局促，但精心布置后倒也温馨雅致。日子被我慢慢地捋顺了，忽然发现那几年看似平静闲适，内心却兵荒马乱，如今虽忙忙碌碌，内心却安定充实。令我惊喜的是，久违的"大姨妈"竟然又月月如期来访了。我的身体跟意志团结一致，生机勃勃。

有一天，我忽然想到了雅茹，这么久了，她过得怎么样了？想起她那双无神的眼睛，我的心不由得提了起来。翻开雅茹的朋友圈，却是一片赏心悦目、岁月静好。她低眉微笑着给蛋糕撒糖粉，乔安在背后静静地看着她笑；她侍弄的水仙花开了，她给了个特写，还配了个灿烂的笑脸；她养了只小小的泰迪，她抱着它在树荫里嬉戏……我的心放了下来，雅茹宛然变成了另一个人，也许这轻灵温婉才是她本来的样子，不知何时，她已褪去了那层枯槁忧愁的外壳。

我到乔安的甜品店找雅茹，她惊喜地迎上来，眼睛笑得弯弯如月。我忍不住夸赞她："我从来没发现你笑起来这么好看。"雅茹朝操作间努努嘴，小声说："都是我先生的功劳。"

拿铁的香气被我握在手中，雅茹的声音随着袅袅的热气弥散开来。她掠了掠额前的长发说："想起以前我们在小区湖边聊天的情景，真是恍如隔世，其实，那时我每天都在考虑自杀的方式。"

"我那时真担心你，因为你每天倾吐的都是负面情绪，你的眼里看不见光，都是那种很空很空的眼神。"我看着她的神情小心翼翼地说。

雅茹淡然笑道："是啊，那时的我就如同行尸走肉。我其实知道自己得了产后抑郁症，也知道后来孩子的离开刺激了我，重新激发了抑郁症。乔安经常跟我说这种病的危害，我对它了如指掌，我很清楚是产后激素水平的变化、睡眠不足、心绪不宁等等造成了它，但我根本不想去治好它。我就是想沉浸在那种痛苦里，每天思念儿子。乔安总是质疑大夫开的药不对症，他不知道，他永远无法叫醒一个装睡的人。后来，我自杀过一次，乔安把店铺交给朋友，整天在家守着我，他把窗户都焊上防盗网，把所有刀具都藏起来，只差把墙壁包上软垫了。他还在网上四处求医，想治好我的病。有个心理学专家告诉他，心病最难治好，必须想办法打开病人的心结。乔安想到了儿子，他知道这一切的根源在于我们失去了儿子。他在网上看到个新闻：英国有对夫妇把逝去孩子的骨灰做成戒指戴在手上。他受到很大的启发，我儿子的骨灰一直放在我们卧室里，我每天都要抚摸那个盒子无数遍，越是思念，心就越痛。还记得那天你来陪我过生日吗？乔安在那个生日蛋糕里放进了儿子所有的骨灰，所以他说这是我的专属蛋糕，要我全部吃完。那天，他告诉我，儿子本就和我血脉依存，同生共体。如今他又回到我的身体里，和我融为一体，我永远不会再失去他了，他还是我的骨血，永远陪伴我一生。"

雅茹说到此，声音有些哽咽，泪光莹莹。我惊呆了，乔安那晚古怪的神情浮现在眼前，他坚定地看着远方说："我要为她做一件事，我相信她会好起来的。"

雅茹擦了擦眼角继续说："从那天以后，也许是心理作用，我总感觉孩子就在我的身体里，和我同呼吸、共生存。乔安也经常带我去各地旅游玩乐。我不再茶饭不思，总觉得不好好吃饭是对不起身体里的儿子，更不会再想着自杀了。胃口好了，身体的整个系统都运转顺畅了，按时吃药，抑郁症也慢慢好了。再后来，乔安怕我一个人待在家又胡思乱想，便让我来店里帮忙干活，他每天背很多笑话给我听，给我做好吃的点心，还给我买了条狗，逗我开心。其实我想，我真正好转的原因也许不是那个骨灰蛋糕，而是爱和陪伴吧。"雅茹深深地望了眼操作间，轻轻地抿了下茶杯，我不禁有些眼热了，这个幸福的小女人，每天被甜蜜的糕点和爱情陪伴着，哪儿还能有什么阴霾啊？

雅茹忽然看着我问："只顾说我了，你最近怎么样了？怀孕了吗？"

我的眉头不自觉地皱了起来，在这曼妙的轻音乐、满屋烘焙的香气里，我真不想说那一地鸡零狗碎，太煞风景。

她善解人意地握住我的手说："其实我好羡慕你，有学问，有能力，可以找份不错的工作，可以有更广阔的天地，不像我这个家庭妇女，人生好像只会围着丈夫转。"

我心里一阵酸楚，各种滋味奔涌而来，硬生生逼回了眼泪。是啊，在他人眼中，我的人生本可以很宽广，而我却将自己囿于生育的一方小天地里，苦苦挣扎，蹉跎了许多光阴。

我看着窗外的街景悠悠地说："我早就离婚了，你知道吗？就在昨晚，小三给我打电话了。她说她流产了，孩子长着长着就停止发育了，她还愤怒地质问我是不是早就知道张龙有病，原来他有弱精症。"

雅茹握住我颤抖的手，她的掌心温暖而干燥，她轻轻地说："我有个发小，好几年前她被公司派往非洲开展业务，在那儿，她听说当地一个部落有种奇怪的习俗。部落里的女孩成长到第一次月经来潮时，都要举行一次仪式。她们的父母会扎起一道用木条和藤蔓做的拱形门，上面淋上油，燃起火，女巫在一旁跳着、诵告着，女孩顺利从火门下走过才会获得祝福。在当地的观念里，女人的一生是充满危险和艰辛的，只有在神灵的保佑下，才能一生顺遂。我的发小应当地的同事之邀，亲自去观看了一场这种仪式，同事的族人也想为她扎一个火门，为她诵告，被她婉言谢绝了。你知道吗？我的发小从小成绩优异，名校毕业，在公司是高管，可她也是放不下生孩子的执念，明明是妊娠高血压综合征，却不顾医生劝告冒死也要生下孩子，结果分娩时失去了生命。她走得那么匆忙，匆忙得我都来不及问她一句：值得吗？为了完成作为母亲的使命而放弃这人间的万丈繁华？我常常想，苦难都来自内心的桎梏。一个人应该更关注自己的内心，而不是身负的各种附加物。我想，你能明白吧?"我握紧她的手，重重地点了点头。

街灯渐次亮了起来，马路变成了一条河，携载着璀璨霓虹、车鸣喧嚣往远方奔涌而去。我们都默然望向窗外，一个佝偻着背的老妇人正牵着一个年幼的女童走来，女童稚嫩青涩，像株初生的竹笋，老妪的背弯成一个弓形，像是承载着岁月的沧桑。她们慢慢地走过我们眼前，一直走向幽暗的夜色深处。

救赎

一

山间的傍晚，暮色从窗外悄然涌入，虫声如雨，窸窸窣窣地落在草叶间，夜雾从大地升起。杜远枫铺平了信纸，一字一句地写道：

老婆、儿子：

今天是我离家的第一天。这儿叫溪山寺村，据说是因为依着村有座山叫溪山，山上有座寺庙。这里的学点只有28个人，老师只有2个，哦不，只剩1个了。听说原先在这儿的那个代课老师嫌工资低走了，只有校长一个人讲三个年级的课。我第一天来上课就蒙了，一个班里一半坐着一年级的学生，另一半坐着二年级的学生。给一年级上课的时候，二年级的就自习；给二年级上课的时候，一年级

的就在那抠手玩。没办法，老师太少了，校长说这是复合
式教学，他还说，我是他们学校的福星，如果我不来，他
一个人教学，顾不过来那么多学生，成绩就上不去，就会
有家长把孩子转到中心小学或私立学校，学生一旦减少到
一定数量，这个学点就会被撤掉，所有孩子都要去离家几
公里的中心小学。中心小学路远且崎岖，这会给孩子们和
家长们带来很大麻烦……

　　正写着，门外响起了敲门声，笃笃笃，四平八稳。杜
远枫拉开门，校长黝黑的脸上浮着一层浓浓的笑意，他自
顾自地走了进来，四面打量着说，杜老师，写家书呢？行
李都安置妥当了没？

　　杜远枫淡淡地笑着，没啥行李，就随身带了些衣服。

　　唷，你的东西还真是少啊，连个锅都没有，咋吃饭呢？

　　他愣了下，是啊，自己一路失了魂地西驰而来，很多
生活的必需品都没准备妥当。嘴上却说，没事，我不爱做
饭，平时去饭馆吃好了。

　　校长的笑纹更深了，哈哈，一听这话就知道是大城市
来的，我们这儿穷乡僻壤，山高林密的，哪儿有啥饭馆啊。
村里人平时请客吃饭都是自家做些肉菜蒸碗，要不就去镇
上，镇上才有饭馆。

　　杜远枫尴尬地愣在那儿，忽然凝滞的空气被几声咕噜
咕噜搅动得起了涟漪，他摸了摸肚子，不好意思地嘿嘿一

笑。校长爽朗地大声说，杜老师，以后你不想做饭就跟着我们一起吃，走，我就是来喊你吃饭的。

杜远枫走出门，看到了校长嘴里的"我们"，校长媳妇还有几个学生正围坐在一张圆桌旁，那些孩子的眼睛在暮色里闪闪发亮，都齐刷刷地盯着他，他看着那些星辰般的眼睛，心里突然一疼。

菜都是常见的山野青蔬，没有荤腥，却也新鲜可人。他尤爱那盘香椿炒鸡蛋，青葱里裹着鹅黄，嚼上一口，口腔里充斥着春天蓬勃的味道。校长冷不丁问道，我见你开的车很不错，原先在省城是干啥工作的？咋想起来到俺们这儿当代课老师了？

杜远枫停下筷子，调整了一下表情，用最诚恳的样子把早已准备在肚子里的说辞背了出来。我在省城也是个小学老师，私立学校的，因为压力太大工作太忙，上一年查出得了恶性黑色素瘤，还好救得及时，命捡回来了，就干脆辞了职，到这有山有水的地方，给身体和心灵都放个假，这里的空气好，压力也小。

杜远枫一口气说完，又拿出一沓票子，放在校长面前。

这是我这个月的饭钱，您收下，以后我一天三顿就在您这儿吃了。

校长媳妇那憨厚的脸上浮起一丝红晕，连连摆手说，都是自家种的粮食和菜，用不了这么多钱。

校长沉吟一下，数出几张票子，剩下的推到杜远枫面前说，杜老师，你能来，我们已经高兴坏了，钱不能多收，意思意思就行了。前几天县教育局响应上级教育扶贫的口号，给我们村小配备了一批先进的教学设施和文体器材，可我一个山里汉，啥也不会用，一直放着落灰，你是大城市的老师，水平高，你一来教学质量肯定有大的飞跃。我真是发自内心的高兴！不过话说回来，你如果是想来休养身心的，估计要失望了，农村小学的老师工作量比城里的还大呢。一个人要教多个年级、多个学科的课，还要上体、音、美这些"副科"的课，还要兼顾学生的安全教育、品德教育等，唉，我真怕你的身体吃不消。

校长快速地瞟了他一眼，点起一根烟，烟雾轻盈地在空气中旋转升腾，渐趋于无。

杜远枫抬头看了看天边，夕阳正挣扎着被群山慢慢吞噬那最后的光芒。他微笑着说，没事，我的身体已经完全恢复了，而且我这人就喜欢忙，习惯了。

校长忙不迭地点头，一脸掩饰不住的欣喜。

晚上躺在床上，杜远枫辗转难眠，他能感觉到思维开始像一艘精力旺盛的快艇飞速地在无垠的虚空里驰骋，左冲右突，忽远忽近，根本不受控制，白天的事都无比清楚地在眼前重现。

杜远枫脱去白大褂，找到院长，沉默着把辞职报告递给他，他不敢去看院长的眼睛，曾经这是他的老师，手把手教会他怎么用薄薄的手术刀切开那柔软的人体，在骨与血之间寻找病灶。

怎么回事？你难道不知道院里准备任命你为主任了？

我知道，可我……对不起，院长。杜远枫艰难地从嘴里吐出这些话，然后就垂首静默。

院长的声音忽然低沉温柔起来，我知道你心里过不去那坎，但人要往前看啊，你不工作，日子怎么过下去？

我对不起您的栽培，可是，我已经决定了。

远枫，说吧，是健民还是华西？他们给你开多少钱的工资？院长的声音陡然变成冷硬的匕首，刺进他的胸膛，那审视的目光上下打量着他。

杜远枫一抬头，猛然撞上院长那凌厉的眼神，蓦然一惊，辩解道，不是……不是您想的那样，我只是不想再当医生了，对不起。

他没有回家，开着车到商店简单买了几件换洗衣服便漫无目的地在公路上游荡，他想了几天了，满脑子的思绪早就被捋得清清爽爽、透透彻彻。

杜远枫，这个外科有名的"杜一刀"决定了，要去一所乡村学校当代课老师。他忽然想起中学课本里的鲁迅先生，那个干瘦倔强的老人，也是放弃了医身，选择了医心。在鲁迅看来，后者显然更重要。杜远枫不想标榜自己跟鲁迅先生的思想有多么接近，他只是想去看看那些大山深处的孩子们是怎么生活的。去哪儿呢？脑子里突然就蹦出了那个地名，溪山寺村。好吧，就这里吧，他疲惫地嘱咐了导航，任黑色的丰田载着自己滑向未知的远方。

　　没费什么周折，他就成了一名乡村代课老师。到了学校，校长激动地握着他的手说，欢迎欢迎欢迎。

　　杜远枫努力地把思维拉回来，眼睛盯着天花板上的污渍，听着屋外的山风和虫鸣，伸展开四肢，接纳睡意的袭来。

二

　　这所村小简陋而宁静，四周是连绵起伏的青山，下过雨，山间就会浮起缭绕的白雾，像山林的吐纳呼吸。村落不大，住户都依山而建，像野蘑菇一样散落在各处。杜远枫走在小路上，随手折了一根狗尾巴草，一边甩着一边想着今天的课。

　　虽然从没当过老师，但他心里不怯，毕竟是医学博士，小学的语文数学还能教不了？他开始喜欢上这种教课的感觉，十几双眼睛激动地盯着你，听你绘声绘色地描述着草长莺飞的江南、风刀霜剑的塞外、慷慨激昂的英雄、回肠荡气的战争。他讲着讲着就会神游天外，仿佛时光倒流，仿佛他从没有娶妻生子，大学毕业后就在这里教学，一直教了十年、二十年。他慢慢发现，这里的孩子学习基础参差不齐，有些落后太多，简单的声母韵母都分不清，应用题稍微拐了几道弯便算不出来了。他决定去家访，其实这也是他一直都想做的，探寻这些孩子们的成长环境。

第一户是张子涵家，这丫头光长个子不长心眼，好几次作业都没做，问她，她只会不好意思地垂着眼笑，旁边的男同学一个劲地起哄，说她还要带孩子哩。

张家的房子是灰砖垒筑的，窗户上连块玻璃都没有，钉着看不出颜色的塑料布，用来隔寒挡风。破旧的屋檐下安了个崭新的空调外机，像一个衣衫褴褛的乞丐挎了个精致的皮包，显得不伦不类。张子涵的奶奶顺着杜远枫的目光看了眼空调，絮絮道，党的政策好啊，这两年扶贫没少给俺们东西，您看这空调、电视机都是政府送的。

张子涵正抱着一个八九个月大小的婴儿哄着玩，一看见老师来了，愣得站在那说不出话来。杜远枫笑着说，子涵，今天老师来是想做一下家访，了解了解你的生活情况。

老太太忙让座道，快坐，快坐，您真是个好先生啊，原先那个教书先生啊，从没来过家里。

杜远枫开门见山，对老人说，这丫头脑子很好使，但就是上课总打瞌睡，很影响听课效果，作业也经常不做，您应该管管了。

老人的双手紧紧绞在一起，像两条虬曲枯瘦的树根交叉起来。她苦着脸说，唉，没办法啊，您看我家这情况，我一把岁数了还要在地里刨食。子涵的父母都嫌种地没出路，越跑越远，现在跑到广东打工去了，把这两个孩子给我扔家里，我干一天活下来，腰酸背痛的，根本就带不成小的，只能让丫头带她弟弟。丫头从放学回来就没歇过，帮忙带孩子、做饭、喂鸡食，晚上孩子一闹能把一家人都吵得睡不着，她白天哪能有精神？白天学不会，晚上作业也就不会写了，唉，我也辅导不了啊。

杜远枫皱着眉头看向女孩，女孩的脸绯红，像被火钳烫了，她眼睛仍然低垂着，只是能看到那长睫毛笼着的一泓湖水起了雾，湿漉漉的。那怀中的婴儿像是中了定身法，呆呆地张着嘴看着陌生来客，嘴角挂着一丝长长的银亮涎水。

杜远枫忍不住说，孩子不能只生不养啊，您管不了就应该让他父母带走养，也不能耽误了这丫头的学习啊。

话一出口，他就后悔了，话的尾音陡然像断了线的风筝跌落下来。孩子的父母是在外打工，哪能带个七八个月的婴儿东跑西颠呢，何况这道理他们哪能不知道，左不过是被生计逼得没办法罢了。

老太太敏锐地捕捉到他尾音里的那丝软弱，一把揪住提着高腔说，哎哟，您可不能当着孩子的面这样说啊，让丫头以后记恨俺们吗？她父母是去给人干活哩，不是享福哩，带个奶娃子哪儿能行？再说了，丫头学习好是她的造化，学不好也不能怪别人，那是命！这年头考上大学也不一定能找到工作呢，俺们对她不强求。

子涵奶奶的嘴角往下撇着，像坠了几斤重的秤砣，被皱纹挤得看不见的小眼睛里流出一丝不满。杜远枫张了张嘴，说不出话来了，忽然觉得晚风都穿堂而过，涨满了他的衣袖，冷飕飕的，他急忙告辞出门，走出很远，背后好像还黏着张子涵的目光，那欲言又止的像湖水一样深而静的目光。

接下来要去的是田旺旺家，田旺旺小名叫小牛，杜远枫也跟着其他孩子一起喊他小牛。他太像一头稚嫩而莽撞的小牛了，每次在课堂上提问题，他总是第一个高高举起小胳膊，两只大眼睛瞪得溜圆，兴奋地喊着"我知道我知道"，真提问他了，答案总是令人啼笑皆非，然后孩子们银铃般的笑声就会此起彼伏响起，他就在这笑声的波浪里不好意思地挠着头傻乐。杜远枫从心底喜欢这头天真的小牛，所以他无法忽视小牛的衣服为什么总是那么脏，几乎所有的衣服都不合身，要不太大要不太小，还有一次竟然穿了两只不一样的鞋跑来学校。他想知道，这样的孩子背后有怎样的家长。

当杜远枫出现在男孩家门口的时候，小牛像枚惊喜的炮弹一下子弹射到他面前。老师，老师，老师来了！杜远枫摸摸他的头跨进了屋子，环顾四周，同样是灰砖垒就的房子，但这户跟张子涵家相比明显凌乱而狭小，辨不出年代的家具像怪兽一样蹲踞在屋子角落里，摞满了乱七八糟的家什。屋子里的空气混杂着霉味、尿骚味、药香味，拧成一条湿漉漉的绳子，摔向杜远枫的面门，把他击得差点倒退一步。

　　一个颤颤巍巍的老人拄着拐杖迎了出来，他枯瘦的脸上嵌着两只黑洞洞的眼睛，像深井一样一眼望不到底。杜远枫站在昏暗的堂屋，借着一线微弱的光，隐约看到里屋门边摆着一张床，床上岿然不动地卧着一团黑影，这黑影像一大堆海绵，正慢慢地吸收着窗外那浓得化不开的暮色。老人朝里屋看了看，咳着说，屋里躺着的是孩子他奶，孩子他爸没了后她就一直病着，吊着一口气不死就是因为心里的结还没打开。小牛咋了？是不是在学校惹事了？

　　不，不，小牛表现很好，我是来做个家访，了解一下班里的学生。

　　落座后，小牛便飞快地端来一杯茶，眼睛亮晶晶地盯着杜远枫，满脸都是开心的笑意。

　　老人看着门外的天幕，夜色正从四面八方围拢过来，他咳了几声，四面跑风的嘴里慢慢地断断续续地蹦出梦呓似的诉苦：俺家在村子里就是个没人愿意搭理的破落户，大人丢人，孩子也跟着遭罪。杜远枫下意识地看向小牛，他不知道什么时候已经像阵风一样刮到院子里去了，院子里的鸡恐惧地尖叫着，像在躲避他的追逐。

　　老人瞥了一眼院子说，我们家在新中国成立前可是名门大户，我奶奶以前就是那种只会掂掂绣花针的大家闺秀。可后来就不行了，越来越败落，到我这一代，已经没啥家产留给儿子了，他自己也没本事，就去县城里跑出租养家糊口。那一年下很大的雪，我提醒他临近年关了别出门了，街上乱。他非不听，前脚走，后脚我的眼皮就跳个不停。果然出事了，我的儿啊，头上被砸了那么大一个血窟窿，被发现时身子已经僵了。

　　老人停下来，一边剧烈地咳着一边拭着泪。杜远枫没想到是这样惨烈的故事，一时不知道该说些什么，只有伸过手去紧紧握住老人的手，他悚然一惊，这简直不像人的手，是一双长年与困窘生活摩擦的手，粗糙干硬长满茧子。

　　我儿子死后，儿媳那个没良心的就扔下两个孩子跑了，连声招呼都不打，俩孩子一夜间就没了爹娘。那时候家里整天乱糟糟的，小牛还小，天天哭闹，老伴又病倒了，只能靠我种点薄田度日。我大孙子本来是很老实的一个孩子，就是从那时候开始性格大变，开始跟镇上的坏痞子们混，打架、赌博，慢慢地开始偷偷摸摸了，村里人都不让孩子跟小牛玩。后来有一天，大孙子跟我说他要去省城发大财，我就料到不会是啥好事，锁着门不让他去，结果他那几个孬朋友把锁砸了带他跑了。跑了有一年吧，警察通知我，他果然犯事了，而且还是死罪，他跟两个浑小子去偷人家东西，被发现后把人家杀了。我气得啊，我家世代清白，咋会出了这么个逆子啊，我死了都没法跟祖宗们交代啊。那两个小孩年纪小，只有他倒霉，刚过十八岁，刚好是够判死刑的年纪，后来枪决他时，我硬撑着没去法场，我要让他知道，田家人永远都不会原谅他。

　　老人喘了口气，断断续续的咳嗽将他的面容拉扯得凄苦而扭曲，他紧紧地反握住杜远枫的手说，我能看出来您是个好老师，村里人都说我家祖坟风水不好，建议我迁坟。我不信，我家小牛脑子灵光着呢，您千万多费心，我家只剩他了，只剩他了。

老人忽然发现手中这双手越来越冷，像握着块滑溜溜的冰，随时都能融化流走。老人赶紧站起来说，我再给您续点热茶，天冷了。杜远枫缓缓站起来说，不了，我该回去了。他摇摇晃晃地走到院子里，小牛正试图骑在一只疯狂挣扎的大公鸡上，月亮升起来了，满院子清辉像细浪一样荡漾。

三

杜远枫患上了严重的失眠，失眠让他的时间陡然多出了一倍，他试图把白天的所有时间安排得满满当当，连喘息的空都没有，让白天巨大的疲惫把自己赶进晚上的梦境里。所以他吃完晚饭就挨家挨户地上门给学生们辅导功课。

这个村子靠山吃饭，准确地说，是靠着山腰那几十亩薄田吃饭，但是这里的地很贫瘠，黄土里掺杂着碎石，庄稼的根扎不深。前些年都种小麦，种久了，地力就不行了，只好种玉米、土豆，地里的收成全看老天脸色。村民们都穷得叮当响，于是大部分青壮年都离开大山去往城市打工，这个简陋的农村小学三分之二的孩子都是留守儿童。这些孩子都是由上年纪的爷爷奶奶或者伯伯婶婶照顾，自然管不了学习，只能管个吃喝拉撒。最初杜远枫一个个登门，手把手辅导功课，家长们还以为要收费，一脸不情愿，后来知道是义务的、免费的，一个个热情得跟火盆似的。校长的每条皱纹都溢满了惊喜，拍着杜远枫的肩膀说，我没看走眼，您是位尽职尽责的好老师！您牺牲自己的休息时间给孩子们辅导，真是太令人感动了。这番堂皇的溢美之词从校长嘴里用饱含土味的乡音说出来，带着几分失真和滑稽，杜远枫淡淡地笑笑没说话。

可慢慢地，他就感觉到家长们的态度有了微妙的变化。他这边给学生讲着作业，那边爷爷奶奶们就端坐着旁听，或者踢踢踏踏地在一旁走来走去，杜远枫能隐隐感觉到那目光像蛛丝一样黏在背上，这目光里的内容是复杂的，难以言说的。这天下课，孩子们都跑出去玩了，他瞥见小牛一会儿站起，一会儿坐下，瞟他一眼又一眼，一副欲言又止的样子。他故意装作不知道，低头看着手里的书，小男孩果然一扭一扭地走过来了，咬了咬手指，轻声对他说，老师，我想告诉您一些事。

哦，说吧。

村里很多人说您的坏话，他们说您精神不正常，还说您可能是坏人，可能，嗯，可能会祸害小孩。我不懂他们为啥这样说您，反正我觉得您是个好人，是天底下最好最好的老师。

哦。杜远枫心里起了微微的波澜，表面还是冷漠的样子。

男孩呼哧呼哧地喘着气，像是有些急了，仿佛是为了证实他不是在无中生有地撒谎，突然加快语速，机关枪似的说，他们说您开的车很贵，用的手机也很好，不像是缺钱的人，来我们这儿肯定有目的，他们还说，您每周五都给家里写信，但从没见您去寄过信，您没有家人，都是编出来骗人的。

好了，我知道了！杜远枫突然站了起来，推开小牛往外走。小牛愣了一下，又紧跟在他身后，风把他迟迟疑疑的话传到杜远枫耳朵里，老师，您好久没来我家了。

杜远枫仍然雷打不动地做家访，进行课外辅导，把自己的时间安排得密不透风，他最怕的就是周六周日，这两天的校舍就像荒原，空寂得连风的呓语都能听见。望着山上那郁郁葱葱的树木，他想，不如去爬这座溪山吧，爬出一身臭汗，也许晚上就能睡好觉了。

溪山上的树都有些杀气腾腾，恣肆随性地舒展着枝干，走在里面，看不到阳光，只能看见满眼蔓延的浓稠的绿，这些油漆一样浓重的绿像是把外界都隔绝起来了，自成王国。这满山的树估计有些年头了，杜远枫一边想一边深一脚浅一脚地走着，脚下是村民们踩出来的小路，光凭这小路就能猜到平日上山的人极少。他忽然想起校长说过，这座山接近顶峰的地方坐落着那所寺庙——溪山寺，"文化大革命"时期寺庙被砸过，村里人穷，所以一直没好好修葺过这座破庙，后来附近盖起了一所更大的寺院，远近的善男信女都跑那儿去拜佛烧香了，这溪山寺就更冷了。再后来不知哪年也不知从哪里跑来一个野和尚住进了庙里，人们很少见到他，只偶尔看到他下山买东西，行色匆匆的。

杜远枫折了根树枝，拄着往上走，脚下的路越走越窄，阳光的暴晒把植物蓬勃的气息都蒸腾了出来，他闻着这气息，回忆被启封，忽然想起了很多年前的那次爬山。

那时妻子像一头健壮而灵活的小鹿，挣脱他的手蹦蹦跳跳地跃过山涧、溪流、小径。她回过头朝他喊，喂，老人家，快点跟上啊。她的头发在阳光下闪耀着金黄的光芒，他看着她镀了一层光晕的侧脸，心荡神驰。那时他跟她承诺，以后孩子出生了，要带着他（她）一起再爬一次这天门山。后来孩子出生了，长大了，他的工作也蒸蒸日上，得奖了，升职了，只是再也没有时间陪他们母子了。妻子抱怨过，也吵过架，吵架时她不再是小鹿，而是头母狮，愤怒地诉说自己的"丧偶式婚姻"是多么痛苦，现在想来，他只觉得心中刺痛。杜远枫捂着胸口大口大口地喘着气，再一抬头，竟然看到了那苍翠中掩映着的一角飞檐，寺庙在缥缈的山岚里若隐若现。

他终于爬到了山顶，站在褐色的庙门旁往里张望，小小的院子里长着一株庞大的杏树，树上开满了纯白的杏花，像堆了一树雪片和珠玉，璀璨生辉。一阵风过，杏花雪飘飘洒洒，落在树下的石桌、石凳上。他看着那满树的花，不禁痴了，半晌才意识到正对着大门的殿里空空荡荡，陈旧的佛像垂首默然。这种寂静里藏着一缕古怪，这里没有人气！很久都没人住了吧？

杜远枫忽然觉得背上冷飕飕的，便心生退意，又想既然已经到门外了，何不进庙里拜拜，念头刚冒出就被他掐断了，从那个晚上开始，他就不再有任何信仰了，什么善恶轮回、因果报应在他看来都是无稽之谈，黑转瞬间可为白，白也可转瞬为黑，一切都在于人心。

他轻轻地叹了口气，转过身来，背后是一张暗黄色的脸，泥塑一样毫无表情。他瞬间魂飞天外，差点叫出声来，背后不知什么时候站着一个人！

杜远枫定下神来，上下一打量，这大概就是那个僧人了，穿着一身辨不出颜色的僧袍，手里拎着一大袋米，光亮的额头上缀满汗珠，一双细长的眼睛像是在看他，又像是在看他背后虚无的空气，浑身都散发着一种生人勿近的冷峻。杜远枫没说话，上前一步帮他把大米抬进院里，僧人也没说话，对他施了一礼便飘然进屋了。杜远枫站在那杏花疏影里发了会儿呆，满院的花香妖异无比，被阳光蒸腾地愈加浓烈，他隐隐有些眩晕，像被这香气灌醉了一般，便匆忙下山了。

从这以后，他只要有空闲的时间便开始爬这座山，每次都坚持爬到山顶，只是他再也没见过那个僧人，只隔着门听到他沉闷而模糊的念经声，像水泥一样糊满了耳朵，还有机械的木鱼声，笃笃笃的，每一击都像是合着时光的鼓点，急促紧张，弥漫着一种淡淡的忧伤。杜远枫总是站在门外，久久的，任山间的松风拂袖而过，看着远处的落日一点一点被晚霞隐没，无所依傍的心便会在这单调的诵经声和木鱼声中慢慢安宁下来，这安宁会一直延续到晚上，进到他的梦里，梦里就不再有那些血腥和挣扎了。

四

又是一个周末，杜远枫铺平了一张白纸，一字一句地写上：

妻子、儿子：

不知不觉我已经离家这么久了，很想你们，每天都想。有时候我看着这些学生，看着看着就好像看见了磊磊，你们还好吗？

我已经慢慢地适应了这里，信号不好，网络不太流畅，这样也好，不知不觉间已戒掉了手机瘾，有时一天看不见手机也不会再失魂落魄了。我刚来的那阵子，电话很多，远亲近戚、同事朋友，很多人问我上哪儿高就了。真是滑稽，一个人走了太多平坦大路，想拐个弯走走野径难道就不行了吗？难道人这辈子只能拼命向上游，努力挣出头才符合俗世的价值标准吗？

　　我不认为我现在做的工作跟救死扶伤比逊色什么，一个是肉体上，一个是精神上。说到精神，我来了后才知道乡村留守儿童的精神世界是那么贫瘠，城里的小孩像磊磊，从小可以上早教班，什么蒙氏启蒙、益智绘画，多姿多彩。长大了有艺术展可以看，有音乐会可以听，更重要的是有很多很多书可以看，我到现在都还记得，我小时候泡市图书馆时的那种满足感。可这里的孩子呢，父母在家的还会买几本书，有的耐心地给孩子读读，但这样的家庭太少了，大部分是留守儿童，父母不在，只有老眼昏花、目不识丁的爷爷奶奶，更没有人给他们买书，所以这里的孩子们也都没有读书的习惯。

　　现在农村人在外打工，挣钱也不少，给家里盖了房子，买了电器，给孩子买大堆的零食和玩具，给父母买崭新的智能手机。几乎每个家庭都有智能手机，这些没人管的留守儿童一有空便抱着手机玩游戏、看抖音、刷快手。大点的孩子不满足于手机上玩游戏，总是偷偷摸摸地往镇上跑，去镇上网吧打游戏。在那种乌烟瘴气的地方，有些孩子就会结交一些镇上的小地痞，跟着学坏。我想着，如果在村小办个小型图书室就好了，孩子们可以把书借走拿回家看，也可以在学校看，只要能看书就行。我一直相信，读过的那些文字，总有些会触动灵魂，会渗透进生命，塑造出你的品格、素养、精神。

前几天，我跟溪山寺村的驻村书记小昭联系，让他帮忙想想办法。这是个很不错的小伙子，做事雷厉风行，很快便和县文化局、县新华书店沟通协调，给村小捐赠了两千多本图书。我自己购置了几套桌椅，让校长腾出一间教师宿舍，改造成图书室。看着孩子们捧着书本专心阅读的样子，我感觉这几天的辛苦没有白费，他们边看书边不停地跟我提各种问题，我回答得咽炎都快犯了，但不知道为什么，心里一点都不觉得烦。

还有件事要告诉你们，我跟小昭和县司法局的同志们联系，邀请他们来村小给孩子们普及法律知识。第一堂普法小讲堂已经开过了，以后每半个月他们就会来讲一次。孩子们听得可专心了，比上我的课还专心，司法局的同志们水平也很高，点子多，以孩子们喜欢看的《熊出没》等动画片为例，讲解动画片里哪些行为是违法的、有什么后果。这堂课把"公民""犯罪""法律""未成年人""违法"等词的含义潜移默化地植入了孩子们心里。农村的留守儿童很多都是由爷爷奶奶管教的，只顾个温饱，很多孩子都不知道善与恶的分界线，不知道有些行为不改掉，再往后就会发展为犯罪。我张罗着办起这个讲堂，初衷也在于此，我想让这些没人管的孩子们懂原则、明是非，心里有把标尺，可以衡量自身的对与错。

高兴的是，司法局的同志们说他们和我的想法不谋而合，他们准备发动基层司法所的工作人员，还要聘一些志愿服务的律师，把这个普法小讲堂扩展到全县所有的中小学，尤其是农村的中小学。他们说下次来村小讲课的主题是未成年人被侵犯的真实案例及原因、怎样预防犯罪与远离侵害等知识，引导孩子们树立正确的维权意识。说实话，我从现在就开始期待了，孩子们也一样，整天缠着我问"法律叔叔们"啥时候来。

这里的民风还是很淳朴的，开始我做家访，辅导学生作业，很多村民不理解，还嫌我事多，现在慢慢地，孩子们的成绩提高了，村民们也越来越和气了，有时我去辅导作业，那些善良的老人非要往我口袋里塞些种的水果、红薯啥的。学生们也挺争气，成绩进步得很快，上次期中考，一、二年级都考得不错，听校长说有些家长听说我讲得好，正准备把在镇上小学就读的孩子接回来送到村小上学。每天晚上回来，我的喉咙都剧痛，这几天才好了点，校长不知道从哪里挖来一些草药，说当地叫"毛毛眼"，喝了以后舒服多了。

不要担心我，我一切都好，今天就写到这里吧，我爱你们！

写完信，杜远枫走出门，大口地呼吸着山里的新鲜空气，已经是冬天了，远远地传来几声零零星星的鞭炮声，他忽然有了个想法。

即将迎来一年的最后一个节日——春节，村里陆陆续续有打工的人回家过年，杜远枫趁着这个机会，挑了个日子把回家的那些家长们召集到一起开了个家长会。他提前准备好讲稿，早早地来到操场布置。

　　冬日微弱无力的阳光像羽毛一样抚着操场的每个角落，搬着板凳的家长陆陆续续地来了，杜远枫站在旁边的冬青树下，一言不发地打量着他们。来的家长大部分是女性，也有零零星星几个老人，估计是爷爷奶奶。有的家长打扮入时，穿着簇新的羽绒服，抹着艳丽的口红，让孩子坐在自己腿上，用手揽着，脸贴着脸凑在一起，叽叽喳喳不知在说笑什么。有的搂着孩子肩膀，一脸宠溺的表情，往孩子嘴里不停地塞着辣条之类的零食。还有的跟孩子并肩坐在一起，孩子表情拘谨，神情漠然，家长一脸严肃，像是在训斥着什么。还有四个学生，父母和爷奶都没来，他们孤零零地坐在最后面，像四棵沉默的小草。杜远枫注意到其中有个叫小菡的女孩，总是盯着那些坐在家长腿上撒娇的同学，一看到就像被火灼伤了似的赶紧低下头，但过一会儿又忍不住偷偷抬头看。还有个叫高翔的男孩，怔怔地看着家长和同学们，不时低头抹一下眼睛，又怕被人看见似的，赶紧作势挠挠头。杜远枫知道，高翔的父母远在深圳，已有两年没回来了，今年估计也不会回来了。还有小牛，手插在口袋里，不时地吸溜着鼻涕，突然，他抬起头看向杜远枫，目光相撞的一刹那，杜远枫赶紧扭过了头。

　　家长会开始了，校长在杜远枫的示意下把学生们带离了操场，杜远枫先是通报了本学年每个孩子的期末成绩，表扬了所有孩子，将他们的进步一点一滴地告诉给家长们。如他所料，底下一片掌声，家长们都一片喜气洋洋。接下来，杜远枫清清嗓子，开始说他在教学过程中发现的关于留守儿童的问题，包括学习上的、思想上的、行为习惯上的、品德上的。家长们都仰着头听得很认真，没有人再说话和玩手机了。操场里只剩下杜远枫的声音，空气无形中变得黏稠起来，像堵墙一样压向每个人，连鸟雀都识趣地噤了声。

他说，有些老人膝下的孙子孙女有好几个，这些孩子的父母都要出去打工，就只能把孩子们集中到老人家里统一照看。老人不仅要照顾地里的庄稼，还要照看这么多孩子，难免力不从心。像庄小梅家，我每次去家访，都是几个孩子凑一起叽叽喳喳地玩闹，没一个坐那儿安静学习的，老人能管得住吗？喂饱饭就行了。还有李浩浩，这孩子只有个爷爷照看着。爷爷都七十多岁了，耳朵眼睛都不好使，我好几次听浩浩说，他没吃早饭就跑来了。孩子的衣服也没人洗，不管天气冷热，总是那两身脏得看不出颜色的衣裳，小朋友们都不跟他玩，说他身子有跳蚤。有次上体育课，我发现他不停地跺脚，一问才知道，没穿袜子就跑来上学了，脚冻得慌。才六岁的孩子啊，看着多让人心酸。

这还都是生活上的，学习上更别提了，没人给孩子们检查作业、解惑答疑。有些孩子学习底子薄弱，上课总是跟不上，下课了跟我说听不懂，虽然我一直在想办法帮他们赶上，但家长的作用也是很重要的啊。还有一个孩子，我不说名字了，平时文文静静的，谁知道总趁大课间的时候在没人的教室里偷东西，都是橡皮、铅笔这些不值钱的东西，后来被我抓住了，才知道这孩子的奶奶从小教育她不能吃亏，有多少便宜就占多少。这样歪曲的价值观能培养出什么样的孩子呢？她长大后能走上什么路呢？一个人的童年是塑造人生观、价值观的重要阶段，长大了就定型了。就像小时候长歪的树，大了就很难掰直了。可这种培养是潜移默化的，不是你们这些家长过年时回来说教几句就行的。对孩子影响最深的还是父母，在培育思想品德方面，父母有不可推卸的责任。

杜远枫越说越激动，他停下来清了清嗓子继续说，不过最重要的不是这些，而是孩子们的心灵。你们在外面打工肯定都很忙，不知道有没有空看新闻，云南镇雄县有个留守儿童在除夕夜自杀了，原因就是父母长期在外，缺乏亲情的关怀。而且这孩子的父亲把现实中的不如意都发泄在孩子身上，经常对他打骂，本来心理就脆弱敏感的孩子终于受不了了，以自杀结束了短暂的人生。还有贵州省毕节市四兄妹自杀事件，这四个留守儿童也是从小缺乏父母的陪伴和关爱，他们自卑、孤僻、内向，有什么心理问题也没人可诉说，痛苦在心里积累发酵地久了，就爆发了，集体喝了农药。我希望在座的父母能重视这个问题，孩子们是人，不是猫狗，他们需要爱和关怀。现在信息技术多发达啊，一天抽出点时间给孩子打打电话、发发视频，了解孩子的生活和学习，多匀出点精力在孩子身上，这不难吧？

你们知道吗，班里的孩子一般分两种，一种是特别努力学习的，处处追求完美，想通过学习来得到老师和父母的肯定，这种学生也有心理问题，太压抑了。上周上自习的时候，有个学生把另一个不停说话的学生的头砸破了，全班震惊，因为他平时看着是很老实的一个人，一点都不像这么暴戾。还有另一类学生，满身劣习，在墙上乱写乱画，破坏桌椅，上课捣乱。你们可能会说真是讨打，他们的确是讨打，但他们只是想引起老师的注意，哪怕方式不对。这些得不到父母关爱的孩子们都把感情投射到老师身上，甚至还会为老师更关心谁而"争风吃醋"，甚至大打出手。

这时，操场上像城墙一样坚固的静默忽然被打破了一个角，一个家长喊了声，孩子们苦，我们也没办法啊，要挣钱啊。

杜远枫点点头说，对，你们要挣钱，要养家糊口，可据我所知，现在国家已经开始重视留守儿童的教育问题了，有很多城市都出台了政策，打工人员可以凭借暂住证安排子女就近入学，有些城市还专门开通了留守儿童教育绿色通道，开办了务工人员子弟学校。孩子不会成为你们挣钱路上的阻碍啊，你们可以带上他们，参与到他们成长的每个环节当中啊。

有个中年妇女站起来说，老师，您说得头头是道，很有道理，可您不知道具体情况有多复杂。像俺们两口子打工的附近就有个小学，俺们也动过心思，想把三宝送去，可一问，学校里没有学位了。学校领导答复的是现在学校都按学位数招生的，禁止大班额是条不能逾越的高压线。后来俺才知道，学校还余一些学位，但也都是先满足当地居民子女，剩下的才轮到俺们。但剩下的名额很少，要有关系才能入学，像俺们这种平头老百姓，啥得力亲戚都没有的，只能眼巴巴瞅着。俺兄弟在另一个城市打工，他们两口子挣得多，孩子倒是就近入学了，但私下里他们给学校交的赞助费贵得吓人，而且还不留任何交费手续，即使后悔了你这钱也要不回来，告也没法告。

又有个妇女站起来激动地说，不是俺不想带着俺娃，俺也想啊，天天想，可城市里的公立小学难进去，民办学校学费又贵，农民工子弟学校离得远，孩子得在那儿住宿。你想啊，孩子在家还有爷爷奶奶照顾，在学校寄宿照样长期见不到我们，还见不到爷爷奶奶，还不如在家呢。另外，即使不住宿，把孩子带在身边，每天上下学接送我们根本就没精力啊，我们都是最底层的打工者，迟到五分钟饭碗可能就丢了，尤其像俺妹子她家是卖蜂蜜的，常年四处乱转，这个月在这个县，下个月就跑到那个县了，你让他们咋带着娃呢？

底下一片喧哗，家长们都七嘴八舌敞开了声音互相倒起苦水来，这个话题显然引起了他们的共鸣，一时群情激昂，声浪喧嚣。杜远枫不知道说什么好，只能尴尬地张着嘴，他忽然感到一种深深的无力感从心底慢慢涌上来。

这时，校长走上台来，一张嘴那浑厚的男高音便镇住了大家。

家长们，静一静，今天我们要讨论的不是这一肚子苦水，大家也不是来开茶话会的，不能喷喷话拍拍屁股就走了。今天我们开这个家长会，就是要让在座的各位深刻认识到留守儿童身上存在的很多问题，要引起各位的重视。

要说你们为了生计东奔西走不容易，可现在国家扶贫政策这么好，为啥不能留在家乡挣钱呢？我想问问在座的各位，有多少人是被大城市的花花世界迷了心窍，不舍得离开的？有多少人是为了一张脸，为了所谓的面子，为了在乡亲们面前夸夸其谈不愿回来的？有的在外面挣了点钱，就烧得不知道自己是谁了，回来了天天东家转转西家悠悠，只怕别人不知道你挣了那点钱。可你们想过孩子吗？钱挣得再多，孩子没出息了，很快不就把你那点老底吃空了？孩子品德不好，对你不孝顺，你挣个金山又有啥用？咱村驻村书记小昭同志为咱们村引来了林果产业，还帮助成立了农民合作社，这些都是带贫企业，政府补贴了钱，你们就在家门口干干活不也能挣钱？还有乡里的扶贫干部不是给咱村开过会了，说咱们这土壤不适合种粮食，丘陵地势适合种果树，我听说辛集乡也有种梨树的，人均年收入五万以上。咱村自古以来就有做蚕丝被的传统手艺，那些当妈的，收收心，在家做做蚕丝被往外销或者开个网店在淘宝上卖，或者也弄个直播在抖音上卖，这都是挣钱的门路啊，是不是？即使挣得没有在外面多，但起码天天能见到孩子。这些整天见不到爹娘的娃娃们可怜得很。那个三年级的赵晓楠，有次我见她放学了不回家，在墙上画画，画了一个男的站在左边，又画了个女的站在右边，她就站在他们中间手拉着两个虚拟的人像。我问她在干什么，她说今天是她生日，她太想爸妈了，就把他们画出来，幻想他们在跟她一起过生日。

说到这儿，校长的声音哽咽了起来。台下的人群像被投掷了一颗石子，涟漪一波波荡开去。家长们互相低语着，有的悄悄地抹起了眼泪。

散会后，学生们从教室里拥出来，跟着各自的父母回家。忽然，走过来一个穿着长筒靴的女人，她拦住杜远枫说，老师，我想跟您说点事。她眼睛泛红，像是刚哭过的样子。

我没有孩子在您班上学习，但常听邻居们说起您、夸您，所以这些事就想跟您说说，请您支个着。我有个儿子，现在在镇上的中学上初二，眼看就要升初三了，后年就要考高中了，天天只知道玩手机游戏。我和孩子他爸在深圳打工，今年夏天的时候跟儿子商量，让他暑假到深圳玩玩，见见世面。我们想着也许他被大城市的精彩一刺激，回家就会好好学习了。我天天盼啊盼，结果儿子来的第一天跟我们说的话不超过十句，他眼里根本就没有任何人，只有手机，连上厕所也要拿着手机。那一刻，我真后悔给他买了个智能机。本来我们计划得很好，要带他去看华强北、欢乐谷、海滩还有深圳书城，结果他只看了大海就严重抗议，反对外出，说没意思，还说陪我们逛太累了。我真是一肚子气啊，我和孩子他爸都是好不容易才请下来的假，就是为了陪他，他却说是陪我们逛。还有我看他瘦得像根竹竿似的，就精心做了一大桌子菜让他吃，他却没胃口，不想吃，问他想吃啥，说是想吃方便面。唉，这都是长期养成的坏习惯啊。孩子他爸跟他套近乎，问他玩的啥游戏，他说是《王者荣耀》。后来又套出他的话，原来他把他爷爷给他的早餐钱全都节省出来买游戏装备了，前前后后投了一千多块钱了，他爸当时就气得想揍他，被我拦下了。我有时候看着儿子实在想不通，就问他为啥不想爸爸妈妈，天天只会捧着手机，连看都不看我们一眼。您猜他咋说的？他说小时候很想我们，可我们总不在家，长大了就习惯一个人了，就不想了。打游戏能让他找到成就感，所以他更想钻进游戏的世界不出来。您说说，我们可怎么办啊？再这样下去，儿子就离我们越来越远了。

　　杜远枫看着这个忍不住又红了眼眶的女人，轻声安慰，人总要为过往的错误买单啊，孩子小的时候你们没陪在身边，他从小缺乏关爱和管教，枝枝杈杈难免长得乱了些。但现在还小着呢，趁还来得及，多陪伴他、关心他，引导他走正路，耐心地帮他修剪掉那些枝枝杈杈，我相信，有充足爱的孩子、内心富有的孩子，是不会沉迷于一件事物不能自拔的。

女人的背影慢慢走出他的视线，杜远枫蹲下身来，忽然觉得所有力气都被抽空了，紧绷的身体软了下来，像要变成流水洇进操场的泥土里了。

五

开春后不久，杜远枫患上了严重的失眠，如果说原先的睡眠是被人割成支离破碎的碎片，那么现在的睡眠则是被人完全偷走了。杜远枫感觉这睡眠简直固若金汤，一丝缝隙都不给他留，他徒劳地过完疲惫的一天，嗓子冒着烟，双腿像灌了铅一样地回到家，只感到肉身沉沉地瘫在床上，而灵魂却仍然轻盈敏捷地在空中飞来飞去，捕捉着大自然的一切细微呻吟，真是越夜越清醒。这个夜晚，他在床上看着窗外的群山，月光像层薄纱一样在他心头飘来荡去，他忽然想爬山。反正睡不着，与其在床上挺尸般浪费这光阴，不如爬山消耗下能量，也许回来就睡得着了。

他轻车熟路地沿着那条小径往山上走，夜晚的山林像在沉睡，虫鸣、鸟叫等各种天籁是它混沌模糊的鼾声。那些白天碧绿的枝条一到晚上都变成了狰狞凶恶的山魅，伸着手臂像要扑过来噬人。偶尔滑过几只怪鸟，发出磔磔的笑声。杜远枫虽然是个成年男人，但走在这样的山中也不免感觉周身有些阴森的凉意。

不知走了多久，山顶到了。这时月亮从云层中露出半面清辉，庙宇在月色里远远地散发出一圈微光。笃笃笃笃，沉闷的木鱼敲击声在一片静谧中格外响亮，像是一串珠子排列有序、有条不紊地跌落地面。杜远枫呆立在门外，愣愣地听了半晌，原来这一夜也有和他一样的未眠人。山风袭来，松涛阵阵，他忍不住打了一个响亮的喷嚏。木鱼声戛然而止，沉默片刻，门内传来一声"进来吧"。

走进院里，僧人对他施了一礼说，坐院里喝点茶吧。恍惚间杜远枫有种错觉，他是来拜访一个老朋友。这是两人第一次说话，却熟稔地好像认识了很久。杜远枫喝了口涩涩的清茶，忍不住说，一年前我来到寺庙听你念经，那时杏花就开得这么好，如今一年多了，好像一切都没有变，只是一年又一年，我就像在被时间凌迟。他的声音忽然坠了下来，颓然低沉，他仰起头看着满树琼枝，眼角流下一滴泪。借着夜色掩护，他没有擦拭，任由它慢慢被吹干。月光被杏花筛下来，洒在石桌上，荡漾在茶杯里，那淡茶好像也沾染上了一缕清幽的杏花香。

僧人从怀里掏出一卷经书说，这是我每天读的经，

《心经》，你可以找一本读读。《心经》可以驱逐心魔，净化心灵。

杜远枫说，我没有心魔，我有的只是无穷无尽的痛苦。每次听听你念经的声音和木鱼声才会好过一点，但那也只是心灵短暂的平静。你如果也不想睡觉，不如听听我的故事。

我以前是个外科医生，终日接诊的都是些肢体遭到重创的、痛苦万状的人，我爱这份职业，在手术台上把断骨接好，把血污清理干净，把该归位的归位，把该清除的清除，还病人一具健全的皮囊，这是件很让人满足的事。我一直记着从医学院毕业时老师让我们宣誓的话，恪守医德，救死扶伤。为了这份承诺，我每天早出晚归，业余时间也都扑在工作上，陪伴家人的日子很少。当然我也是个凡人，这么拼也是为了挣个前程。院长是我的老师，他看好我，也想培养我，我只有努力才能得到想要的一切。我的妻子怀孕了，生子了，孩子会说话了，上小学了，家人的一切好像都离我很遥远，我的时间和精力有限，需要我的病人很多，他们给我起名"杜一刀"，为了这个称号我也不能懈怠。

那天晚上，我已经睡了，忽然接到医院的电话，有人被车撞了，情况很严重。我马上穿衣服准备走，妻子却忽然紧紧地拉住我说，能不能不去啊，那么多大夫呢。这是结婚以来妻子第一次劝阻我。现在想来，也许是女人的直觉告诉她要留住我，也许我留下来可以阻止后面的罪恶。

　　我劝慰她一番，心急火燎地走了。病人情况果然不好，四肢多处骨折，手术做了很久很久，久得像一个梦，我在梦里大汗淋漓，心神俱疲。终于结束手术赶回家，已经是快天亮了，天边已微微地泛出了点淡青色。我掏出钥匙准备开门，却发现门是虚掩着的，我的心突然就狂跳起来，像被人狠狠地攥住了，不祥的预感跳了出来。

　　推开门，浓重的血腥味像块布一样蒙住了我，我差点窒息。我是医生啊，怎么会不知道这么重的血腥味代表着啥！打开灯的那一瞬间，我就被困住了，被永远困在了这个噩梦里。我的妻子趴在血泊里，一只手还向前伸着，朝着电话的方向，她肯定是想给我打电话啊。而那晚我也的确接到了她的电话，不是用固定电话打的，是用手机，只响了一声便挂断了。我那时在手术，手机就那样无声地亮了下就灭了。她肯定至死都不会原谅我，我都想象不出她那时心里有多绝望。妻子旁边不远处是我的儿子，那么小的小人儿，躺在冰冷的地上，身体也是冰冷的。我把他紧紧抱在怀里，第一次发现他的眼睫毛很像我，长长的密密的。我的心痛得快要炸裂了，以前我从没有这么近距离地打量过他。他俩的致命伤都是刀伤，我用尽力气想去抢救，但根本就没用。脉搏和呼吸都已停止了，从身体的冰冷度看，已经走了很长时间了。屋子里被翻得乱七八糟的，妻子喜欢的花瓶被扔在地上，花瓣染着血，凄凉地散落一地。

电视柜上的小鱼缸被摔碎了，儿子精心喂养的金鱼绝望地瞪大了眼睛，横尸地上。

杜远枫的声音低沉了下来，双肘支在桌子上抱住了头，喉咙里发出压抑的哭声，肩膀剧烈地一抖一抖，像是和着这痛苦的共鸣。僧人沉默了半晌，开始拨起手里的念珠喃喃地念起经文，诵经声像一双温柔的手轻轻拂过杜远枫的身体，他的痛哭停止了，他继续往下说：

后来案子破了，警察告诉我，那晚我走后不久，有三个贼溜到了我们那个管理不严的老旧小区，先是偷了两户，什么值钱的东西都没捞到。到我家后估计心浮气躁，就弄出了声响。我妻子睡眠很浅，一下子打开了灯，看到了贼。妻子呼救拼斗中被灭了口，可恨他们连孩子都不放过。这三人很快便被抓到了，我一直以为会是三个穷凶极恶、残忍冷血的男人，没想到是三个十几岁的孩子。他们看上去就是农村最普通的少年，有些土气，眼神清澈又带点怯懦，像小鹿一样，可谁能想到就是这样小鹿一样的男孩会双手沾满鲜血。法庭审判的时候，他们当中年龄最大的那个被判了死刑，他突然哭了起来，远远地朝我的方向跪了下来，我知道他后悔了。可我不能接受，这轻飘飘的一跪换不回我的家人！从这以后，我就魔怔了，整天神思恍惚，班也不去上了，请了长假，我的父母很早就去世了，这个世上我真成了孤家寡人了。我有个朋友的媳妇在公安局，我朋友看我状态很不好，就托他媳妇帮我打听案子的具体细节和罪犯背景。后来我这个朋友提了几瓶酒来找我，他一进门就说，我给你打听清楚了，听了这三个人的故事，你的恨也许会减少点，喝了这些酒，哥陪你大醉一场，这事就翻篇吧。

我朋友告诉我，这三人都是农村来的，一个十五岁，一个十六岁，还有一个刚满十八岁。十五岁那个男孩叫刘小根，他的父亲从小没读过几年书，很小就出来打工了，打工时认识了一个工厂里的小妹，也就十八九的年纪，两人懵懵懂懂啥措施都不知道做，很快就怀上了一个孩子。女孩家里不同意他们结婚，让把孩子打掉，最后还是生了出来，女孩向刘家要了一笔钱把孩子往刘家一扔就一走了之了，这孩子就是刘小根。刘小根的父亲那时也还是个孩子，对这个婴儿不管不问，偶尔往家里打个电话听见孩子哭才想起自己还有个孩子。后来刘小根的父亲结婚，因为要瞒着女方，就谎称刘小根是他弟弟。刘小根从小就是爷爷奶奶带大的，他知道自己的身世后格外自卑，很快就辍了学，像他父亲一样去城市里打工了，可他年纪小，吃不了苦，慢慢就跟着学坏了，走上了扒窃的路。

那个十六岁的男孩叫王阳阳，他倒是有父有母，但父母都在外地打工，他也是常年由他爷爷照看。他爷爷盼了四个孙女才盼来了这个孙子，娇惯得不成样子，小小年纪就打鸡骂狗，村里人人厌恶。有次他把老师的头砸了个大包，一害怕就躲在家里不去上学了。后来偷了他爷爷的钱，跟着村里的小青年跑省城玩，慢慢地就加入了犯罪团伙。

那个十八岁的男孩，家就住在这个溪山寺村，他倒是从小就老实本分。有一年他父亲去县里跑出租，被人杀害了，应该是 2006 年的事，凶手一直没找到，他母亲受不了家里穷，丢下两个孩子跑了，一直没有音讯。从那以后，他家就一日不如一日了。这男孩就是从那时起性格大变，变得暴戾凶狠，只要是欺负他弟弟的小孩，他就把人往死里打。可能是想家里没个顶门立户的，他狠一点，能保护家人不被人欺负吧。后来因为在学校经常打架，被镇中学劝退，他就跟着一群小混混跑到了省城。

那时他们三个都只是想来省城玩玩，顺便看看有什么挣钱的门路，谁知道他们结交了一些不良少年，引他们加入了一个犯罪团体，这个团体专门威逼利诱青少年偷窃抢劫财物，每天都要完成任务，否则回去就要被毒打。他们三个已经后悔了，但被紧盯着，脱不了身。那晚，他们偷了两户都一无所获，到我家时是抱着很大希望的，也得手了，偷了不少钱。没想到其中一个偷到梳妆台上的钻戒时，惊醒了我妻子。我那傻妻子啊，从来都是天不怕地不怕，一看这些贼都是些瘦小的少年，立马就大了胆子，最重要的是她看到了男孩手里拿的钻戒，那是我送她的结婚信物，她怎么能由他们带走呢。

我知道这一切后，心里的恨果然减少了几分，但还是无法释怀啊，从没杀过人的少年，为什么一冲动偏偏杀的是我的妻儿？老天为什么不长眼？为什么不是那些为富不仁的人？我善良的妻子和可爱的儿子做错了什么，为什么要被夺走生命？

杜远枫的声音又开始激动起来，忽然僧人说，我去再烧点茶水。说完就转身离去了。杜远枫看着手中那个白瓷茶盏，杏花疏影里，那抹净白就像妻子的脸颊，他的心又开始灼痛起来。他一仰头把杯中的茶一饮而尽，忽然一阵眩晕，原来心痛的时候，喝茶也能醉。

过了许久，僧人回来了，他说，你现在来到溪山寺村，是为了什么？

杜远枫说，我以前当医生的时候，觉得众生皆苦，为了填饱和安放一副皮囊，每个人都终日奔波劳作，但这具皮囊是如此不堪一击，它是由柔软的肉和脆弱的骨头组合成的，一场灾祸、一顿棒击、一次染病，都能让它受到致命的伤害，在健康面前，不分贵胄贫贱，众生皆苦。所以我立志当一名好医生，拯救这些苦难中的肉体。可这场变故发生后，我忽然体悟到很多，比肉体更重要的是一个人的灵魂，如果灵魂死了，肉体健康茁壮又有何用？这些年轻的男孩，人生才刚刚开始，灵魂就死去了。我忽然很想看看他们是如何一步步走到今天这一步的，我想了解农村这群我从没了解过的群体——留守儿童。我想凭着自己的一点微薄力量去改变点什么，哪怕什么都没改变，我也不后悔。

　　对了，说来也巧，我在一次家访中才知道我班里一个叫小牛的孩子就是被判死刑的那个少年的弟弟，他的哥哥走上了歧路，还好他没有。他聪明懂事，学习也认真，但我还是过不了心里那道坎，每次看到他总会莫名地生出憎恶。我减少去他家的次数，上课也不常提问他，我知道他是无辜的，但我还是过不了心里这道坎。

　　杜远枫无力地垂着头看着眼前的茶杯，一片花瓣旋转着落到杯中，像只玉白色的微型小舟荡漾在淡青色的茶水上。

　　僧人缓缓道，一切万法，皆从心生，心无所生，法无所住。心是一切的根源，所有十恶不赦的人，我们宽恕了他们，不代表他们的业力能宽恕他们，所以才会有地狱的惩罚。我年轻时遇到我的师傅，他在这个庙里住了一辈子了，他度我出家，教授我佛法，我日日夜夜都在诵经，为了洗脱自身的罪。有时候，不必去恨伤害你的人，你怎么知道，他是否也在炼狱里受尽折磨？

　　僧人的声音变得迟滞干涩，短短几句话，像是几经艰难才从喉咙里吐出。杜远枫大口地喝着茶，一仰头，清亮的泪水潸潸划过脸颊，落入杯中。

六

　　又过了几日，当杜远枫再爬到山顶时，已经人去庙空了。他刚走进庙门，就发觉一丝异常，没有木鱼声，没有诵经声，整个寺庙像是和周遭的空气冻结在了一起。他一脚跨进门，打碎了这寂静。

这是他第一次走进殿内，颜色斑驳、历尽沧桑的佛像高高地俯视着他，他注意到，僧人的床铺整洁，被子叠得方方正正，而那卷经书和木鱼就摆在桌子上。僧人总是随身戴着的那串念珠，也整整齐齐地放在旁边。杜远枫心里陡然一惊，僧人也许永远都不会回来了。不过也能理解，山中寂寞长，也许他尘心未净，就又入红尘了。杜远枫怅然地下了山，从那以后，他就开始用药物来治疗失眠了。

小牛几天没来，他爷爷打来电话请假，说是家里有事。杜远枫讲课的时候总是会不由自主地看向那个空荡荡的座位，没有那双亮如星辰的眼睛和令人捧腹的发言，还真有些不习惯。他无数次地告诉自己操那么多心干啥，却又总觉得不放心，晚上吃了饭后还是向小牛家走去。

一进院子，便看见堂屋摆着小牛奶奶的遗像，遗像前供着香烛和纸花。小牛额上系着白布条，一见杜远枫来，忙从椅子上跳下来。杜远枫对小牛爷爷说，真不好意思，没想到家里出了这事，我不放心小牛，还以为他生病了，本想来给他补补课呢。老人忙把他迎进屋，倒了杯水说，老伴一走，我几天没缓过劲儿来，再加上操办丧事，累得一身的老毛病都犯了，不仅照顾不了小牛，还得让他来照顾我，耽误了学习，真对不住您。

别这样说，亲人去世了，孩子即使去上学，也难免分心。

您知道吗？杀他爸爸的凶手找到了。所以孩子心里也都是事儿，哪儿能学进去啊。我老伴就是听说凶手找到了，眼睛才闭上的，熬了这么多年，受了这么多罪，她终于能解脱了，我那可怜的儿子也能在九泉下安息了。说出来估计您都不信，凶手竟然是咱们这溪山寺里的那个和尚。他是自己跑去镇派出所自首的，说是那晚喝醉了酒跟我儿子起了争执，一冲动就把人杀了，杀人后不敢回家，听说这边山高林密，就抛家舍业跑这儿的山上出了家。他没想到，我们也没想到，竟然成了一村的邻居。这和尚前几天不知道咋良心发现去自首了。唉，他一时冲动，我们这好端端的一个家成这样了。

老人的情绪和着浑浊的泪喷涌而出，满脸的皱纹堆积成了一枚山核桃。杜远枫不忍再看，心里波涛起伏，一时间大脑一片茫茫，和尚那双细长的眼睛和那山寺里的杏花像远镜头一样模糊难辨。

杜远枫的失眠越来越严重了，一片安定已没有用，吃进肚里如泥牛入海，踪迹全无，什么作用都不起。他每晚都像被失眠撕裂成了两个人，两人互相争吵喧闹，往事纷至沓来，挤得脑子要爆裂了。他又加大了安定的剂量，一次两片，不行，三片……日子把白天和黑夜连成混沌的一片，没有分割线，他像个苦行僧，整日浑浑噩噩地行走在满地泥泞中，不知道是第几个白天，第几个黑夜。

这天晚上，杜远枫看着手边的家书，忽然不知道要写些什么了，这注定是一封投寄不出的信。他一下一下地玩着打火机，听着那啪啪的声响，火光里，妻子的笑脸映了出来。火苗燃烧了信纸，神思恍惚中他吃下一把安定，他想，如果能睡着该多好啊，哪怕永远不醒也行，也许梦里就能和他们团聚了。

再醒来时阳光明媚，眼前是一片洁白的房顶，满屋子药水的气味。一扭头看到小牛趴在旁边的桌子上睡得正香，一个护士端着托盘走进来轻声说，你醒了？昨晚要不是这个小孩发现，你就永远睡过去了。真是的，有啥事想不开，要吃那么多安眠药啊！杜远枫下意识地拿过枕旁的手机翻看，满屏全是学生或家长发的短信，都是关心的话。这些朴实的话语大部分要靠猜，因为错字很多。他看着看着就忍不住笑了，笑完又呆呆地愣在那儿半晌，潮湿的目光缓缓抚过小牛那瘦削的肩膀、发黄的头发、长长的微微颤动的眼睫毛。桌子上摊着他的作业本，杜远枫拿过来看，是篇作文。

我的父亲

我真正的父亲已经死了，我想不起来他的样子。

　　我有一个想象中的父亲，他像我真正的父亲一样爱我、关心我。我不会做题的时候他给我讲，我肚子饿的时候他给我要（舀）饭。他知道很多很多东西，他什么都会，我真想有这样一个父亲啊，让他给我讲很多很多有趣的知识，带我去田野里放风筝，去河里游泳，永远不用担心他会打我骂我，也不会再担心那些坏孩子欺负我。

　　我爱我想象中的这个父亲——杜老师。

　　作业本上开始开出大朵洇开的花，洁净的水雾做的花，将字都慢慢晕染成了一抹淡烟。

　　（原载《躬耕》2020 年第 7 期，原题为《医心》）

死债

一

张洋波一步步地往夜幕里走去，这绵绵不绝的雨把世界变成了一片汪洋。他耷头缩肩、一步三摇，像个求死的人，万念俱灰地走进这"深海"里。

小巷深处有个 24 小时自助取款营业厅，那点灯光在无际的黑暗里微茫如鬼火。他轻飘飘地经过，擦肩而过的一刹那，忽然定住了，里面有个人。

这是深冬的午夜啊，除了像自己这样因为失业而失魂落魄的游魂，还有谁会在里面呢？

张洋波不禁揉了揉眼走上前去。一个大娘正抱着一大袋鼓鼓囊囊的东西酣然甜睡，满头的白发像雪后的枯草，乱蓬蓬披了一脑袋。张洋波叹了一口气，继续往前走去，心想，这世上从来都不缺落魄的人。

转过一个拐角，远远地看见两个染着黄头发的人在一家店铺的房檐下抽着烟说话，寒凉的夜气也压不住他们放肆的笑声。张洋波的心里莫名地浮起一丝不安，他不禁想起前几天本市电视台上的一则新闻：一个女孩下夜班时，在离这儿不远的一条街上遭到抢劫，还被扎了一刀。

张洋波转过身，疾步走向自助取款营业厅。

大娘被叫醒后一半意识好像还在沉睡，嘴里含糊不清地说："对不起，对不起，我碍事了是吧？我天亮就走，就走。"

浓浓的乡音扑面而来，张洋波被这熟悉的乡音感染了，莫名涌起一种他乡遇故知的暖意，不禁也用老家方言回答："你在这儿睡不安全，找个宾馆吧。"

大娘彻底清醒了，定睛端详了下张洋波，惊喜地说："呀，是老乡啊。不用担心，稀里糊涂就对付一晚上了，俺想省点钱。"她的微笑温暖而慈祥，声音里却有种不能动摇的执拗。

张洋波扭头想走，但站在那儿又考虑了一会儿，忽然说："跟我合租的那个人回老家了，他的床空着，如果你相信我不是坏人的话就住我那儿吧。"话音刚落，张洋波又后悔了。刚刚失业，穷困潦倒，还管那么多闲事干吗？

没想到大娘想了想，拍了拍屁股站起来说："俺信你！咋会不信呢？一看你就是个实诚的好孩子，那俺就在你那儿凑合一晚上吧，天一亮俺就走。"说完就颤颤巍巍地扶着墙站了起来。张洋波又愣住了，不知道是惊讶她这么轻信人，还是沉浸在那声"好孩子"里晕晕乎乎，如坠云端。

他们一前一后地走着，像大海上两艘孤独的小船，在雨幕里缓缓移动。

第二天早上，张洋波迷迷糊糊地觉得屋里有人走动，蹑手蹑脚地，很轻微的窸窸窣窣。他猛然睁开眼，天边还是鱼肚白，晨光熹微里，大娘正在整理她的那一袋东西。一样样检视，又一样样放回去摆整齐。张洋波眯着眼，悄无声息地打量着那堆东西。忽然，一沓红艳艳的钞票从一方黄手绢里露出了头，傲然地注视着这个寒酸的屋子。大娘抽出它们，蘸着唾沫一张张数了一遍，仔细地用手绢包好，掖进了她层层叠叠的衣服里。张洋波的心忽然没来由地狂跳起来，不受控制地大鼓小鼓齐鸣，他咽了口唾沫，嘴唇干涩地黏在了一起。这一沓钞票，少说也有几千元。

又闭目躺了一会儿，张洋波打了个哈欠，佯装刚睡醒。一翻身起床，他看到大娘正呆呆地盯着自己，神情忧戚。张洋波吓了一跳，刚想说话，大娘举着一张皱巴巴的纸条凑了过来，那急切的话冒着热气直扑到他脸上："你帮我打打这个电话，我要找他还钱。"

纸条上趴着歪歪扭扭的三个字：韩先生，然后是一串阿拉伯数字。

还钱？张洋波不禁想到那沓红艳艳的钞票，喉头有些发紧，他又咽了口唾沫，迟疑地说："这年头遍地都是老赖，还钱不比要债容易多了？"

大娘叹了口气："我一给这韩先生打电话，还没说两句他就挂了，这是我儿子欠他的钱，我上哪儿找他去啊？"

张洋波明白了，现在的人心思重，肚子肠子拐着几道弯，个个都恨不得把自己罩在金钟罩里，免受各种诈骗侵扰。别说大娘的乡音浓重得旁人根本听不明白，即使听出来是还债的意思肯定也不相信，还以为是诈骗的骚扰电话呢。

他想了想，编了一条短信发给了这个号码：韩先生，您好，有位河南大娘要找您还三千元钱。

我不认识什么河南大娘！

韩先生，大娘的儿子要还你钱。

她儿子叫什么？

王顶柱。

……

手机的屏幕不知不觉间暗了下去，电话那头失去了动静，那位韩先生像是一只困倦的蜗牛，把触角缩回壳里昏睡过去了，完全忘了电话这头还等着两个人，正望眼欲穿地盯着屏幕。

忽然，信息发来了。"让这小子亲自来还钱！"这感叹号像炸弹一样炸碎了一室的安宁，隔着屏幕都能感受到对方的怨气。张洋波悄悄瞥了眼大娘，她慢慢地蹲在了地上，捂住脸，呜呜的抽泣声从枯皱的手指间漏了出来。

她说："我儿子死了。"

男人沉默片刻回信："还死债啊？那不要了！"

张洋波沉默了一会儿说："他不要了，您回去吧。"

大娘手扶着桌子，缓缓地坐到床上，像是刚才的对答已耗尽了她全身的力气。她突然又捂着脸放声大哭起来，一边哭一边絮絮叨叨不停地说着话。那些话借着流不尽的泪水淌到了张洋波脚下，湿漉漉地涨上来，像是要把他淹没了。

"我大儿子是上一年得的病，正吃着饭呢，忽然觉得心脏不舒服，送到医院医生就让通知家属。我根本听不懂这是啥病，名儿很长，只知道是心脏出了问题。哪儿还有钱给他看病呢？我老伴儿几年前也是心脏出了问题，放了支架，整天啥活也不能干，住院看病欠了很多外债，前年给大儿子娶媳妇又是花了一大笔钱。大儿子就抓着我的手让给他办出院，他死活也不愿意治了。他是在为他弟弟考虑啊！我那小儿子是个傻子，还没结婚呢，大儿子是怕我们负担太重了。没办法，我只好把他接回了家，挨了大半年就咽气了。大儿子走之前一直盯着他床头柜上的那个小本本，那上面记的都是他借别人的钱数，他什么也没说，只是死死地盯着看，一直到闭眼。我知道，我儿子是不愿意也不甘心带着这一身债走，他从小就是个重情讲义的人。所以我决定慢慢偿还他借的这些钱，现在已经还得差不多了，只差最后这个没还上了。"

　　大娘的诉说被哭泣切割得支离破碎，张洋波勉强把它们拼凑在一起，听懂了个大概。他什么也没说，只是默默地走到门口买了两个包子和两杯豆浆，试图用温暖的食物平复她的悲伤。

　　大娘擦了擦眼泪说："你真像我大儿子，心好。每年麦收时，大儿子收完自家的麦子后，都会帮着那些人口单薄的乡亲们收麦子；平时不管自己缸里有几斗米，看见要饭的总会施舍点吃食。乡亲们都喜欢他，出殡那天乌压压来了老多人送他。"

　　大娘一说起儿子就好像拧开了水龙头，根本刹不住，张洋波赶紧岔开了话题。

　　大娘当天就走了，像一滴水一样在张洋波的生命里消失得无影无踪。有时张洋波会看着那个空着的床铺发呆，怀疑前几天这儿是否真的睡过一个人，一个苍老枯槁、执着地寻找债主的老人。

　　　　　　　　　　　二

　　韩有成看着桌子上的手机出神。这个手机通体银白色，触感平滑圆润，6.0英寸的屏幕闪着幽幽的光。就是这个手机，曾经记录了很多他和娇娇的影像，他们嘴对着嘴互喂水果，脸贴着脸嘟嘴卖萌自拍，还有很多香艳而不可描述的视频，一幕幕都记录了他这头老牛吃嫩草的幸福欢愉。

可惜了，一键全删！不删能行吗？手机丢失那几天快把韩有成折磨死了，随便一张艳照流传到网上，别说他总经理的职位不保，就连这个苦心经营多年的家也将毁于一旦，韩有成能想象出妻子和儿女的表情，一定厌恶得像面对一枚臭鸡蛋。

丢手机还是半年前的事。那天，韩有成从娇娇那儿出来，去了百盛大厦找熟人办事，又跑到市人民医院开了点治胃疼的药，折腾了一天回到家时已是满城灯火。他洗了澡才发现手机丢了，口袋里、手提包里都不见踪迹，回忆起来，估计是落在市人民医院卫生间的洗手台上了。

彼时，妻子正在炒菜。烈火烹油，滋啦一声，像是把韩有成的心放了油上煎。他脑袋嗡的一声，全是那些白花花的艳照和视频。满满的悔恨铺天盖地扑过来，韩有成恨不得扇自己几耳光。本来设置的有开机密码，后来为了方便两岁的小女儿玩手机上的游戏，就把密码取消了。

韩有成赶紧倒了杯茶，一边喝一边稳定心神，茶水见底时主意也慢慢露出头来。他把儿子打发去书房玩游戏，悄悄拿儿子的手机给自己的号码发了条短信："您好，手机是旧的，也不值多少钱，您若归还我，定当重谢！"发完后韩有成闭上眼轻轻呼出一口气，又反复默念几遍，这个"您"字够谦逊、够懂事，清清楚楚地表明，自己的姿态放得很低了。毕竟"罪证"在别人手里，只能夹起尾巴做人。

等待回信的这段时间里，韩有成犹如困兽般在屋子里踱来踱去。这个手机才买了半年，崭新光洁，平滑流畅。现在肯定正被一个陌生人细细摩挲，把玩在掌心。那个人也许正在好奇而贪婪地盯着屏幕，一张张翻看着娇娇他俩的艳照。想到此，韩有成更加气愤和焦躁起来。赶紧解决，赶紧解决！他一边来回走着，一边在心里默念。韩有成很清楚，丢了个手机事小，手机里的丑事被抖出来事就大了。

儿子的手机犹如一条冰凉滑腻的死鱼躺在韩有成的手心里。时间不知道过去了多久，"鱼"忽然回光返照似的振动了一下，韩有成马上打开看，手忙脚乱地简直要把这"鱼"摔到地上了。

"拿三千元换你的手机。"白底上的九个黑字都化身成小刀，直刺韩有成的眼睛。他不禁骂出声来："他妈的，抢钱啊！"妻子炒菜的节奏好像停滞了一下，又好像往这边望了一眼。韩有成捂住嘴，飞快地删除短信后把手机还给了儿子。

晚上躺在床上，妻子忽然好奇地打量着他说："你今天怎么有点怪怪的，怎么不捧着手机了？你不是整天手不离机的吗？"韩有成急中生智揉着颈椎说："前阵子公司体检，大夫让我注意颈椎，我准备从今天起彻底封存手机。嘿嘿，也多陪陪老婆大人。"

一夜无眠。第二天，韩有成翻出抽屉里一只旧手机，去街角报亭买了张临时电话卡，给自己的手机号打了过去。嘀……嘀……，苍白空洞的忙音无休无止地响着，忽然，电话通了。那边的人沉默着，韩有成斟酌了下语气，尽量小心翼翼地说："您好，我这个手机不值多少钱，您要的报酬太高了，能少点吗？"

话筒那边沉默片刻，一个声音带着一丝犹疑慢慢地响起："不能少，我能捡了它也能丢了它，随便放在哪个公司门口或者步行街的店铺旁都是有可能的。"这声音还很年轻，却含着一丝沧桑。声音有些轻，好像还有些怯生生的，但话语里的威胁意味却淋漓尽致。这个人懂得韩有成的软肋，所以才会这样说。毫无疑问，这人对手机里的秘密已经了如指掌了。

韩有成气得差点把手里的旧手机摔了，他强按住怒气说："行吧，一分也不少给你，去哪儿交易？"他故意把"交易"二字咬得很重。

男孩像是没听出来，一边思索一边慢慢地说："哦，中午一点，在坪地口地铁站旁见面吧。"

韩有成心想，好啊，拿着钱就能坐上地铁跑路，考虑得真周到！不知为何，他胸口好像堵了一团火，还有一股气，气在胸中左冲右突，火也在心口熊熊燃烧。平时在公司做惯了高高在上的管理层，忽然被这个无名小子牵着鼻子走，韩有成有种说不出来的窝囊感。

挂断电话，韩有成沉思片刻，便直奔派出所。接待他的是一个眉眼细细的民警，民警的细眉毛皱着，耐心地给他解释道："我们不能去抓这人，因为他不犯法。根据我国《物权法》规定，权利人领取遗失物时，应当向拾得人支付一定的酬劳，至于酬劳多少，法律没有规定。我劝你别耗时间在这种人身上，觉得不值当的话就买个新手机得了。"韩有成的脸一下子灰暗下来，胸中那团火被泼了盆水，立马变成一堆冒着袅袅余烟的冷烬。

当天中午一点，韩有成乖乖地等在地铁站口。忽然，手机响了起来，他的心陡然提了起来，一边接通电话，一边伸长了脖子四处张望，电话那头的男孩好像有些不好意思地说："你往西北方向走 100 米。"韩有成刚想说话，电话已经挂了。他气愤地边走边想，搞得像拍电影似的。但没走两步他就想清楚了，这人是提防他，怕他身边跟有帮手，怕几个人上去跟他抢手机。妈的，小兔崽子真够狡猾的！

走了还不到 100 米，电话又响了起来，韩有成火从心头起，怒向胆边生，对着手机低吼道："你到底来了没？耍人玩呢？"

"我就在你后面。"

韩有成一转身，一个二十岁左右的青年男子正面对着他，目光游移，像是不敢看他，四肢都瘦得像麦秸秆，一脸菜色，一副有气无力的样子。韩有成瞬间就后悔了，早知道是这种病秧子，就多带几个朋友，扑上去抢也把手机抢走了。

男孩像是看穿了他的想法，手掌摊开伸到他面前。韩有成无奈又懊悔地轻叹一声，掏出装钱的袋子递给他。男孩快速数了下钱后，把那个银白色的手机递给了他。

韩有成检查了下手机，冷冷地说："兄弟，刚才我已经拍下你的样子了，如果这手机里的东西有半点泄露到网上，我可饶不了你。"

男孩垂着头，看着地面说："放心吧，不会的。"

"交易"结束了，韩有成憋着一股窝囊火扭身便走。忽然，男孩在身后幽幽地说："不好意思，我是太急需用钱了。我叫王顶柱，您姓什么？"韩有成愣住了，停下身来，像没听懂男孩的话一样微张着惊讶的嘴，半晌撂下个字，"韩！"

韩有成拿到手机的第一时间便把所有的照片视频都删了。

回忆起这些事，韩有成禁不住又细细地抚摸着这个手机。如果不是这莫名其妙的还钱短信，他可能都把这个小波折忘了。他实在想不通，为什么这个男孩，哦，不，是他的母亲要还钱？韩有成不相信那时男孩要钱是穷途末路，如今还钱是歉疚使然。韩有成从头发丝里不相信这世间还有这种人。

十八岁出来混社会，韩有成干过很多份工作，跳来跳去。后来混进一家贸易公司，靠着投机取巧、苦心钻营和心狠手辣，才踩着无数竞争对手的"尸体"爬到了总经理这个位置。他什么样的人没见过，什么样的亏没吃过？韩有成笃定地想，事出反常必有妖，也许这男孩根本就没死，伙同这老太婆和那个陌生男人给他下套呢！不行，再也不能和这事发生任何纠缠了，这几天妻子已经开始盘问他出差的细节了。韩有成怀疑妻子是察觉到了什么，他撕扯着阳台上的天竺葵叶子，恨恨地想，这个秘密就应该和那个该死的男孩一样沉入时间的无底深渊，永不再泛起一丝涟漪。韩有成打定主意不再接任何陌生号码的电话，然后疲惫地将自己陷进沙发里。

<h1 style="text-align:center">三</h1>

张洋波躺在床上一动不动，像块正在散发着腐朽气息的糟木头，肚子间或咕噜噜响几声，提醒着他该进食了。张洋波仍然不想动，脑子里反复回味着离职前的那一巴掌。他狠狠地扇了一直欺辱他的部门经理一巴掌，部门经理的黑脸立马红胀起来，他像是看到了此生从没见过的奇景，竟然呆立在那儿纹丝不动。这一巴掌洗刷了张洋波的所有窝囊和屈辱，也将他扇进了失业大军里，切断了他的经济来源。

这些天，张洋波不是没去过人才市场，可简历投了那么多份，都像扔进了深坑，没有一点回音。张洋波很清楚，自己学历不好，读的学校不好，专业更不好，一个冷门的文科专业，谁要呢？母亲的声音又悠悠地在耳畔响起：回来吧，回咱乡里，考个小学教师，我还指望着你养老呢！张洋波禁不住打了个寒战，冷冷地哼了一声，又翻身用被子裹住了头。

他的眼前不由得浮现出母亲那抠着牙、跷着二郎腿的样子，泛黄的牙齿不时闪现一下，令他一阵反胃恶心。口袋里已经没多少钱了，能不能挨过这个寒冬还说不准呢，如果谁这时候借给自己几千块钱，那就真是雪中送炭了。张洋波呆呆地想，如果张嘴向父母要钱，他们会是什么反应？招来的肯定是一顿痛骂：父亲会说他就会想着法子坑老子的钱，母亲会说养活了一个废物，白浪费了这么多年的粮食，真不如生下来就溺死。张洋波冷笑着摇摇头，裹紧了被子，他知道这都不是臆想，是曾经发生过的事实。所以，他又翻了一下身，绝望地把空瘪的肚皮紧紧贴住床榻，感觉自己就像变成了一张苍白细薄的纸片。

手机忽然响了起来，张洋波像被狗咬了一样，唰地翻身坐起。屏幕一亮，失望如潮水涌来，不是招聘单位的电话，竟然是那位大娘的。

"孩子，我来看看你，上次你管我吃、管我住，我给你拿了两瓶小磨香油。"大娘的声音里透着亲昵，不知为何，一听到那声"孩子"，张洋波的心立马像浸泡在了温水里，暖意直沁到骨子里，他的手指不自觉地颤抖起来。

"您在车站吗？别乱跑，我来接您。"他一扫刚才的颓废，麻利地穿衣起床。

一个月不见，大娘好像又瘦了一些。她两手各抱了一个大罐子，满头是汗，这罐子少说也有两斤，像肥硕的怪物一样寄生在她瘦弱的腰身上。张洋波忙要替她接过来，她却不让，笑眯眯地说："你呀，白长了个高个子，身上一点肉都没有，估计还没我这老太婆有力气呢，不让你提！"张洋波和她争执了半天，见身旁的人都纷纷看过来，也只得作罢。他们挤了一路地铁，到租住的地方时，大娘的衣服已经被汗湿透了，她好像一点也不在意，忽然狡黠地一笑说："我来时，火车上都是人，我怕别人趁我睡着了把油偷走，就拿了根绳子把油瓶捆在身上，这下睡得也安心了。"张洋波也笑了，转过身忽然觉得鼻子有点酸。长这么大，还没有人这么诚心地送自己东西。

张洋波喊大娘"姆"，这是家乡对家族里女性长辈的统称。大娘很高兴，觉得他把自己当成了亲人。

"姆，你晚上还住这儿吧，房东还没找到合适同租的人，现在临近年关，很多人都不租房子，准备回老家过年了。"

"行，就是给你添麻烦了。"大娘爽朗地笑着，她站起身看着窗外的高楼说，"我这次来，除了想看看你，还打算去我儿子工作过的那个工厂看看。"屋里静了几分钟，忽然，张洋波听见自己的声音从喉咙里冒出来："我陪你去。"大娘扭过头，一脸惊讶："孩子，你不工作吗？"

"我……我辞职了，这阵子想放松放松，先不找工作了。"张洋波把失业说成了辞职，脸上不禁一烫，又很快恢复了泰然自若的神态。

中午吃饭的时候，张洋波才觉出了饿，呼呼啦啦吃了两大碗裤带面。大娘也吃得很香，放下筷子时，她看着空荡荡的面碗愣愣地说："听说这是这儿的特色吃食，我儿子一直说要带我来吃，今天我算是了却他的心愿了。"张洋波嘴里塞着食物，呜呜地嗯了两声。

等结账时他才发现大娘不知什么时候已经买过单了，张洋波脸上又是一烫，有些愠怒地说："该我请您的，怎么能让您花钱？"

大娘没回话，只是皱着眉头看着墙上贴的菜单说："孩子啊，一瓶水在你们这儿卖三元，太贵了！你平时都是咋生活的啊？"

张洋波忽然觉得有些好笑，这大娘自己生活艰辛，却同情他人过得不易，担心别人该怎么生活。但他没笑出来，看着大娘白蒿草似的头发，心里忽然莫名地浮起一缕柔软的感动。

大娘的儿子叫王顶柱，曾经在本地阳城的宏达电子厂上班。张洋波盯着手机地图上的那个红点，这地方就像个被城市扔出去的石块，随意抛掷在市郊，踞守着一方荒凉。它的四周都是同样的小工厂，养活着那些浩浩荡荡的打工大军，也被他们养活。要去那儿，除非打车，否则一下午的时间都有些仓促，而打车，他们想都不敢想，几百元的打车费，巨资呢！所以商量的结果是第二天一早去。

大娘忽然说："孩子啊，陪我逛肯定很耽误你的时间，要不你别去了？我一路打听着也能找到。"

张洋波拽了拽衣领，莫名地觉得有些烦躁，他瓮声瓮气地说："姆，你想啥呢？这可不是咱们那儿的村子，打听打听就能找到人，这是大城市，我们要转几趟地铁，坐几路公交才能到呢。你别管了！"

大娘听出了他语气里的不耐烦，讪讪地赔着笑说："我真是个乡巴佬，唉……"张洋波不敢去看她的表情，只是把脸埋进了两膝间，静静地一动不动。窗外的暮色像浓稠的墨汁缓缓地流淌进来，覆盖了屋子里的所有家什。张洋波忽然像下了很大决心，猛地抬起头，一双眸子在昏暗的暮色里闪亮如星。他说："姆，您不用担心浪费我的时间。我现在什么都没有了，除了时间。我有大把大把用不完的时间，您看大街上那么多忙忙碌碌的人，每天一睁眼就要为生计奔波劳作一整天，多辛苦啊！我还没想好找什么工作，不如就好好享受这空闲时间吧。"大娘像是一下子被他这连珠炮似的辩解惊住了，还没想好怎么回答，张洋波已迅速地翻身上床，面朝墙壁背朝外，把自己塞进了被窝里。

第二天，他们一路风尘仆仆，坐了几个小时的车终于找到了这个电子厂。

远远地一看见大门大娘就呜呜地哭了起来："就是这

儿，就是这儿，顶柱在这门口拍过照。"她扑上前去，细细摩挲着大门旁的柱子，仿佛这里还残留着儿子掌心的温度。张洋波去和门卫交涉，递上早就准备好的烟，请求能放他们进去看看。

门卫接过烟冷冷地道："你们当这儿是公园啊，还是旅游景点啊？竟然想来这儿参观？你们看见里面那些工人们都穿的啥吗？蓝色工服啊！你们两个一进去不是太显眼了？经理看见是会端了我饭碗的！快走快走！"张洋波死磨硬缠了半天也没用，只好和大娘快快地走开了。

厂子外面都是一些小饭馆，不知谁家飘来了一阵炒菜香味，张洋波这才发现已经到吃午饭的时候了。他们找了一家看上去还算干净的小店，刚坐下，大娘就说："我这土腔他们这儿的人都听不懂，你去问问是不是一会儿工人们都要下班来吃饭？我想，也许能碰到顶柱的工友。"大娘刚哭过的眼睛还有些肿胀，期盼地看着他。

张洋波一愣，还是如实问了。店主一边择菜一边说："工人中午不来，厂里管饭，他们吃完饭就要马上开工，时间紧。他们只在晚上加班完以后出来吃夜宵。"大娘沉默了半晌，忽然抬起头，讨好地微笑着，用蹩脚的普通话问："店家，你认识王顶柱吗？"

店主哈哈地笑出声来，"谁？我谁也不可能认识，这么多年这多工人，流水一样来来去去，哪儿能记住他们的长相，更不可能知道他们的名字了。"

　　大娘的笑脸立刻凝滞了，爬上了失望而凄楚的表情。她痴痴地说："那是我儿子，他长得可排场了，黑漆漆的眉毛，一双大眼睛可有神了。"

　　店主根本没听懂她嘟哝的啥，只是自顾自地说："我的店开了这么多年，每天都能看见这些工人。说实话，他们整天待在一起，慢慢地相貌都变得一样了，下了工都是一副筋疲力尽的苦瓜脸，走起路来都是脚底踩着棉花似的虚飘飘的样子。有一年，我印象可深了，一个二十出头的年轻工人正在路上走着，忽然脸朝下就趴那儿了，一圈人都傻傻地围在那儿看，没人敢去扶，后来救护车来了说没气了，听说是过劳猝死。可惜了，偏偏没死在干活的时候，这下工厂就不赔了。唉，每年都有这种累死的、累残的……"店主忽然停住了，因为他看到张洋波变了脸色，正朝他打手势让他闭嘴。而大娘像是听呆了，木木地坐着，一动也不动，浑身散发着一种绝望的寒气。外面的阳光正烈，无遮无拦。

　　大娘决意要坐到晚上，等工人们来吃夜宵的时候向他们打听儿子，她说她只是想听听别人嘴里的儿子是什么样的。店主在一旁听见了，毫不犹豫地斩断了她的念想："这么大的工厂别说遇到你儿子工友的可能性太小，即使遇见，也没有人会记得他。你们肯定不知道，这里面的工人每天的生活就是干活，早上7点多站到工位上，那身子就不是自己的了，嘴也不是自己的了，一交头接耳就得扣工资，下了工都累得要死，懒得说话，别看是一个厂的，有的半年了还互不知道姓名呢!"

大娘仍然木木地执拗地坐在那儿，一直坐到华灯初上。工人们陆陆续续下了工，一群群走出厂子。她流着泪呆呆地看着那些年轻的打工者走进一个个苍蝇小馆。她久久地看着，始终没有上前搭话。

张洋波也静静地看着工人们，忽然想，如果再找不到工作，他不如也来这儿做个流水线上的工人，至少能混口饭吃。可如果这样，当初为何还要浪费四年学费读大学呢? 这种工作高中毕业那年父母就让他去做了，可他坚决不从，难道如今却要殊途同归了? 满腹悲凉瞬间涌了上来，他慢慢地用胳膊抱住膝盖，把下巴抵在膝盖上。

大娘要走了，张洋波送她到火车站。她一路上都近乎贪婪地看着公交车外的车水马龙，嘴里喃喃道："这么大的城市，这么多的人，顶柱在这儿该有多凄惶啊。我真后悔，早就该让他回家去，这儿能捞金，也能吃人啊……"前座的女孩惊讶地扭过头看了看她，又漠然地扭过头去，张洋波拍了拍大娘，低声说："姆，别想了。"

在售票处买票的时候，大娘扶着头蹲了下来，张洋波赶紧扶住她问怎么回事，她说头晕得厉害。后面排队的人群不能继续往前移动，开始骚动起来。车站工作人员过来说："不舒服? 不舒服就去那边医务室看看。"大娘慌忙道："不用了，我得赶紧回去。"那个胖胖的工作人员又指指张洋波说："您儿子？那让您儿子照顾好您，这么大岁数了，路上可要有个人照应啊！"大娘的眼里倏忽闪过一点亮光，她殷切地看着张洋波说："孩子啊，要不你跟我回老家吧？这都到年底了，反正你工作也没找到，干脆回家过年吧？也看看你父母？"

张洋波的身子忽然变得僵直，他不敢低头迎上大娘期盼的眼睛，只是不停地清嗓子，咳，咳，咳。后面的队伍又开始骚动起来，有人喊："前面的快往前走！"张洋波的背忽然挺直了，带着一种决绝的姿态，他搀着大娘往前走，一言不发。买票的时候他也买了票，他说："姆，我不放心你自己回家，我先送你回去，再回老家。"大娘高兴坏了，满脸溢着笑意："好啊，太好了，到我那儿多住几天，谁让咱娘儿俩这么有缘！"

绿皮火车哐当当响着，载着一车人的喧闹和梦呓向远方驶去。大娘慈爱地看着张洋波说："睡会儿吧，路还长着呢。"张洋波的眼神像羽毛般轻飘飘地拂过大娘的包说："您睡吧，我帮您看着行李。临近年关，火车上小偷变多了。"

大娘却摇了摇头说："我不瞌睡，你睡吧。"

"我也不瞌睡。"

大娘看了看他，又看着窗外幽幽地说："你可真像我儿子，他以前也是这样，精力旺盛得很，一天从早忙到晚都不打瞌睡。我老伴身体不好，一直以来都是肩不能扛手不能提，哪儿能让他干活啊，伺候着他不得病就算万幸了。所以，从年轻时我就干所有的活。不是我自夸，里里外外我都是把好手。生了大儿子后没多久就生了小儿子，谁知道小儿子智力有问题，去了很多地方都没看好。后来大儿子长大了，他脑瓜子机灵，可聪明了。但他高中没毕业就不上了，他说看我太累，忙不过来，要照顾地里的庄稼，还要照顾他爸爸、他弟弟。他心疼我，硬是不上学了，跟着村里人到阳城打工。头一年干到年底，孩子凄惶惶地回来说遇到骗子了，把他一年挣的血汗钱都骗光了，他急得直扇自己嘴巴，说没想到世上还有这么坏的人。把我心疼的啊，抱着他哭了半天。从那以后，他的性格就有些变了，以前爱说爱笑的，后来变得少言寡语了。后来我听他儿时的伙伴说，他还背着我偷偷去找过他高中时的班主任，问他还能不能再去学校读书。这孩子后悔了啊，他还是想上大学啊。不知道班主任跟他说了些啥，他到最后还是没去上学，我知道这些的时候，他已经在电子厂打工了。

　　"我儿子特别懂事，他十二岁的时候就看着我说，妈，我知道你们给我取这个名字的意思，是让我顶门立户，做咱家的顶梁柱。他就是太懂事了啊，天天为家里操心，才累出了心脏上的病。我老伴前年又住了次院，花了不少钱，顶柱借了一屁股债，衣不解带地在病床前伺候。我小儿子不但傻，脾气还不好，村里的孬孩子爱逗他，他就三天两头地跟人家打架，我们还得跑东家跑西家地赔不是，顶柱也跟着担心发愁。唉，顶柱这孩子真是命苦，投生到了我们这个乱七八糟的家。希望他再投胎，一定找个好人家，好好享享福。"

大娘说着说着声音就变了，不停地擦拭着眼角，张洋波递给她一张纸，在脑子里拼凑出那个顶柱的样子：一张愁苦的脸，嘴角向下抿着，一脸菜色，像城市里那些擦肩而过的年轻农民工。

张洋波想象着这个和自己同龄的男孩：他也有过蓬勃恣肆的青春，也许他也曾为学杂费而犯过愁，也为向父母伸手要钱而为难，也许他也总在暗夜里悄悄哭泣，抱怨着命运的不公，企盼着好运的到来，也许他也总是憧憬着通过努力终会改变这底层的人生，终会看到光明的未来。他就像自己那些湮没在记忆里的同学、同村伙伴、同族兄弟……这些和自己擦肩而过的人生旅客，身上都镌刻着寒门的标签，像蝼蚁一样努力而卑微地生存在这世间。可他们竭尽全力也摆脱不了所处的阶层，他的这些同龄人大多数成了打工仔，只有寥寥数人考上了大学，毕业后却也在发愁如何找个好工作、如何在城市里购房。贫寒的原生家庭不停地为他们制造麻烦，拖拽着他们在人生路上蹒跚而行。

车窗上仿佛出现顶柱晦暗的脸，他无声地张合着嘴，好像在说：不甘心，不甘心。是啊，顶柱怎么能瞑目？刚娶了妻，人生才刚开始，还没努力就被宣布一切终止了，他怎么能甘心？顶柱的面貌渐渐隐没不见，一片黑暗中，张洋波自己的面容忽然浮现，也是嘴角微微下抿，眉头堆聚着对这命运的不满。两张面容悄然重叠，融合得天衣无缝，如同一人。张洋波悚然一惊，对面的不是镜子，而是车窗，原来火车进隧道了。

四

当干燥的空气开始多了一丝湿润，当窗外开始出现大片大片的麦田，张洋波知道，故乡到了。人们都说"近乡情更怯"，而他不只是怯，还有一种隐隐的憎恶。

大娘家的房子和他家的一样，也是河南农村那种随处可见的瓦房，他恍惚有种错觉，像是回到了自己家。邻居们袖着手伸着脖子瞅他，问道："杨大娘，这是你亲戚？"大娘乐呵呵地大声道："是！"

院子里一个又高又壮的少年正趴在猪圈旁玩耍，猪圈里满地泥泞，却空空荡荡。一个老人正躺在檐下的草席上晒太阳，张洋波很惊讶，这可是冬天啊。大娘像是看穿了他的心思，笑道："屋里比外面更冷。"又扭头对老头骂道："家里来客人了，还不赶紧爬起来。"那个傻乎乎的少年跑过来围着张洋波打量一圈，嘴里嗬嗬有声。

这个家是标准的家徒四壁，连一件像样的家具都没有，屋里充斥着陈旧腐败的气息。晚饭端上来时，张洋波眼睛一热，泪差点掉了下来。大娘竟然专门为了他杀了一只鸡，油光红润的鸡腿摆在盆里，他却没有一点食欲。张洋波知道，一只土鸡对于一个贫困的农家有多大的价值。傻子少年盯着鸡肉蠢蠢欲动，伸出的手屡次被大娘的眼神吓回去，他不满地在凳子上左扭右晃，屁股底下像是坐了个球。大娘给张洋波夹了个鸡腿说："孩子，多吃点，前几天你带我东奔西走，让我吃了那么多好吃的，今天我可算是能招待招待你了。"被那慈爱的目光笼罩着，张洋波只觉得像是躺在柔软温暖的水波里，那颗一直浸泡在尘世里、被磨得粗粝冷硬的心，也一点点融化了。忽然间，他心里一动，也许自己就是为了这点温暖，才千里迢迢跟着大娘还乡。不，还因为些别的，只是他不敢再往深处想，那里蹲踞着一头丑陋的怪兽，他不愿直面它。

吃完饭，张洋波环顾四周问："这屋里咋没有顶柱的照片呢，我想看看他的样子。"大娘沉默了，她身旁的大爷接话道："都烧了，看见也是伤心。"大娘看了张洋波一眼，欲言又止的样子，转身去把那个行李包打开，取出一个卷着毛边的本子。张洋波的眼神又像羽毛一样轻飘飘地拂过，包里手帕的那抹金黄一闪而过，烫着了他的眼睛。

大娘打开那个本子，指给他看："你看，这是我儿子写的字，是不是很好看？这上面都是他记的欠别人的钱。"张洋波仔细一看："王某某，5000元。张某某，10000元……韩先生，3000元。"所有人名旁边都打了个小对

勾，对勾一路蜿蜒向下，停在"韩先生"的上方，大娘在
旁边指着解释道："画对勾的都是还过账的，除了最后这
个，唉。"

张洋波心里忽然一惊，鸡皮疙瘩都悄然涌上来，他一
字一句重重地砸出话："姆，这些钱都是你还的？"大娘叹
了口气，灯罩圈起来的那束光柱下，她的面容猝然苍老了
几分，她幽幽地道："是啊，我不能让他带着未了的心愿
走啊，顶柱是个好孩子，他从小都不喜欢欠别人什么。"

张洋波突然合上本子道："可他欠您的啊，他没给您
养老送终，已经欠您太多太多了，您不该替他还这么多债！
您不考虑考虑自己吗？人都没了，钱也不给自己留点！子
女本来就是父母最大的债，父母不该再为子女还债啊！"话
一出口，一屋子的人都愣了，张洋波也愣在了那儿，好像
刚才说话的不是自己，他被自己的激愤惊住了。

大娘忽然捂住脸呜呜地哭了起来："他是欠我的，可
我没办法啊，我把猪都卖了，累出了一身病，家里能卖的
都卖了，我做不到不管啊……"张洋波揽住大娘瘦弱的肩，
也忍不住失声哭起来。寒夜的凉气渐渐围拢过来，凝聚在
这个小屋里盘桓不去。

晚上睡觉前，张洋波刚想钻进被窝，大娘就一脸神秘
地走了进来，手里举着一样东西让他看。是张不大的照片，
照片上一个二十多岁的青年正拉着一个女孩的手肩并肩站
着。青年身材瘦削，有双和大娘一样的眼睛，睫毛很长，

眼神像马一样温驯善良。他的背挺得很直，很精神的样子。

　　大娘像个偷了糖果的小孩子，笑眯眯地对他说："看，这就是顶柱。以前我趁老头子不注意，偷了张照片藏在枕套里，你看顶柱长得多排场、多帅气。这是他和儿媳的结婚照，后来他没了，儿媳就走了。唉，要不是这病，估计明年我就能抱上孙子了。"大娘兴奋的神色慢慢黯淡了下来，眼里又涌上了泪花。张洋波赶紧问她关于顶柱的事，想把话题岔开去。一提起顶柱，大娘就滔滔不绝，说了半个小时才恋恋不舍地离开。

　　大娘一进屋，大爷的声音就响了起来："你又跟人家聊顶柱了？我说你咋老不听啊！顶柱走了那么久了，你只要逮住个人就跟人家说顶柱的事，说起来就没完，你知不知道村里人都快烦死你了，你看看现在谁还敢跟你搭话……"大娘嘴里不知嘟哝着什么，慢慢地，屋里归于一片静寂。

　　晚上躺在散发着霉味的被窝里，张洋波不禁想起了父母，平时他强迫自己不去想，父母遥远而尖锐，一想到他们，他们就会像箭一样刺到他身上。可今晚这熟悉的气味执拗地牵引着他，回到了往昔的岁月。

　　也是这样破旧的小屋，母亲和陌生男人的嬉笑声传来。他蹲在院里一下一下恶狠狠地用木棍摁蚂蚁，满地都是蚂蚁的尸体。弟弟在一旁怯生生地问："哥，妈在里面干吗呢？"他没好气地说："滚一边玩去，别问我！"太阳毒辣辣的，灼得他的脖子生疼，他忽然腾地站起来，扔下木棍就往村头的瓜摊跑。父亲正守着一摊西瓜，跷着二郎腿，手里拿着一瓶老白干慢慢抿着，脚尖的旧拖鞋一晃一晃，欲坠未坠，几只苍蝇围着他眷恋不去。张洋波硬着头皮大声道："爸，我妈跟男人进屋了，你咋不管管？"父亲悚然睁眼，拖鞋啪嗒坠落，砸碎一地树影。父亲瞪着被酒精熏得血红的眼，盯了他半分钟，忽然一个耳光如流星砸来，把他砸得看到了更多的星星。他的半边脸火辣辣的，慢慢肿了起来，他强忍住要涌出的眼泪，扭头便走，疾步奔回小院，抓起一块石头就砸向了西厢房的窗户。母亲尖厉的惊叫声和男人的怒骂声划破了午后的寂静，他在弟弟惊愕的目光中拔腿便跑，蝉鸣像滔滔的洪水涌过来淹没了他……

那时，张洋波的梦想很简单，只是离开这座村庄，远离所有让他耻辱的人和事。村里人嘲笑他是婊子养的，父母也厌恶他，父亲说他年纪不大眼神却复杂得像大人，母亲说他是喂不熟的狼崽子。他知道，母亲用这种方式挣钱，父亲是默许的，父亲最在乎的就是自己有没有酒喝。只是偶尔，父亲喝太多时会用皮带抽打母亲，他蹲在父母的窗前，浑身颤抖地听着母亲亢奋而尖厉的咒骂，那是世界上最污秽的语言。

后来，他终于考上了一所三流大学，离开了村子，从此很少回来。鸡汤文章上写：故乡是回不去的远方，亲情是醇香的酒，等着游子一饮而尽。他看到就在心里冷笑，亲情？成长的那些岁月里除了打骂就是训斥，除了耻辱就是憎恨，哪儿还有什么亲情？母亲现在老了，干不动以前的营生了，倒是言语软和了许多，没有了以前的刻薄和戾气，但只要打电话来就是向他要钱，从没有问过他的生活。这世上只有父母这个职业是不用培训就能直接上岗的。多么可怕！他在心里千万遍恨自己投胎失误。因为厌恶母亲，连带着他也厌恶所有女性。上大学时，同班有个活泼的女孩向他示好，他竟然半学期都没理她。

张洋波最后一次回家是上一年春天，那时父亲病危，躺在床上闭着眼，没跟他说一句话。他震惊地发现母亲竟然老得不成样子了，满头白发凌乱地在脑后挽了个髻，背也有些驼了，这衰老倒为她添了一丝慈祥的意味。所以，当张洋波第一次看到大娘的时候，莫名地便有了一丝亲切的感觉，只是他没想到，和大娘的相处竟比和母亲的相处更融洽。

张洋波慢慢地发现，大娘几乎三句话不离顶柱，家里人不愿让她提，她就跟邻居说，跟过路村民说，跟班车司机说，跟张洋波说。

什么是真正的死亡？应该是这世界上关于这个人的所有痕迹都没有了。而顶柱没有死，他以另一种方式活在了他母亲的口中、心上。其实连大娘自己也没觉察到，她还死债其实是在以一种特殊的方式依偎着儿子，感受着他的一切，她是在用这种特殊的方式来追忆他……大娘明白，如果把大儿子遗忘了，他就真的死了，不存在了。她的丈

夫体弱多病，小儿子是个残疾，只有聪明健康的大儿子是
她人生的荣光，所以她不舍得抛下他，她在不断为大儿子
了却心愿的过程中也得到了些许慰藉。张洋波忽然觉得万
分妒忌，这个短命的男孩拥有了自己一直在追求的东西！
男孩死了，却一直活着，而自己活着，却从没得到过一
丝爱！

五

　　第三天晚上，张洋波吃完饭说："姆，我明天早上要
走了。"

　　"你去哪儿？回老家吗？"

　　张洋波张了张嘴，最终归于沉默。

　　大娘抬头看了他两眼，欲言又止的样子。村庄里响起
了零星的鞭炮声，张洋波狠狠地呼吸了一大口夜气说：
"我能感觉到有雪的气息，说不定今晚就要下雪了。每次一
下雪，阳城那边就特别冷，房东不让用电暖扇，说怕会造
成火灾，我就总是半夜被冻醒，嘿嘿，就像小时候一样，
脚趾头木木的，像是别人的。"

　　大娘说："孩子……"

　　忽然，张洋波听见一个陌生的扭曲的声音从自己喉咙
里冒出来："姆，不如我替你去还那三千块钱。"

　　大娘像是愣在那儿了，半晌没说话。张洋波背对着她

站着，一动也不动，全身所有的毛孔都在捕捉着她的动静和气息。

忽然，大娘进屋了。再出来时，她手里捧着个东西说："你拿着。"昏昧不清的月色筛过枯枝洒在上面。张洋波的心跳忽然漏了半拍，还是那摞厚厚的钱，被那方黄色手帕严严实实地包裹着。大娘说："麻烦你了，还了，我和顶柱的心愿也就了了。"

张洋波的心里像有一万匹马奔腾而过，他在心里狂喊：你难道不知道韩先生说了不要这钱、不要再跟他联系吗？你难道不担心钱给了我，我却不转交吗？你怎么那么傻？

大娘枯树般的手固执地举着，直伸到张洋波眼前，那明艳的金黄映亮了周围的一小圈夜色，也点亮了张洋波的双眸，他像接过一块烫手的红薯一样手忙脚乱地收下了。大娘沉默地看了他一会儿，帮他摘下衣襟上的草屑，看着他睡下才起身回屋。

张洋波醒来时已经是日上三竿了，院子里的鸡咕咕唧唧地叫着，窗台上的鸟也应和着喳喳地叫个不停，一听就是个好天气。他穿好衣服坐在床边，看着那洗得发白的门帘发愣，门帘上绣着一只单脚站立的仙鹤和一小丛松树，针脚粗陋。忽然门帘掀动，仙鹤飞去，大娘进来爽朗地笑道："孩子，看你睡得香就没叫醒你。"张洋波忙道："没事，不急，反正我定的火车是下午的。"他看着那张苍老的脸，心里莫名升起一缕不舍和眷恋。

再踏上火车已是腊月底了，满车熙熙攘攘的人都拎着往故乡带的东西，他们的统一目的地都是家。可只有张洋波，像一尾逆流而上的鱼，孤独而倔强地奔赴阳城，奔赴那个冰冷的出租屋。

张洋波趴在车窗边，痴痴地看着外面一闪而过的风景，他明白，再往前就看不到这故乡的风景了。列车挟裹着前愁旧恨一路奔驰，把往事远远地抛在了后面。张洋波的头开始疼起来，昨晚直到半夜他也没睡着，老鼠在墙角啃啮着桌子腿，他感觉良心也像在被啃啮，隐隐作痛。半夜时分，他把那摞钱又放回了大娘屋里，那摞钱虽然能暂时解决他因失业造成的困窘，能让他度过这严冬，但他过不了良心的这个坎。张洋波如释重负地吐出一口气想，朋友老四那儿还能借点钱，车到站了就去劳务市场转转，春节期间打工的都回乡了，肯定好找工作。

窗外的风景急速后退，那些成排的树木直直地擎着干枯的枝杈刺向天空，大片麦田在薄雪下安眠。他不禁想起幼时，在那田间地头嬉闹玩耍，那时天真无邪，不懂得成人世界里的腌臜污浊，只觉得天地宽阔，万物可爱。

火车隔一段时间就会报站名，驻马店、漯河、郑州，离新乡越来越近了，他的心莫名地狂跳起来，这是生他养他的地方，也是给他留下无尽痛苦和耻辱的地方，父母的暴戾和冷酷像成长路上的荆棘，他一路跌跌撞撞地爬过来，心早已成灰。但越是这样，他越是渴望这不曾拥有过的温暖。

　　对面座位上的女人吃起了泡面，呼噜呼噜的，张洋波的肚子也叫了起来，便打开行李包掏方便面。忽然，一角黄色像一只金镖，瞬间将他钉在了那儿。他赶忙掏出，竟还是那摞钱，被那方黄手帕密密地裹着。

　　他的手指不可自抑地颤抖起来，抖得布包也快要掉到了地上。对面的女人惊讶地含着满嘴面条看着他，她看到一个面容憔悴的男人正在无声地流着泪，泪水慢慢地爬了满脸。

血月

　　这是一个漂亮的女人，从她腰肢摇摆坐上车，庄成明的眼睛就像长了翅膀似的一直围着她转。女人穿着一条极短的裙子，那其实根本不能算作是裙子，直白点说，更像是一片薄薄的玫红色的布。这布紧紧地包住了女人呼之欲出的臀部，但好像又没遮掩住啥，女人轻轻跷起腿，薄布与大腿根处便出现了一小片魅惑的阴影，这阴影像一只柔若无骨的手，一点一点撩拨着庄成明，让他忽然觉得口干舌燥。

　　女人纤巧的手指拈了根烟，吸了一口，硬邦邦地吐出三个字：三里河。庄成明从眼前的香艳里重重地跌回到现实中来，他的大脑飞速地盘算一番，报出了车价。话刚出口他的悔意便幽幽地从心底爬了出来，这价定得有些低了。为什么？是因为这个女人吗？也许吧。他承认他被这个女人吸引住了，潜意识里他想做这笔生意。

　　有没有搞错啊，你打劫啊，这么贵！女人的脾气跟她的外表成反比，语气夸张而急躁。但在美女面前，男人们的脾气往往都像烧了半天的灯芯，蔫蔫地弯了。二十出头的庄成明也不例外，他耐心地说，大姐，你问问别的司机，这价钱会不会拉你？我说的价钱真不高。女人猛地扭头，凌厉的眼风像把刀子一样掷过来，你叫我啥？你有病吧？睁大你的眼瞧瞧，我有那么老吗？还叫我姐，别恶心我了！这把刀子显然刺到了庄成明，一阵尖锐的疼痛像水波一样蔓延开，那些恶意的话语一个字一个字地刮着庄成明的神经，轻易地把他深藏的暴戾勾了出来，他死死地盯住了女人不停翕动的红嘴唇说，操！我不拉了，你下车！

你牛啥呢？我就不下！今晚我坐定你的车了！女人甩出几张钞票，气定神闲地把长腿搁在驾驶台上，那么完美修长的双腿，带着一种肉感的荤腥，像一片白瓷一样在如墨的夜色里泼辣辣地跳入庄成明眼里，扰得他一阵迷乱，他又开始觉得嘴唇发干，舌头发硬。

操！他在心里暗骂。车刷地像一尾鱼一样倏忽游入无边的黑暗里，荡起一路烟尘。女人扯着喉咙大声嚷嚷着，喂，你想死啊，开那么快！庄成明狰狞着脸，扭过头来说，再叫就下车！女人撇撇嘴，噤了声。但就在这一瞥间，庄成明愣住了，他忽然发现这个女人的面容似曾相识。这种感觉就像经常在梦里路过的一条街道，有一天忽然真实地出现在面前时，那种虚幻与现实的重叠覆盖让人深深地陷入一种怅惘感。庄成明努力从这种怅惘感里挣扎出来，又

偷偷瞥了一眼女人，他开始在心里默默地将她洗去厚厚的
粉底，擦掉重重的唇彩，拭净浓浓的眼影。再扳着她的脸
看，他被一种深深的恐惧砸得头晕目眩，难道是她？怎么
可能？他想起总是梦到的那片辽阔的水域，他被四面八方
的水包围着，而水的深处有个面孔，被气泡和飘舞的头发
掩盖着，模糊虚幻，但又仿佛近得伸手就可以摸到……

　　庄成明迟疑了一会儿问，你看着有点面熟，老家哪儿
的？话一出口，他就发现自己的声音细弱无力，充满了犹
疑和胆怯，像一缕烟雾一样很快消失在夜风中。恐惧像只
猫一样悄悄盘踞在他心头，他怕那个答案被女人艳红的嘴
唇轻巧吐出，是的，他怕女人就是她。神思恍惚间，庄成
明忽觉脸侧一阵香风袭来，女人凑近他的脸，伏在他耳边
温柔地低语，你喜欢上我了是吗？想勾搭我是吗？找这样
的话搭讪多俗啊。女人吐气如兰，庄成明的耳边像有无数
细毛在轻抚他的耳垂，痒痒的，酥酥的，一股电流唰地击
中了他，有种力量像匹野马一样在他的全身左冲右突。女
人身上的幽香像一堵厚重的墙砸了过来，将他砸得晕头转
向。可这种令人窒息的甜蜜转瞬即逝，女人一扭腰，坐直
了身子，从鼻腔深处发出一声冷笑，这冷笑饱含着轻蔑和
不屑，像支箭一样刺中了庄成明。哼，一个开黑车的，还
想惦记着天鹅肉。冷笑后的话杀伤力更大，庄成明心中狂
奔的猛兽咚地撞到了坚硬的墙上，皮开肉绽。痛彻心扉过
后便是羞恼灼灼燃烧，烧红了他的眼。这女人鄙视的语气

跟菁菁一模一样。

　　菁菁是庄成明的小女友，两人都没上完学，很早便辍学回家了。他学了开车，买了辆二手车跑黑车，而菁菁在这个城市的国茂大酒店当服务员，起先两人还算情投意合，晚上总是一起去吃个大排档或看场电影，沉浸在小儿女甜蜜蜜的情思里。但随着时间的流逝，菁菁的心就像一块干净的白布慢慢被世俗染上了斑驳的颜色，这颜色里有虚荣有攀比有欲望。她开始抱怨，不停地抱怨，抱怨庄成明挣钱少、没本事。这抱怨像秋天的落叶一样无休无尽，拂了一身还满。开始庄成明还能忍耐，慢慢便忍受不了了，都是二十出头的年纪，谁又能窝下去火呢？于是，争吵在所难免，两人经常三天一大吵，两天一小吵，不吵的时候只能是在床上了。有次两个人吵凶了打起来，瘦小的菁菁抢着一瓶矿泉水，清秀的五官因为愤怒皱到了一块儿。庄成明看着她那凶神恶煞的样子愣住了，他清楚地看见她的眼底没有了往日的单纯清澈，而是变得复杂难懂了。他不相信，那里面竟掺杂了一些市侩、狡黠和凶狠，她再也不是当初那个得到一对廉价耳环就能喜笑颜开的女孩了。

　　庄成明早就预感到像菁菁这样心高气傲的女孩不会跟他太久。果然，一次吵架后，她爽快利落地收拾干净自己的东西，从他们租的小屋搬走了。他去酒店找她，她躲着不见。过了一个月，庄成明在酒店门口看见一个四十多岁的男人搂着菁菁上了车，那么粗壮的胳膊紧紧圈着瘦弱的

菁菁，就像挟着一只小羊，只不过这羊是心甘情愿地进入
虎口的，而庄成明只能呆呆地站着，看着她往虎口里跳，
却无能为力，他感觉有种东西正从他的身体里抽离出去，
渐行渐远。

　　这是什么？是爱情吗？可他能怎么样呢？没有钱就失
去了挽救爱情的资本。这几年，庄成明的生意越来越不好
干，跑黑车的人鱼龙混杂又缺乏管理，出过好几次事，搞
得很多人宁愿在路边苦等出租车，也不愿坐"黑的士"了。
其次是政府查得很严，很多同行都不干了，但庄成明还一
直坚持着，这种坚持是绝境里的无可奈何。庄成明上学时
成绩差，高中没念完就出来闯荡社会，没有一技之长，做
生意又没有本钱，只好这样靠开黑车混口饭吃。庄成明忽
然想起，有次吵架菁菁说，跟着你我看不到希望。庄成明
愤愤地想，妈的！你找希望，也找个像样的啊，被那么丑
的老男人搂着也不嫌恶心！

　　女人忽然轻轻地哼起了歌，歌声像一把剪刀，不动声
色地剪断了庄成明跟回忆粘连在一起的思绪。庄成明定下
神，用余光偷偷打量女人的腿，那两条白花花的腿，闪着
肉欲的光泽。庄成明强按下心头蠢蠢欲动的念头，打开车
上的广播，电台里正放着一首歌，音乐在车里流转，令人
窒息的空气被轻轻搅动开来，打破了浓稠的尴尬。女人不
耐烦的声音随着音乐骤然响起，你这车有毛病吗？怎么开
这么慢啊？要不是我今晚有急事，才不会坐这种破车。庄

成明像是有了免疫力，他冷着脸一句话也不说。女人微微侧过脸看着他，忽然，她的眉眼一弯，脸上露出一种熟能生巧的妩媚，这妩媚里又含了一丝邪气。她轻笑一声问，你这么帅，有女朋友吗？庄成明心头的几簇怒火被这娇柔入骨的声音安抚了下去，但落寞仍然掩饰不住地从眼底露出，他没好气地说，分手了。女人脸上显现出一副满意的神情，她轻笑一声说，那肯定是嫌你没钱吧？庄成明有些不悦，你知道我没钱？女人撇了撇嘴，尖着喉咙说，你一个开黑车的能有什么钱，一辈子也就这样了。原先心头那几簇零星的怒火马上像被泼上了一勺油，唰地在庄成明心中燃成燎原之势，他叫道，嘿，你凭啥这么小看人？女人满脸不屑的神情堆都堆不下，简直要淌下来了。哼，开出租的就是没钱嘛，还非逼我说出来。如果我是你女朋友，也绝对会跟你分手！庄成明气急了反而说不出话来，只能听到自己的鼻息声，这鼻息声在热烘烘的车厢里像被喇叭扩音了，沉重而急促。

正在这时，女人的手机响了。她掏出来，捂着嘴对着手机小声说起话来，那紧张神秘的表情像是长出了无数触角，轻轻地挠着庄成明，挠得他心痒难耐。他恨不得将耳朵瞬间拉长成神话剧里的招风耳，在空气中努力捕捉女人细微的声音。放心吧！钱我拿到手了，是五万。现在就在我包里躺着，先不说了，我挂了。女人挂断手机，脸上立马挂上一层寒冷而坚硬的冰霜。她一脸戒备地看了庄成明一眼，两条胳膊紧紧地把包箍在怀里，那层冰霜好像瞬间冻结了她的全身，让她变得固若金汤，坚不可摧。庄成明赶紧将微微倾斜的身子坐正，装作专心致志地开车，但眼睛却被心中的鬼驱使着，偷偷地往女人怀里瞄，瞄一眼，再瞄一眼，那个鼓鼓囊囊的红色小包里可是有五万块钱啊！庄成明的心再也无法像开始一样正常跳动了，完全乱了节奏，像被一个五音不晓的人拿着鼓槌咚咚咚地一阵乱敲。五万块！是拉多少趟黑车才能挣够的呀！如果有这五万块……呵呵，庄成明想，一定要狠狠地甩到女朋友，哦，不，是前女友菁菁的脸上。到时候她会不会抱着自己，娇嗔着不让自己离开呀？庄成明踩着自己用想象一手打造出来的云彩，晕晕乎乎地横冲直撞。

可这团看似软绵绵的虚幻云朵里，却渐渐显现出一个清晰的核心，这核心的轮廓越来越明显地呈现在庄成明眼底，逼着他正视自己的所思所想：不能让这钱从眼前飞走了！庄成明忽然想起以前一块儿开黑车的朋友黑子，黑子在一次醉酒后曾亲口告诉他，有一年夏天黑子拉过一个中年女人，那女人喝了很多酒，上车时还有意识，一会儿就人事不省了。到目的地的时候，黑子迅速拽下了她的金耳坠，捋下了她的金手镯，还拿走了她的钱包，然后一把将她推下车。干这行有个好处就是：只要司机不想出现，乘客压根就没法找到。总共有五千多呢！黑子晃着酒瓶兴奋地对着庄成明吼。庄成明沉浸在回忆的河流中，一种异样的骚动像条冬眠的蛇一样慢慢醒来。

突然，女人的声音像晴天里的滚雷一样在耳边炸开，你傻愣着干吗？车开得像蜗牛一样，今晚咋遇到你这么个笨蛋司机，真倒霉！庄成明心中游丝一样摇曳不定的迟疑马上被愤怒代替，那条苏醒的蛇唰地张开了血盆大口。庄成明忽然想起说书节目里常听到的一句话：怒从心头起，恶向胆边生。原来这恶跟怒是同体相生，同体而存，牵动一个，便会扯出另一个的魂魄，如同一根腐木上长着的两朵毒蘑菇。庄成明知道，自己残存的善念已被这个脾气暴躁且说话刻薄的女人消磨得一丝不剩了。在他心中已反复燃烧过几次的燎原大火一直没被扑灭，那些愤怒的火焰上蹿下跳急需寻个出口。庄成明不动声色地将车慢慢开向了一条比较偏僻的公路，路上偶尔有车往来，但几乎没有行人。他心中那团模糊的骚动渐渐长出了轮廓，露出贪婪而狰狞的面孔。

夜色中，树木像黑黢黢的怪兽，夜风清冷，路两边是大片大片泼墨般的浓黑。女人看着窗外，平静的神色慢慢起了变化，惊慌的表情在脸上闪过。她问，喂，你这是要去哪儿？庄成明缓缓地说，去你要去的地方呀。他阴沉的声音虽然不大，但像铁块一样尖锐冷硬。女人失控地叫了起来，这不是我要走的那条路！你啥意思？庄成明此时满眼都是那红得耀眼的包，女人的声音虽然尖细高昂，但在他听来，仿佛是从很远的地方传过来的，抵达他心里时只剩下一丝微弱的余音了，仿佛是被宰割的羔羊临死前的哀鸣，作为决意杀它的猎人根本无心顾及。

庄成明颤抖着手把车缓缓靠到路边，女人的叫声里饱含着恐惧，你要干什么？你有病啊？庄成明趁她情绪激动的时候，快速而有力地一把拽过她怀里的包说，我最近缺钱用，下车！那个包带着女人微热的体温被紧紧裹在庄成明怀里，凭手感都能摸出那鼓鼓囊囊的就是人民币，粉红粉红的人民币，无所不能的人民币！女人惊呆了，摆出一副不要命的架势扑上来抢包，嘴里的污言秽语像开闸的水一样汩汩不断地流泻出来。

庄成明生气了，使劲推她、骂她，把她往车外蹬，可她像只顽固的蚂蟥一样死死地黏在车门上。她一边用手抠着车门一边大声喊，救命啊，救命啊！抢钱啦！旁边的马路上遥遥地飘来几星灯光，那是远方驶过来的汽车，庄成明害怕起来，怕被过路的车辆听到。就一把把她拽上车，他心想，妈的，就不信收拾不了一个女人！他使出蛮力把她压倒在车厢里，又从车座下翻出一根绳子和一团破抹布，没费多大劲儿便把女人的双手捆起来了，把她咒骂不休的嘴塞上了。女人睁大眼睛，愤怒地瞪着他，嘴里还含糊不清地呜呜着。

庄成明的回忆忽然像被剪开了一个小口，不小心洒落出来一些往日的光影。多年前鬼影般的树林、昏黄的月光、暗褐色的血都如暗夜里的幽灵缓缓浮现，仔细看又面目不清，只遥遥地向他招手。这些往事的片段让他有一瞬间的犹疑，但拉开包，那粉红诱人的人民币活泼泼地跳入眼帘，他的心就又坚定下来，坚若磐石。庄成明忽然理解了那些杀人越货的强盗，在诱惑面前，人的意志力太脆弱了，脆弱得就像冬日的窗花，薄薄一层，呵气即化。动物本能无法战胜人类的意念，所以会犯罪。在欲望上，每个人其实都一样，这条界线如此轻易便能越过。

庄成明为自己的恶意找好了说辞后又开始发愁，怎么处置这女人呢？把她扔到路边？这荒郊野外的，万一她出了什么事，警察顺藤摸瓜地找到自己咋办？把她带到人多的闹市区？那不是给自己挖坑吗？人多眼杂的，看到一个被绑架的姑娘，人们还不马上报警？那把她带回家？庄成明瞥了她一眼，不由得喉头发紧，这样漂亮的女人哪儿敢放在家里呢？他真怕自己会把持不住。

庄成明把嘴里的烟头摁灭，把她搬到了后备厢，女人蜷着修长的双腿，他不敢看她的眼，刻意回避着，但仍能感觉到她冰冷的眼神像刀锋一样割着他的脸。折腾了半天，庄成明就着车里昏暗的灯光数了数包里的钱，果然有五万。他慢慢地开着车，一边开一边想，把女人放在哪儿呢？有好几次，庄成明都想把女人扔在路边，但说不清是什么原因，他最终没有那样做。

夜色像一块巨大的黑幕披头罩了下来，掩盖了大地上发生的一切罪恶、秘密和躁动。忽然，砰的一声，车被重

重地撞了一下。庄成明从后视镜一看，原来是追尾了。真
他妈倒霉！他骂了一声，心也像被撞了一下似的疼得要命。
这些年，钱几乎都花在菁菁身上了，他手头没一点积蓄，
只剩下这辆车了，对这唯一的家当他可是爱如珍宝，精心
地保养、护理，一有空就仔仔细细地擦得一尘不染。

　　一瞬间庄成明想到了女人，刚才撞的力度不轻，不知
道她怎么样了。这时，车窗上响起了笃笃笃的敲击声，像
一只啄木鸟带了几分试探啄着树干。寂静的夜里忽然响起
这声音，把庄成明吓了一跳，一扭头，一个头发花白的老
头，正在窗外敲着玻璃，从他比画的手势可以看出，他就
是肇事的车主。庄成明拉开车门，嗖地跳下去怒道，你咋
开的车啊？老头谦卑地弯着腰，一个劲儿地道歉，兄弟，
对不住啊，我是新手。你看该赔多少就赔多少，我绝不耍
赖！庄成明拉着脸走到车后，仔细查看着被撞的那块车皮，
一面揣摩着女人是否会受伤，一面按压着心中那几欲窜出
的担心和焦虑。就在这时，他眼角的余光隐隐捕捉到一小
片黑影，那黑影像鬼魅一样缓缓地漂移。只是瞬间，他便
意识到，这是一群人！后面的车上走下来好几个人，悄无
声息地向他围拢过来。不祥的预感像火星一样在心中亮了
一下便彻底熄灭了，因为他刚想转身，便觉脑袋剧烈地一
痛，眼前便一片漆黑了。

　　等再睁开眼的时候，庄成明发现在自己的车里躺着，
头像是被砸碎了又粘上，满是钝钝的疼。空气中有一缕阴

凉的血腥气像小蛇一样爬过他的鼻翼，一定是脑袋后面被打出血了。庄成明定定神，努力让意识彻底醒过来，他的手上捆着绳子，嘴上贴着胶布，车里坐着两个人，都用黑布蒙着脸。一个在开车，另外一个坐在庄成明旁边，鹰一样阴鸷的眼神死死地盯在庄成明的脸上，阴恻恻地说，他醒了。开车那人说，看好他，老大说了，这条路上车来车往的，换个地方解决他。另一个人又说，看他开车那么慢，本来以为是个女司机，妈的，竟然是男的。

　　庄成明的心骤然跳得失去了节拍，只差一点便要从喉咙里跳出来了。糟糕，遇上劫匪了，而且是要置他于死地的劫匪。他暗自使出全身的力气想挣脱手上的绳子，可无奈绳子捆得死死的，根本无法挣脱。盯着他的那个人察觉到了他的动作，一脚把他从座位上踹了下来，你小子给我老实点！庄成明痛得蜷成一粒虾米，一动也不敢动。他心里暗想，报应这么快就来了，还想抢人家的钱呢，没想到黄雀在后。一时间哭笑不得，如烙铁一样滚烫的欲望早被泼上一盆冷水，冷却下来之后便凝铸成了坚硬的后悔，他想起小时候常听的那些故事，愚蠢和贪心的人往往没好报，比如那个渔夫的老婆。唉，一声叹息从心底像一缕烟一样地飘逸出来。

　　忽然，庄成明想到了那个女人，如果自己死了，还有谁知道她还在后备厢里呢？也许她会因缺氧和饥饿死在那里！庄成明心里开始升起一股巨大的焦灼，紧接着他又为自己的焦灼而感到可笑，已经是泥菩萨过河自身难保了，还想着那女人，不会是真的喜欢上她了吧？

车窗玻璃在黑色的背景下变成了一面镜子，映出了庄成明的脸，他和"镜中"的自己默默地两两相望，车窗里他的眉毛像两条藤一样纠结地拧在一块儿，挂满了忧愁，嘴角却有一丝似有若无的苦笑，给这苦哈哈的面孔增添了一抹怪异和滑稽。

车外一直是浓稠厚重的黑暗，这符合夜的本质，但也让人觉得惶恐不安，不知道这黑暗会延续多远。

车终于停了下来，庄成明被两双有力的手揪了出来。他的眼睛早已在黑暗中游刃有余，所以毫不费力便看清了周围的环境。这是一座破败的废桥，现在已经是午夜了，周围没有一个人，只能听到虫声密集如雨。庄成明忽然觉得心里很悲凉，也许今夜的这些虫就是目睹他被害的证人，那么它们现在弹唱的，就是为他而奏的哀乐了吧？他抬头看着那月光，从来没觉得月光竟像冰一样寒凉入骨，这些细小的冰凌刺穿了他的身体，让他冷得弯下腰去。

后面跟上来一辆车，下来两个人，脸上都蒙着黑布，其中一个顶着满头白发。庄成明想，今晚是满月，如果他们不蒙着脸，还真能清楚地看到他们的长相。满月的晚上……庄成明的心忽然颤了一颤，一股神秘的宿命感瞬间击中了他，像一支锃亮的箭镞一样穿过了他的身体，他忽然觉得像被抽去了筋骨，绵软无力地瘫在地上。

　　那个白发老头拎着一团东西走过来，他浑身散发出一种慑人的气场，残忍、暴戾、阴沉。他问道，说！这是哪儿来的？肯定不是你的！庄成明在黑暗中努力睁大眼睛，女人红色的包像团火一样灼疼了他的眼睛。庄成明努力放稳语调说，我老婆的。老头沉默，即使蒙着脸，庄成明也能感觉出他眼睛里深深的怀疑。但老头没再多说，只是拎着包转身走开了，并随口对旁边的一个人说，把他扔河里吧。庄成明的思绪一下子被抽空了，像是暴晒在了日光灯下，脑子里一片无垠的茫茫亮白，什么想法都没有，什么念头都消失了，只是本能地从嘴里发出呜呜的求救声。

　　以前失恋的时候，庄成明每天躺在床上都感觉生不如死，甚至想过很多种死法，还研究过每种死法的优劣，但他从来没想过会是这种死法。第一次离死亡这么近，他感觉那穿黑袍的死神就站在不远处，傲然地看着他，浑身散发着腐朽糜烂的气息，这气息呛得他几欲落泪。正在这时，一个男人忽然喊："老爷子，我听着车厢里有动静。"男人们迅疾地悄声围拢过去，一人惊叫起来："有个妞！"女人被拖了出来，她显然搞不清眼前的状况，剧烈地咳嗽着，一双大眼睛惊恐地转来转去。一个男的上前唰地撕掉庄成明嘴上的胶布，恶狠狠地问："说！这女的是谁？怎么在后备厢里？"

　　庄成明耷拉着头，躲避着女人惊恐的眼睛，低声说："她是我老婆，吵架闹别扭了我就把她扔那儿了。"男人们把女人围在中间，就像一群鹰围着一只战战兢兢的兔子，庄成明心里隐隐的担心像雾一样越来越浓，很快，这担心就成了现实。

一个男人上前拽出女人嘴里塞的布，问："你是他老婆吗？"女人直直地盯着庄成明点了点头，目光变得像湖水一样深不可测，庄成明好像被吸进了这湖水里，并深深地沉溺下去，她为什么点头？她在想什么？他的头脑变得混沌，完全不懂湖水深处隐藏着什么。

男人上前开始脱女人的衣服，老头笑骂了他几句，其他几个男人都嘻嘻哈哈地笑起来。女人像条鱼一样扭动着身子拼命挣扎。她的衣服被撕破了，前胸一颗豆大的黑痣露了出来。庄成明的脑袋轰地炸开了，像有一百架飞机在嗡嗡乱飞，他努力站起身来，虽然双手被捆绑着，但仍然不顾一切地冲上前去，用身子撞开男人，男人显然愣住了，趔趄了一下。庄成明用身子护住女人，疾声说："别动我老婆，她……她……她怀孕了！"周围死一般寂静，几个男人都阴沉沉地盯着庄成明，这种无声无形的威慑在空中迅速铺展开，向庄成明压了过来，他为自己忽然涌出的胆量而震惊，女人在他身下扑闪闪地眨着眼睛，清亮的眼睛里蕴藏着极其复杂的内容。庄成明的心忽然一震，一种说不清道不明的情愫在心里慢慢弥散开来。

男人们一把将庄成明拽过来摔在地上，拳打脚踢。他像块破布一样被踩来踢去，意识在疼痛中一会儿清楚一会儿模糊，他想，打吧，反正横竖是个死，只要他们别害了女人。

仿佛从很远的地方传来了女人的声音，放了他，也放了我吧！我们结婚好几年才怀上孩子的。

庄成明头上的血流下来遮住了眼睛，他透过一片红色震惊地望着她，他没想到，她会为自己求情。男人们打累了，又扑向女人，庄成明强忍着疼痛，努力爬向女人，用身子盖着她，不顾男人们雨点一样的拳头落在他身上、头上，他痛苦地呻吟着，眼睛被血糊得睁不开，嘴里流出的血、身上流的血染透了女人薄薄的裙子。庄成明眯着眼看月亮，那轮满月也是血红的，如同十年前那轮，血红诡异。罪恶挟裹着岁月，一切又要重新来过！此刻庄成明的心里只有一个念头，一定不能让女人受到伤害！十年了，那颗痣一直像根刺一样扎在他的心头，他不能拔，一拔就是伤筋动骨的疼痛。每次做噩梦，都会梦到那颗痣，那样痛，那样清晰，那些不堪的往事都跟着那颗痣在回忆里复活。

老头忽然说："弄死孕妇是伤阴骘的事，要倒大霉。阿强，这女的就算了，她没见过我们的脸，男的扔河里。"老头的声音不大但蕴含了一种无法抗拒的威严。其余几人都垂头丧气，一副悻悻的不情愿的样子，庄成明看着女人，心里的石头骤然掉了下来，如释重负的感觉后是虚脱般的疲惫，紧接着，他的心又骤然缩成一团，看来今晚是难逃一死了。想跑，可浑身疼得一点劲儿也没有。两个男人抬起庄成明往桥边走去，抬走时，庄成明瞥见了女人，她反绑着双手坐在那儿，直直地盯着他，眼角有一滴清泪正缓缓流下。从桥上坠下的时候，庄成明这短暂的一生如过电影般从眼前掠过。水面溅起巨大的水花，扑通一下便恢复了平静，仿佛什么都没有发生过，男人们满意地拍了拍手离去了。

庄成明感觉到水从四面八方涌过来，灌进耳朵里、眼睛里、鼻孔里，将他变成一块浸透了水的海绵，河底好像有无形的吸力，吸着他迅速下坠、下坠。最后关头，他脑海中浮现的不是母亲，不是前女友，不是最好的朋友，竟然是一张模糊而痛楚的脸。这脸缓缓地向他移动过来，就是经常出现在他梦中的那张脸，这脸越来越清晰，是她！十年前的那张脸和现在她的脸渐渐重合交叠在一起。接着，庄成明便失去了知觉。

蒙眬中，他感到有人在扇自己耳光，啪啪啪，耳光甩得很响。睁开眼，竟然是女人。庄成明一侧身，哇地吐出一口水。周围树影模糊，圆月当空，女人面朝河水拧着自己的头发，脸上的表情像月光一样寒凉。庄成明的惊诧迅速发酵，散发出强烈的质疑气息。女人淡漠地说，幸亏你绑我的手绑得不够紧，这一路上我早把绳子磨松了，他们一走我就挣开了。庄成明沉默了半晌说："为什么要救我？难道不怕我再害你吗？"女人望着远方天空渐渐浮现的鱼肚白，冷冷地说："从你护着我的时候，我就知道你再坏也坏不到哪儿去。"

庄成明苦涩地一笑，心中五味杂陈，他张了张嘴，最终说了句，我们真有缘分啊。女人说，是啊，我给你讲个故事吧。很多年前，那时我只有二十岁，在一个不出名的卫校上学。那时我在学校谈了个男朋友，他对我很好，我们经常出去约会、逛街、看电影。我和很多年轻女孩一样，爱笑爱撒娇，心中充满了爱情的甜蜜和对未来的憧憬，可一切很快就被打碎了。那天夜晚，我们看了电影，我怕宿舍大门上锁，就催着男朋友送我回去。可他非要去山顶公园转转，那晚的夜色很浓，已经是深夜了，我本来不想去，可架不住男朋友的软磨硬泡，便去了。我们走到一片荒僻的草坡时，迎面碰到一个满身酒气的男人和一个十岁左右的男孩。就在与他们擦肩而过时，那个男人突然一把拉住我的胳膊，色眯眯地说："这妞真漂亮。"我男朋友很慌张地说："你干啥啊？"然后就赶紧拉着我想要走开。那个脸上有刀疤的男人把手里的啤酒瓶摔破，指着我男朋友说："这妞留下，你滚！"当时我很害怕很害怕，连一声救命都喊不出来，只会紧紧抓着男朋友的手。可让我的心掉进冰窟的是男朋友竟然甩下我跑了，我也想跑，却被那个刀疤脸用力拉住。他的手像铁箍一样，我根本无力挣脱。恐惧加上伤心，导致我连路都走不成了。刀疤脸把我拖到了草坡旁的小树林里，当时我还来着例假啊，我使劲哭喊着、挣扎着。那个十岁左右的小男孩也吓傻了，他结结巴巴地劝着："哥，别这样。"刀疤脸冲他骂着、吼着，让他滚一边去。我觉得我的灵魂像是脱离了身体，浮在半空中，眼睁睁看着我的肉身遭受劫难，却无能为力。我只记得那晚的月亮就像今晚这样，是血红色的，就像我一直流淌着的鲜血。后来，他们走的时候，我听到他们的交谈，才知道他们住在秋北巷。因为我一夜未归，被查宿舍的老师发现了，老师让我写检讨，结果全班都知道我夜不归宿的事了。我恨男朋友，就打他电话，可他不接电话，不回短信，一见我就躲瘟神似得赶紧跑。有一次，我气不过，硬拉着他质问他那晚的懦弱，他只是说："我对不起你，不过你也别缠着我了，我不能接受一个被糟蹋过的女朋友。"我好恨，恨自己看错了人，我气得失去了理智，上前抓烂了他的脸，对着他破口大骂。结果他和我反目成仇，把我的遭遇宣扬得全校皆知，我每天都活在别人的白眼里。可这还不是最糟糕的，更可怕的是，我所在的卫校组织献血，我被查出来携带有艾滋病毒。男友献了血，他没事，我知道，肯定是那个刀疤男，也只有他！我毕业了但无心找工作，一直在秋北巷打听那个男人是谁，通过好心人的帮助，我终于查清了，可已经晚了，他早跑到外地打工去了。我又托人辗转打听他的下落，这样一找，不知不觉就过了很多年。这么多年来，我的父母为了我的病跑过很多地方，试过很多偏方，慢慢无奈地接受了噩梦般的现实。他们的头发全白了，是愁白的。多年来，仇恨已经在我心里生根发芽，由一棵树长成了一片茂密的森林，我不能拔，碰一下便是伤筋动骨的痛。多年来，我没有认认真真找过一份工作，一直在四处打工寻找刀疤男；多年来，我没有谈过一次恋爱，每个追求我的男孩知道我得了艾滋后都果断离开了。

最终，我找到了，那个刀疤脸庄成辉，一年前已经在聚众斗殴中被人打死了。家中父母已病死，他还有个弟弟，就是你，在这个城市开"黑出租"。哥哥死了，报应就应该落在弟弟身上。仇恨太深了，总得找个出口去宣泄！否则会憋出病的。

"所以，你找到了我，一切都在你的计划中，是吗？"庄成明哑着喉咙问。这个夜晚所发生的事情从前往后，一桩桩一件件都被他捋顺了。言语尖刻难听是故意的，车上的露财炫富是故意的，风骚入骨的勾引是故意的……一点点细节连起来，是张密密实实的大网，等着他跳进去。如果得了艾滋病再住进监狱，那人生等于堕入深坑，永远都是望不到头的黑暗了。庄成明想着，禁不住浑身起了一层鸡皮疙瘩。女人一旦狠毒起来还真是让人防不胜防啊！

女人像是看穿了他的心思，冷笑一声说，你知道事情在哪里发生转折了吗？在我看到你拼命护着我的时候。这让我想起了曾经那个落荒而逃的男朋友。这辈子我都没遇到过像你这样能拼死护着我的男人，我承认，我是被你感动了。也许是心里冰冻太久、荒芜太久了，洒下来一丝阳光我都想贪婪地接住，更何况是一大片温暖的火焰呢！我不舍得看着这火焰熄灭，所以，我救了你。善恶只是一刹那，不是吗？心魔不灭即为恶，也许放过别人，我就跨过那条善与恶的边界了。十年了，已经十年了，也许一切都该放下了……

女人站起来漠然地望着远方，拍拍身上的土，往不远处的公路走去，忽然她回头深深地望了庄成明一眼，他愣愣地看着她，嘴张了张，最终什么也没有说出来。他已经被汹涌而来的往事淹没了。

十年前的庄成明才十二岁，是个单纯的初中生，他的成绩不好，老师们都不约而同地放弃了他，因为谁都知道，他有个怎样的家庭。庄成明的父母是有名的赌博迷，整日沉溺于赌场，从来不管两个儿子。哥哥庄成辉是当地的地痞流氓，不学无术，整天干些欺善凌弱的事。这样的环境成长出来的孩子，能不跟着打架斗殴已经不错了，老师们就没敢再奢望他门门及格。那晚，庄成辉带着弟弟和朋友们在山顶公园玩，喝了很多酒，后来朋友们都陆续走了，就在他们也要离开的时候遇到了一个女孩和她男朋友……他不敢去劝阻暴戾的哥哥，只能缩在角落里，听着女孩撕心裂肺的哭喊。很多年了，庄成明不敢去回忆，他拼命想办法忘记，那是他心里最深处一块结了痂的伤口，轻轻一碰便鲜血直流。那个月光明亮的夜晚，那个女孩身下流出的血，极度的惶恐使庄成明忘了女孩的面容，但这些却深深地刻在了他的记忆深处，尤其是女孩前胸的一颗痣，那么触目惊心，像个烙印一样深深地烙在他记忆的底版上，使劲擦也擦不掉，久了便成了心头挥之不去的一团荫翳。

庄成明无法忘记那肮脏罪恶的一幕，这么多年，他常常梦到一个模糊而痛苦的脸在流着泪喊："为什么不救我，为什么?"那颗痣也像噩梦一样缠绕着他。这种压力使他根本无心学习，高中没上完就辍学回家了。每谈一场恋爱，他都会想到那个女孩，他不由自主地对女友们有求必应，甚至当她们欺辱他时，他竟有种莫名的轻松和愉悦感，以致所有的女友都在分手时说："你不像个男人，跟你在一起真没劲。""你脾气太好了，豆腐一样，没意思……"他的每一场恋爱都以失败告终。三年前，他遇到了菁菁，他是真的爱上了这个开朗泼辣的姑娘，她像一道明亮夺目的阳光劈开了他人生的黑暗，可依然是以分手为结局。那么多的暗夜里，辗转反侧的他常想，也许有天自己也会像哥哥一样变成坏人，压抑、苦闷在心里憋得太久太久了，他快要爆炸了。庄成明还经常想，如果有天能找到那个女孩，他一定要诉说这么多年的愧疚，替哥哥，也替他自己。

可是现在庄成明觉得没有必要说了，他什么也说不出来了。他眼睁睁地看着女人孤凄而寥落的背影，慢慢化作一个小小的红点，像一簇跳动的火苗，消失在视线尽头……

[原载《短篇小说》(原创作品版)2015 年第 7 期，原题为《边界》]

失常者

一

哥们儿，周顺死了，被车撞死了。

接到交警队队长白浩的电话，我第一时间赶到现场，看到了周顺的死相。

事发地点在市郊的一个十字路口，这里是全市唯一没有安信号灯的路口，也没有摄像头，荒凉偏僻，来往的车辆很少但车速往往都较快。风在空荡荡的马路上奔跑，偶尔有车疾驰而过，路边的绿化带蒙着一头灰，蔫头耷脑地立着，这个荒僻的十字路口萧索得像一帧灰白色调的老相片。一辆黑色尼桑静静地停在那儿，带着满身伤痕。周顺俊秀的脸被坚硬的水泥地面狠狠地摩擦揉搓成鲜红的废纸，一条腿掉在胳膊旁，像只破旧的玩偶被淘气的孩童折断手足，随意丢弃在地上。白浩对我摇摇头说，死得透透的。

我走近俯身看着他，他的眼睛张开了一条缝，惊愕而怨愤地看着天空。死不瞑目啊，我暗想。伸出的手在空中停留了一下还是插进了裤兜。

周顺因参与一桩特大人口拐卖案件，曾被判了十八年有期徒刑，后来因表现好减刑半年出狱，而他拐卖的对象是我这个片警所负责的辖区里的一个女人——邓姐。面对着周顺的尸体，他和邓姐的一切事情都像浮冰一样在脑海里飘荡撞击起来。

第一次见到邓姐时，我刚接手这片辖区不久。那天晚上接到了一个报案，说夜市有人打架。赶到夜市广场时，打架的一男一女正站在一片狼藉的酒瓶碎渣里怒目相向。

男人一望便知是那种街头小混混，胳膊上文的龙虚张声势地举着爪子，极力想掩饰主人色厉内荏的心。他头上的酒液和着血液黏糊糊的在脸上粘着。那个女人的旁边放着一个大音箱，估计是街头卖唱的。她面容枯槁，竹竿般消瘦的身上裹着鲜艳夸张的衣裙，乍一看，像抽象派画中的人物。爬满皱纹的脸上粉黛纵横，画着两道杀气腾腾的粗眉。本是一张极普通的中年妇女的脸，但说不上哪儿有点诡异的邪气。不过，很快我便领教到了这邪在哪里。

男人气急败坏地大声说，警察同志，是她先动的手，我一指头都没挨着她。

女人沉声道，我在广场上好好地唱着歌，他让我去对着公厕唱，说给我五十，我唱了，他却只给我十元。

男人愤怒地指着脸上一道新鲜的血痕，愤愤地说，妈的，就为这点小事，这疯婆子抄起酒瓶就砸烂了我的头，要不是别人拦着，我非踹死她！赔偿，我要她赔偿！

够了！你不戏弄她不就没事了，回所里说！我不耐烦地打断他，抬头望了望天。乌云抱成团，连成一块巨型盾牌，沉沉地压下来，看样子要下暴雨了，我可不想因为这两人淋成落汤鸡。

回派出所的车上，我跟女人坐在了一起。同事给我使了个眼色，意思是看紧她。我一边纳闷，一边观察她。

车开出不远，她就沮丧地垂下头，油腻的头发一绺绺地披散开，形成了一道屏障，遮住了她的脸。忽然，她开始窃窃低语起来，幽灵般的声音像翻腾不断的纸屑从她的屏障下奔涌而出，渐渐地淹没了整个车厢，她的声音越来越大，纸屑变成了纸片，割着我们的耳朵。同事小李低声叫道，她要犯病了！话音刚落，女人就手舞足蹈起来，疯狂地撞击着车门。我大惊失色，扑上去死死按住她，她的手在我眼前乱挥乱舞，那股诡异的邪气从她那空洞的眼睛里渗出，像水一样慢慢地淌遍了我全身。我扭过她的双手，狠狠压在她身上，想凭肉身把这股邪气镇压住，她依旧喃喃地说着我听不懂的话，像是沉入了另一个未知而神秘的世界。

车没去派出所，直接开往精神病院。

医院大厅里干净整洁，空气中弥漫着一种说不清的寒意。她的双手早已被手铐铐住，我牢牢地钳着她的胳膊，防止她发狂。她对这里应该是熟悉的，我能感觉到她紧绷的肌肉在一寸一寸地变软，她不再挣扎，浑身松懈下来，恢复了安静。

精神病人入院需要家属签字，小李摇摇头，打给她领导吧，她父亲去年刚去世，家里没人了。

她还有领导？

是啊，她可是有单位的。

我不禁从上到下、仔仔细细地重新打量起她来。那过时而破旧的衣服、皲裂而黯淡的皮肤，无一不彰显着她的穷困潦倒。等待她领导的时间，我们一群人就在大厅里坐着，她安静地啃着指甲，起先眼睛在蓬乱的"发帘"背后警惕地打量着我们几人，后来大概觉得我们对她构不成什么威胁，便转身对着墙壁上的几块污渍细细研究起来。偶尔走过几个护士，看见她便关切地说，又发病了？给你的药总是不好好吃，看看，又被送来了吧？她扭过头漠然地看看护士，忽然露出温柔的一笑。但只是一瞬，她很快把微笑收了回去，好像这是她珍藏的宝贝，不能轻易外露，冰山般冷漠的表情才是她的标配。

没等多长时间，一个穿着灰色大衣的男子披着一身夜晚的寒气走来，他熟练地签了字，垫付了治疗费用，便打着呵欠匆匆地走了，能看出来帮她办入院手续已是轻车熟路了。而她的单位竟然是本市第一人民医院，她曾经是名医生。

我们的车像一尾鱼静静地汇入午夜璀璨的车河里，我看着车外，暗色的车窗上映出小李和另一女警的笑脸，两人正在热烈地讨论一家川菜馆的水煮鱼。我敲敲车窗说，哎，说说那个精神病女人吧。小李正眉飞色舞地说着，扬起的声调停滞在空气里，他微眯着眼说，这儿的人都叫她邓姐，听说是爱唱邓丽君的歌得来的名儿。她以前被拐卖过，知道装备科的老牛不？他那条瘸腿就是为了救她受的伤，唉，都是陈芝麻烂谷子的事了，估计也就老牛愿意跟你絮叨絮叨她的事。

我看着车窗里自己的脸，额头上的一道血痕是邓姐刚才挣扎时留下的，车窗上斑驳的光影里，一辆辆车穿过我的额头，飞驰如星。

二

听说装备科的老牛爱抽烟，我一进门便扔给他一盒烟，他斜斜地倚着椅子靠背，用拿烟的手朝我点了点说，你是这么多年来第一次重提这起案子的人。

是的，派出所的案子每一年每个月甚至每天都有很多，无数的案子像沉淀的骨灰，最终结成坚固的化石，而我试图撬开它，去挖掘久远岁月里的一桩往事，这令老牛有些惊讶。

　　他拽过来一把椅子，让我坐下，又指了指自己的腿说，瞧，这双废腿就是那桩案子的见证，不过说真的，我从来没有后悔过。

　　老牛说，那年他才二十多岁，接到任务，去黔西南的白戎镇解救本市一名被拐卖的妇女。那天去的路上，队长就跟他们介绍了当地的情况，穷、脏、荒。老牛心里做了充足的思想准备，可一到当地还是吃了一惊，这地方虽然不像戈壁沙漠那样寸草不生，但也是荒凉得很，这种荒凉是说不出来的一种感觉。车一直在盘山路上开，那路很崎岖，而且蜿蜒不绝，好像无穷无尽，有个同行的兄弟吐了好几次了。车窗外都是乌压压的绿色，那种绿，是死一样的墨绿，无边无际，铺天盖地，挟着天上的乌云朝人狠狠地压过来，特别压抑。一个人影都看不到，长长的山路上、莽莽的大山里一个人都没有。他们谁都没有说话，估计心里都在想，这样一个穷山恶水的地方，这么大的大山，别说是她了，就是一只鸟都得迷得晕头转向，哪儿能跑出去啊。

　　当地给他们派了一个女警带路，天不亮就出发，到了傍晚才到目的地。怕打草惊蛇，没敢把车开进村，只能远远地停在村口的路边，留下当地那个女警在车上照应，他们这七八个男人进村去。

　　村里的房子都是石头砌的，坚硬冰冷，每座房子都像是一个模子刻出来的，同胞兄弟似的一模一样。那些房子之间的小径七扭八拐，满是尘土和黄泥，如果没有当地警察带路，他们在这个迷宫一样的村庄里找一个人，无异于大海捞针。那些一模一样的木门后面掩藏着一双双窥视的眼睛，他们硬着头皮顶着那些或好奇或猜测或恶意的目光四处寻找。

找到这个被拐妇女的时候，老牛还以为是找错人了，她跟照片上简直判若两人。照片上是她一二十岁时候的样子，干净清爽，意气风发地扬着头笑，目光望着远方，眼睛里满含憧憬和希望；眼前的她骨瘦如柴，穿着宽大褴褛的衣服，枯草一样蓬乱的头发下面是一双惊惧的眼睛。最令人触目惊心的是，她那竹竿一样随风欲倒的身体上却挂着一个硕大的肚子，没错，是挂着——那肚子不像是她自己的，倒像是谁拿了口锅扣在了她单薄的衣服下面，又像是她腰下长出了一个巨大的瘤，这瘤已经越胀越大，似乎一触即破。

他们带着她逃，村民们在后面追。村庄的四面八方、角落罅隙里突然涌出了乌泱泱的人群，那些门后的目光都落地成形，幻化成人。那些村民们狠起来连命都不要，好像带走的不是张三家的媳妇，而是李四家、王五家等全村人的媳妇，包括那些小孩，也都迈着小短腿举着石块疯狂地跑着，简直不像小孩，全都是一群妖魔，吃人的妖魔。

老牛是扶着这女人跑的，她从一开始就浑身抖得厉害，两条腿软得能绞麻花，越跑越慢。他急得眼里冒火，搂着她一边跑一边喊，快，再不跑会被他们打死的！她抖得像要散架了，老牛怕她紧张得会突然晕过去，使劲用指甲掐着她的胳膊拽着她，到后来简直是拖着她了。队长见情况紧急，当即朝天开了一枪，村民们倒是静了一瞬间，这一瞬间给他们争取了上车的机会，但不知道谁趁这时砸过来一块石头，正好砸中了队长的额头，人群就又疯狂地拥了上来。女警下来接应，把她塞上了车，老牛精神一松懈，左腿就是一阵剧痛，回头一看，是她的丈夫，那个驼背的男人。他抡起铁锹砸在了老牛的左腿上，后来是队长在混乱中把他救走了。他到现在都忘不了，那个驼背男人绝望的眼神。他们的车绝尘而去时，他从后视镜里看见，车尾卷起的一道尘烟里，那个男人穿越人群，一直追着车跑，后来眼看追不上了，才站在那儿捶胸顿足地号啕大哭。

　　女人被救上车后，紧紧裹着女警给她披上的大衣，先是默不作声地发抖，后来开始小声啜泣，再后来，那啜泣越来越多，最终汇成了大声的悲号。他们都没有制止，任由她一路哭着驶过那片埋葬她青春的大山，他们知道，她心底有太多痛苦、悲伤、怨愤，都需要和着这喷薄而出的眼泪宣泄出来。半晌老牛才发现，她的一只鞋不知什么时候跑掉了，赤裸的左脚上沾满了泥污和被石块划伤的血迹，但她好像全然没有知觉了，一张脸埋在胸前，两只肩膀像波浪一样一直起伏在晚秋的风中。

　　她要求先别通知她的家人来接，她回去的第一件事是去医院引产。她紧紧地攥着女警的手说，求求你，让他们把孩子打掉，我不要！可是不管她去哪个医院，都没人敢收，一是因为她的胎儿一切正常，不符合引产的指征；二是因为胎儿的月份太大，引产要冒着她大出血死亡的危险。后来过了很久，听那个一直跟她保持联系的女警说，她在一家民营私立医院做了引产，小孩已经成形，是个五官端正的男孩，而她在手术过程中出现了子宫破裂，好不容易抢救过来，保住了一条命，但这一生再也不能有自己的孩子了。

　　后来也是听那个女警说，她被卖给这个驼背男人后，一直没有生育，那个男人气得整天喝酒，认为买到了"问题货"，三天两头地打骂她。她性子倔，和男人对着打，有次还把男人头上砸了个洞。后来村里有好事人给男人支着儿，说她本身是大夫，一直没怀孕说不定是自己给自己鼓捣啥了。男人长了心眼，天天亲自做饭烧水，吃喝上很注意，也处处看着她，后来她果然怀上了，但没到三个月就莫名其妙地流产了。男人知道她铁了心地不想跟自己过，干脆发了狠，天天啥也不干，看她看得死死的，还跟她保证只要她生下个娃就放她走。后来她又怀上孩子了，快分娩时却碰上我们把她解救了出来，男人又急又气，一时想不开，在家喝农药自杀了。

　　老牛继续说，我回来后腿没好利索，跑步啥的总跟不上，现在年纪大了就申请来装备科，回想起来，这个案子对我触动最大的是一个风华正茂的优秀女性就这样被粗暴地斩断了人生的希望。她原来是那么爱干净的医生，听说为了让男人厌恶自己，不找自己同房，拉屎撒尿在身上，成年弄得身上臭气熏天的。妈的，那帮兔崽子，为那么点钱，就把人这样毁了。

老牛说完这些后狠狠吐了口烟，眯着眼盯着外面的天空，暮色将临，一群群飞鸟驮着远处的几点灯火一掠而过。我忽然想起以前在书上看过的一段话：在世人中间不愿渴死的人，必须学会从一切杯子里痛饮；在世人中间要保持清洁的人，必须懂得用脏水也可以洗身。我也点燃一根烟，狠狠吸了一口，冷不防被呛得差点流眼泪，烟雾在空中升腾、旋转、萦绕，周围陈旧的桌椅被涂抹成一片混沌。

冥冥中好像有动力在驱使着我，一有空闲我便去档案室查看当年"9·14"拐卖案的资料，去第一人民医院看病也不忘向一些老医生打听邓姐曾经的工作情况和家庭情况。只是我再也不想看见她了，偶尔在广场巡逻看到她，我都会下意识地扭过头。她穿再鲜艳的衣服，我都能感觉她的周身笼罩着一层荫翳，连看她的人都会被感染到，会莫名地压抑难受。她在我脑子里，已不是以前那个憔悴普通的中年卖唱妇女，而是幻化成了好几个女孩、女人。她其实有个很美的名字——许诗溢，也许她那知识分子母亲希望这唯一的女儿一生都能洋溢着诗意和幸福。

三

　　1995 年的秋天，市第一人民医院的主任医师赵红艳喜气洋洋地领着她的独生女许诗溢走进了院长的办公室。从这天起，医科大学毕业的许诗溢便成了一名白衣天使。那个年代的大学生，是当之无愧的天之骄子。不大的西坪市，并不是她这支离弦的箭想要去的归宿，她的靶心是北京。但架不住母亲赵红艳苦口婆心的劝说，最终同意了留在父母身边，做个承欢膝下的孝顺女儿。那时院长很重视她这个人才，又看她聪明刻苦，平时踏实肯干，便有心想栽培她。除了让她跟着院里最好的主任实习，观摩手术过程，还经常让她去参加北京、上海等城市兄弟医院的学术交流和研讨学习活动。短短两年时间，她便成了医院的业务骨干，前程似锦。

　　这样的女孩却没有多少追求者，因为她的长相属于中下之姿。许诗溢有一张方形的国字脸和一个大鼻子，这使她的脸多了几分男子的英武之气，但是也正是这英武之气吓退了很多慕名而来的追求者。男人大部分还是视觉动物，在娇艳容颜面前，学历、工作、前途、品性全部可以退居二线。但是左邻右舍的七大姑八大姨却不愿放过这个年轻有为的大好女青年，于是她便无奈地来往于各种相亲场所。我常常想，如果没有那个春夜的相遇，也许她会在某一次相亲中遇到一个敬她爱她的男人，她会和他生一个或两个孩子，平安喜乐地过完这静好岁月。再不济也是没有遇到合适的人，然后孤独终老，起码也可保物质丰裕、从容地过完一生。可命运却残忍地让她脱离这条一路向上的人生轨迹，毫无预兆地沿着一条抛物线，一直滑向无底的深渊。

春天的夜晚总是会带给人一种微醺感，一切都撩得人心头痒酥酥的。这样的夜晚总让人觉得会发生点什么，却又说不清会是什么，心头有所期望又好像有所怅然，空落落得无所依从，又有些什么在悄然萌芽。

那天是许诗溢父亲的生日，她刚下班，白大褂都没脱，就急着往家赶。在一条小巷的拐角处，哐当一声，她撞上了另一辆自行车。对方骑车的和坐车的人都一屁股摔在地上，她也摔倒了，慌慌张张得连声说着对不起。对方是两个跟她同龄的年轻小伙子。坐在后座上那个男孩揉着屁股，一连串的脏话便蹦出了嘴。这气势汹汹的骂声像一颗颗小型炸弹朝她掷了过来，许诗溢被炸得晕头转向，一时回不过神来，只是涨红着脸呆立着。那小伙子仍然气急败坏地大喊，还是个大夫呢，把你的车子留下来做赔偿算了！嗯，要不你现在就把我拉到医院去。我肯定是骨折了，我得住上十天半个月才能走，你就好好伺候我吧！

许诗溢越急越说不出话来，只觉得所有的暮色都包抄过来，快要把她给围剿了。就在这时骑车的那个男孩走过来，他扭头对暴跳如雷的朋友说，老三，别那么多话了，她也不是故意的。他的声音里带着一丝温软又含着一点怜

惜，许诗溢不禁多看了他两眼，即使天色渐暗，也能看到
他那潋滟的眼波，她的双颊立马滚烫了起来。那个不停骂
骂咧咧的同伴显然是很有眼色的，看了看他们俩，揉着屁
股哼哼唧唧地走了。

　　狭窄的小巷里只剩下了他和她，空间却好像扩大了好
几倍，大得她有些无所适从。周围浓墨似的夜色里悄然溶
进了一些东西，它稀释了那浓重的黑，使它变成了浅淡的
灰，这灰色里多了一丝温柔，是她一直追求的。英雄、拯
救……小时候看过的故事都借尸还魂地活了过来，涨得她
脑袋晕晕的。这天夜里，许诗溢失眠了，她咀嚼着那个男
子对她说的每句话，脑子里都是他的那双眼。该死，一个
男人怎么长了双那么好看的眼，乌溜溜，水亮亮，眼睫毛
像小扇子一样又长又翘。她也是很多年以后才知道，这种
眼叫桃花眼，有一双这样的眼睛，不论男女，都生性风流。

　　这个男孩就是周顺，他告诉她，他是地税局的干部，
他经常在下班时间约她在地税局附近的小吃店吃晚饭，然
后再送她走过小巷。他谦恭有礼，会像绅士一样替她拉开
椅子、推着车子，帮她拎包，还总是说不放心她，怕她在
巷子里遇到坏人，坚持要把她送回家。他高大英俊，眼睛
总是含情脉脉的，看她的时候像藏着两眼的星光。许诗溢
被泡在周顺的甜言蜜语中，像被裹在树胶里的昆虫，慢慢
失去了自我思考，变成了一块看上去很美的琥珀。

　　他这样送她走过几次小巷，跟她讲他的童年、他的奋

斗史、他经历过的挫折，他精心营造的形象在这些娓娓长
谈里日渐凸显——一个勤奋、上进、正直、善良的大好青
年。他很快便拉了她的手，还带她去过几次电影院，但他
一直拒绝去见她的父母，他总说再等等吧，等遇到合适的
机会再去登门拜访。

不过有时她也会嗅到一丝异常的气味，他偶尔粗鄙的
语言，偶尔流露出的暴戾，都像一碗温吞吞软和和的白米
饭里的沙砾，冷不防把她硌了个手足无措。

每当这时，他又会马上换上惯常的微笑，甚至笑得比
原先更灿烂些，好像生怕遮不住刚才那点阴霾。她有时觉
得他就像公园里的小丑，长年累月堆着那亘古不化的微笑，
她都替他累得慌，总是没来由地看着他的笑脸心慌。这么
俊美的一张脸，却永远都只对她笑靥常开。她就像长期挨
饿的人忽然被塞来一堆零食，反而让人惶惶然有种做贼的
心虚。终于，她的那丝不安落到了实处，他开口向她借
钱了。

许诗溢不知道，周顺是个无业游民，而且是个爱玩老
虎机并欠了一屁股债的无业游民。她所知道的都是他想让
她知道的。她知道，他虽然有工作，但因为朋友多应酬多，
所以经常囊中羞涩。但经他口说出来却还是在她心里砸出
了巨大的回响，他没钱，他没钱……她开始沮丧、气恼，
他是男人啊，男人怎么能向喜欢的人借钱？可很快她又被
一种奇异的满足和踏实感淹没。

　　是的，她终于踏实了，当他对她提出要求后，她反而
踏实了，就像一直行走在平衡木的一端，空落落的，这时
有人踩上了另一端，这段路程就平衡了。

　　她不禁又在心头讪笑，是啊，像她这样的长相，虽然
从小是学霸，但从没受到一个男生的青睐，以前班里长相
稍微有些帅的男生都未曾多看过她一眼。像他这样工作好、
长相英俊，各方面都优秀的男人能看上她，她还计较什么
呢？想通了以后，许诗溢开始频繁地给周顺买衣服买鞋、
借给他钱，偶尔她也会撒娇着让他请她吃个饭，给她买个
小玩意。她一方面依赖上了这种关系，好像她是救赎他的，
缺了她，他的生活将变得困窘；另一方面，她仍然拒绝向
外界宣布他们的关系，她开始怀疑他的家庭状况、工作情
况，还提出想去他单位看看。

　　也许，她的头脑并没有被爱情冲昏，残存的理智让她
一方面坠入，另一方面又怀疑，甚至想抽离。可许诗溢没
想到，这样长久的纠缠拉扯不光耗尽了周顺的希望，也将
她彻底拉入了深渊。

　　他每次向她借钱的样子她都不敢抬眼去看，怕一不小
心，那点藏不住的鄙夷、失望就会流露出来，被他看见。
但不抬头她都能感受到他呼出的温热的气在她的耳旁萦绕，
他那殷勤讨好的目光像小狗的舌头湿漉漉地在她的脸上舔
过。以前许诗溢觉得这种温度怡人，可现在她觉得有些恶
心。她想不明白，为啥他手头不能存一些积蓄，为啥要低

三下四地向女朋友借钱，为啥会喜欢开一些让她尴尬的低俗笑话。可不管她再想不通，一看到他那双毛茸茸的小兽一样的眼睛，她还是不由自主地沉沦了。

后来她回忆起小时候，她总是喜欢外表好看的东西，不结实的塑料杯子，只要是印着鲜艳花样，她就非要买。周顺也许是察觉出了她的疏远，说话更是赔着小心。

那天，周顺踩着一地月光，走着走着，忽然抬头说，你们医院妇产科的人你肯定认识吧？他们那儿肯定有生出来没人要的弃婴吧？我有朋友想买，哦，他买走肯定是收养，不会对孩子不好的。

许诗溢震惊地抬起头，他像是要堵住她准备说的话，忙又急急地说，我朋友会给咱们很多钱的，不会白让你介绍的。

钱，果真是钱，又是钱！她的震惊还没来得及消退，立马又被新的恐惧攥住了心，因为她就着月光，看到了他眼中凛冽的光一闪而过，那种光是贪婪的，充满欲望的。

不可能。她第一次这么硬地跟他说话，每个字都像一枚石头，掷地有声。

周顺不再说话，想到欠癞头的钱，不禁一边走一边狠狠地踢着地上的石子。等了这么久，设了这么个局，最后的结果竟不如他所愿！他很恼怒。是的，春夜小巷的英雄救美是他设计好的，只为了接近这个大龄恨嫁的女大夫。那次他看病听到旁边大妈在议论许诗溢，便留了心。医生，工资高能给他钱花，而且能帮助他和癞头拐卖婴儿，简直太好了。没想到这姑娘掏钱就像她说话，慢条斯理，细水长流。想让她"搭桥"介绍认识一些妇产科的医生护士，掌握一些婴儿的信息，也是竹篮打水一场空。要知道癞头再三跟他保证，只要她能和他们合作，他欠的钱就算全部偿清了。他狠狠地踢着石子，满腹的愤恨。

20世纪90年代，计划生育已经普及了十几年了。有的家庭为了生儿子，一直超生，生了女儿又交不起罚款，就悄悄送给亲戚或卖掉。有的家庭不能生育或生不出儿子，便想花钱买。当时一个健康男孩的价格大概在两到三万元，女孩八千到一万，这钱在当时可是巨款。有些贪婪的人贩子就想办法拐骗婴童，癞头便做这种生意，他把挣来的钱放成高利贷，手下养了一群喽啰，俨然一个小团伙，而周顺就是其中一员。

周顺又找许诗溢反复劝说了几次，每次谈话都不欢而散，他即使是再迟钝的人也能明显感觉到她对他的态度里多了很多冷淡和防备。终于有一天，许诗溢借口家人要接她，不让周顺再送她了。周顺满是愤懑后悔，但又无可奈何，他愤愤地想，如果不是因为钱，我会看上你？他们貌似就这样结束了短暂的恋爱，但许诗溢想不到，周顺并没有放过她，他像在黑暗里蹲踞着的野兽，打着自己心里的算盘。

四

后来我找到了提前释放的周顺，这小子运气好，家里那片地被开发了，旧房子一拆，赔给他两套房子和一摞厚厚的钞票，他瞬间变成了城中村的暴发户，每天开着新买的尼桑乱转，家里的房子租给那些在城市里打拼的人，过上了包租公的生活。

我第一眼看到他，就明白许诗溢为什么会爱上他了。他的长相是一种说不出来的俊秀，长长的睫毛笼着一汪春水似的眼睛，长在满是皱纹的脸上，就像枯木上忽然开出一朵桃花似的突兀和怪异。

警察同志，我现在可是良民，你找我干啥啊？他惊惶地睁大了眼睛，局促地搓着手。

别紧张，你没犯事，只是找你了解一下"9·14"拐卖案的情况。

这都是陈芝麻烂谷子的事了，判都判了，咋还找我？他马上恢复了狡黠的眼神，目光闪烁游移着从我的脸上掠过，揣测着我的意图。

说吧。我瞪了他一眼，递给他一根烟。他嘿地笑了声赶忙接过，烟雾被夜风吹散，远处的灯火如繁星般闪烁。

那年，周顺和许诗溢分手后一直不死心，他好几次在小巷子里等她，痛心疾首地诉说自己的悔恨。她的态度摇摆不定，忽冷忽热，就像荒野里的一小簇火苗，他吓得大

气都不敢出，生怕有点风吹来这火就灭了。周顺已经隐隐
觉察到找这样一个老婆是不可能的了，他们终究不是一类
人，他终究高攀不上她。他心里开始生出隐隐的怨恨，她
这样一个长相平凡的女人，竟也能甩了他。被抛弃的恨开
始在心里生根发芽，转瞬就长成了枝叶葳蕤的大树。他再
也不能承受这种被抛弃的痛苦了，因为他一出生就被父母
抛弃，送给了远方的伯伯。不管父母后来再怎么解释，家
境不好、养不起孩子等等，周顺都无法原谅他们。他主动
断绝跟亲生父母的一切联系，好像这样做就能反客为主，
他们好像被他抛弃了，这样他的心里才会生出一点点邪恶
的满足，来抵挡被抛弃的痛楚。这次许诗溢又让他重新陷
入了这种痛楚中，即使他对她从来没有一点真心。

　　债主癞头带了三个打手，追上门来，一刀剁在周顺的
桌子上。癞头说限他一周之内还清所有债务，否则下次剁
的就是他的一条胳膊。周顺痛哭不已，苦苦哀求。癞头说，
要不把你女朋友卖了吧，反正她也不会帮咱们卖小孩，年
轻姑娘也很抢手，很多光棍等着买呢。帮我办了这事，你
的债就清了。

　　周顺一惊，但很快便答应了下来。谁也不知道那时他
心里掠过了哪些时光的碎片，他们一起看电影，一起散步？
或是她的冷淡、争吵、嫌弃？

　　他又去找她，哀哀地说只想跟她再单独相处一会儿，
说说话。许诗溢看着他那脉脉含情的眼睛心软了，默默地

点了点头。这个晚上，许诗溢盛装打扮，涂了点口红，穿了件崭新的连衣裙去赴约。她也许已经决定要在这晚做个了断，把话说清楚，从此再不相见。

也就是这个晚上，在他们经常散步的树林深处，眼巴巴等着周顺的许诗溢，惊恐地发现有两个蒙面人向自己走来了。

癞头把许诗溢卖给了另一个人贩子，强调说要加钱，因为她是大学生，是医生。可那人不同意，说买家都是地里刨食的农民，不管是大学生还是妓女，只要年纪轻、能生育就行，坚决不加钱。许诗溢失踪后，警察全城搜寻，也盘问过周顺，但这个男人很狡猾，从来没留下过案底，再加上当晚有饭馆老板证明他一直在和别人喝酒，最终洗脱了嫌疑。

我又摸出一根烟点上，问周顺，后来你打听过她吗？

他望着远方，眼神很空，呼出一口烟说，开始也打听过，还托癞头给人家打招呼，让人家别打她。再后来有了新女朋友，就把她忘了。唉，听说她性子烈，人家不灌安眠药她就不停折腾，总想跑。跑啥啊，跟谁过不是过。就因为她总是跑，人家不敢把她卖得近，怕她跑回来，把她卖到贵州了。对了，一个月前我在广场那边停车下来买了几串烧烤，她看见我了，那眼珠子瞪得，太吓人了，我赶紧把东西打包带走，她离车太近，一下子溅了她一身泥水，你猜怎么着？那疯子像被刀砍了一样哇哇大叫着追着我的车跑。天哪，你没见她那样儿，比神经病还神经病！

我愠怒地打断他的话问，你对她就不愧疚吗？毁了那么好一个女孩。

毁了她？哼，你知道我后来交的那个女朋友家里是干啥的？开饭店的！门面房子都有好几套。我俩还特投缘，都爱赌博、蹦迪，比她那个闷葫芦强多了。我追了我女朋友五年，人家好不容易答应嫁给我了，我却被抓进局子了。我被抓走后，我母亲都快疯了，见人就说法院把我判得太重了。天天说天天哭，现在眼睛还落了个迎风流泪的毛病。我父亲也因为我的事中风了，到现在还瘫在床上。可怜我这对养父母，没享过我一天福。我出狱后，没一个地方敢收留我，就因为我是服过刑的，还好老天爷厚待我，让我家这片儿被开发了，让我一夜之间变富翁，嘿！

周顺冷笑了一下，表情漠然，这漠然和着夜色给他镀上了一层坚硬的外壳，这个肉身是冷硬的，那里边的内核也是冷硬的。我好不容易忍住了把拳头砸向他的冲动，我知道，跟这种人说什么都是浪费。

五

我被那双无形的手推着，闲暇期间就查阅案卷笔录，一点一点地去了解案子的真相，而许诗溢的形象也越来越丰满完整，我好像捏着时光的钥匙，打开了一扇尘土遍布的门，窥完门后的世界，再看眼前的世界，只觉得头晕目眩，无法重合到一起。

现在的许诗溢被岁月蹂躏得面目全非，只有那每日涂得鲜红的嘴唇还残留了一点女性的特征。我问一块儿巡逻的小李，当年许诗溢这桩案子是怎么破获的？

小李看着广场上的她说，当年许诗溢失踪后，她的父亲停了手头的生意，母亲辞了工作，带着所有积蓄到全国各地去找女儿，风餐露宿，没过过一天舒服日子。估计是心里积的苦太多，过了三年，赵红艳就得了乳腺癌，她临死前还一直喊着许诗溢的名字，死了都没闭眼。警局也一直没有放弃，但找了五年都一无所获。后来抓到一个拐卖儿童的人贩子，这人为了减刑，供出了另一个拐卖头目癞头。这人还说，癞头不仅拐小孩，还拐女人，以前还拐过一个医院的大夫呢。有细心的老民警想到了许诗溢失踪案，就抓住了癞头和周顺，并顺藤摸瓜地找到了许诗溢的下落。就这样，一个地跨六省的特大拐卖妇女儿童团伙被摧毁。2001 年，癞头及其团伙的几个主要人员因涉嫌拐卖妇女儿童罪被判死刑，周顺被判处有期徒刑十八年。

我问，那许诗溢被解救后怎么沦落到现在这副样子了？好好的人怎么精神失常了？

小李叹了口气，唉，许诗溢刚被救回来时还好好的，只是有些怕见人，几乎每天都躲在家里。医院说按规定可以恢复和她的劳动关系，给她提供工作岗位，可她死活都不愿上班。后来在她父亲的百般劝说下，她才同意去工作。
医院将她分配去做了行政工作。你也知道，女人多的地方
口舌多，她去做这工作，明摆着要跟一屋子女人打交道。
她原来那么清高骄傲的一个人，被院长捧得那么高，现在
经历了这么多不堪的往事，自尊心自然是脆弱到极致的。
有次，她同事不知是有心还是无意，提到了生育这个问题，
戳到了她的痛处，她直接就把一杯开水泼到人家头上。从
那以后她的暴躁症状越来越明显，动不动就跟人大打出手，
或高声叫骂，弄得几个科室的人见了她都躲着走，她的症
状却一点都没减轻，有时候甚至还和来咨询的病人吵架。
后来医院没办法，只好叫来她父亲，好言相劝，让她回家
"休息"，每月发给她基本的生活费。

　　许诗溢回家后，她父亲便央亲托友给她介绍对象，总
想着如果她组建了新的家庭，有了合适的伴侣，也许心情
会好起来。可在这样的小城市，她的故事无异于重磅炸弹，
就像长了翅膀一样，从这个人嘴里飞到那个人嘴里，无人
不知，无人不晓。她仍然沉默着去赴一场一场的相亲，只
不过对象和很多年前的对象比如同天壤之别。那些男人或
离异或丧偶，或家境不好或有残疾，都是一脸苍老倦怠的
中年之态。她总是一言不发，只听对方说话，那些男人好
奇而邪恶的触角总是跃跃欲试，绕了半天还是向她聊起被
拐的往事，贪婪地盯着看她的表情和反应。这样的相亲自
然是没有结果的。做媒的人后来也慢慢失去了耐心，干脆

不再给她介绍了。

2004 年，许诗溢遇到了一个男人付刚。付刚是外地人，来这个城市不久，工作是卖保险的。他经常在小区里跟晒太阳的大妈们聊保险，聊着聊着便认识了许诗溢。

付刚注意到她也许是因为她总是一脸忧郁，眼睛里藏的都是心事。而她注意到他也许是因为他的风趣幽默，他总是能逗得那些大妈们哈哈大笑。付刚是个讲段子高手，说起保险头头是道，穿插着一些养生、医疗方面的幽默故事，一会儿就能吸引一圈儿大妈。她的生命太贫瘠冷清了，那些笑声深深地感染了她，让她不由自主地一次又一次靠近那个制造笑声的人。付刚向大妈们打听过许诗溢，知道了她的过去。这个善良的男人经常没话找话地跟她聊天，天冷了提醒她多穿衣服，故意讲笑话逗她笑。她明白他的善意，也清楚他想抚平她眉间的忧伤，两个人之间开始慢慢产生了磁场，而且吸得比较牢。付刚虽然知道了许诗溢的所有经历，但并不在意，他向她求婚，并且准备过段时间就回老家举行婚礼。可就在最甜蜜的这段时光里，付刚疾病发作死了。虽然他身体不好，自幼患有隐疾，但他的父母还是找上门来把许诗溢骂了个狗血喷头，说她是扫把星，克死了付刚。

就是从那以后，许诗溢的精神问题好像更严重了。她几乎每天都坐在小区的长椅上垂着头沉默不语，那是她和付刚第一次见面的地方。有好事的邻居来跟她聊天，她要不就一言不发，低着头像没听见，给人家弄了个红头白脸；要不就突然拉住人家絮絮叨叨说个不停，说得却是牛头不对马嘴，把别人窘个半死。后来有人说半夜见她披了个床单在马路上乱逛，逛着逛着就跳起舞来。还有一次一个商场外面的墙上在放大屏幕电影，演的是当时很火的一部爱情片，她看着看着就突然情绪失控，大声高喊起来，一边喊一边泪流满面。旁边的人都被破坏了看电影的兴致，想把她拉走，她又抓又咬，周围的人无奈只好报警。还有一次，她忽然无故打砸路旁的摊贩，被气愤的摊主扭送到派出所，派出所和她父亲把她送去省会做了精神鉴定，得到的结果是，间歇性精神病。从那以后，派出所就为她建立了精神病人档案，她成了公安机关重点管辖的特殊人口。

又过了三年，她的父亲去世了，她没人照顾了，就经常往大街上跑。有一天她拖着个大音箱开始去广场上唱歌，这一片儿的人都知道她的遭遇，都同情她，所以也都或多或少给她扔点钱。

小李说完不禁望向她，我的目光也穿过无数白色或蓝色的塑料椅子投向她，她正忘情地一边唱一边朝喝倒彩的人们抛媚眼。身旁是一个瘦高的男人，这应该是她的男伴吧，帮她收钱，调试音箱，收拾电线，干些零零碎碎的杂活。男人满身油污，邋遢地像从垃圾箱里爬出来的。我赶紧移开目光，她的身体里像住进了另一个人，诡异、荒诞。

邓姐的男伴换得很频繁，有的听说是被她赶跑了，有

的是忍受不了她的疯癫。这些人大多是穷得抖三抖只能掉
虱子的流浪汉、失业者，他们有时会聚在一起狠命吸着呛
鼻的劣质烟，讨论着广场上唱歌的邓姐。

风把他们猥琐的笑声传得很远，我总是快步走开，避
免听到，因为它们会堵在我的心口，扩张成一座堡垒，压
得我无法呼吸。

我只能一遍遍地告诉自己，她是女人，也有软弱的时
候，想依靠的时候。在这个孤独的世上，我们每个人都急
于找到另一个同伴，度过余生。她也一样，有她的孤独和
欲望。

在邓姐身边待得时间最长的男伴是一个十八九岁的男
孩，因为脑子有问题从小被父母遗弃。男孩像被天生地养
似的长大了，结结实实地长了一身腱子肉，只是嘴角常年
挂着亮闪闪的涎水，一见人就先笑眯眯地歪着头看你。

有人问男孩，你咋找了邓姐？把她当妈吗？晚上喝她
的奶不？

男孩认真地思考了半晌，忽然响亮地回答道，喝你妈
的奶！

他们收摊的时候往往是男孩拖着沉重的音箱，邓姐昂
首阔步地走在前面，乍一看不像搭伙过日子的情侣，倒真
像是对母子。

但过了一段时间，邓姐和这个男孩也一拍两散了。我
听到有人问男孩，你妈咋不要你了？男孩瞪着大眼，挥舞

着双手道，疯了，疯了，她让我弄人哩！

六

冬天来了，天黑得早，人们像被暮色驱赶的羊群，慌慌张张地奔波在回家的路上。广场上的夜市从烤串换成了小火锅，可吃的人还是少了很多。蒸腾的热气也无法抵挡寒气的侵袭，偶尔有几个男人围坐一桌，推杯换盏地端坐在一片雾气中，涨红着脸吆五喝六，远看像群腾云驾雾的妖魔。

邓姐仍然每天都来唱歌，穿着一件赭红色的长棉袄，一张瘦脸埋在里面，眼神炽热地唱着走调的情歌。男人们偶尔朝她喝几声倒彩，她便一脸感激地朝人家拱拱手，颇有些江湖艺人的风尘范儿。

有次大雪，我和两个同事守着电话聊天，看着窗外撕棉扯絮的雪片，没来由地想起了邓姐，犹豫了片刻还是披上衣服准备去广场。同事说，这种天气就别巡逻了，鸟都趴窝里了。我没有说话，还是坐上了巡逻车，雪气的冷冽让我打了个冷战，心里忽然生出一种奇特的感觉，就像小时候掀开戏台后面幕布，有些不安，有些隐隐的好奇。听说邓姐每天都去唱歌，不分寒暑，也不论是否有观众，现在她会在吗？

雪中的广场被不停地覆盖着一层又一层的白，厚厚的白让这个平日最喧嚣热闹的地方变成了沉寂的荒原。在这片皑皑的白色里，我惊悚地看到邓姐仍然站在那里，穿一身血红的长棉衣，忘情地歌唱着。她的歌声一出口，就像被冻住了一般，扭曲变调，发出布匹被撕裂的杂音。她就像一个最敬业的歌手，全然不顾是否有观众，只是忘我地尽情地宣泄。我听不清她在唱什么，但能清楚地感觉到，她的悲伤正通过歌声像水一般浇遍我的全身。她整个人像从雪水里拎出来的，湿漉漉地挂满悲伤。整个广场被白雪模糊了边界，扩大到不着边际，那些被固定在地上的桌椅俨然变成了一座座白色的坟丘，她站在坟丘中间，听着北风呜咽，用歌声应和，与天地同悲。

我坐在巡逻车里，远远地看着她，浑身像僵住了一样，一动也不能动，像突然偷窥到了别人的秘密，紧张而惶然。邓姐发病了吗？还是清醒的？没有观众，她在唱给自己还是这不公的命运？也许她只是想宣泄这种无可排解的痛楚。命运被上帝之手无情地揉搓碾碎，她被放在烈火上烤，四肢百骸都是彻骨的痛，这种痛也只有通过自虐的痛才能抵消吧，以痛攻痛，负负得正。也许这么多年来，这冰天雪地的冷冽才能和她心中的寒凉遥相呼应，*丝丝入扣*。

她不知唱了多久，我也不知看了多久。半响，一个人走来，不知道跟她说了啥，她顶着一头白雪笔直地拖着音箱走了，雪花快要埋葬了她，她像一滴血迹慢慢洇透在雪地里，消失不见。我愣过神来，才发现手指冻得不会弯曲了。

在我担任社区民警的几年中，邓姐始终大事不犯，小事不断。她一直在夜市唱歌，并不停地换男朋友，不停地跟人吵架打架。我送她去过好几次精神病院，但几个月的治疗结束后，她还会回来。作为我的社区管理重点人员，按照要求，我每个月都需要上门查看她这个精神病人的在位情况，赶上节庆日或各级重要会议召开前夕，我还要联系她嘱咐各种事宜。对于这些工作，她倒是很配合，不过也许是因为我倒霉，邓姐的精神病虽然是"间歇性"的，可每次我跟她接触时，她都会犯病，或轻或重。她的躯壳变成了提线木偶，别的灵魂占领了她的身体，操控着她做出各种怪异疯狂的举动。

我曾经向精神病院的医生咨询过，想知道她是否有治愈的可能。医生看过她的鉴定报告书之后摇着头说，她的精神病是终身病，只能控制，无法根治。我看着医生的表情忽然有种深深的无力感，这个世上，没有人能帮得了她，能帮她的只有她自己。

鸡零狗碎的日子像落叶一样堆了一层又一层，我被淹没其中，邓姐的身影在岁月里慢慢地模糊了。没想到周顺一死，有关她的一切又重新浮现了。

七

案发之后，交警队的同事们对肇事者林海波进行了反复讯问。白浩跟我是铁哥们，知道这么多年来我一直关心着邓姐的一切，包括和她相关的人，于是告诉了我这起肇事案的审讯过程。

白浩说，那个肇事者林海波是个矮个子中年人，无妻无子，一脸刀劈斧刻的皱纹，沧桑得像满脸都写着故事。他一见来审讯的交警就着急地说，同志，我不是故意的啊，不会判刑吧？我这辆面包车是租来的，平时也就是拉点客人混口饭吃。出事这天晚上家里有事，我急着回去，就开得快了点。谁知道刚拐过这个路口，他就窜了出来，我慌忙刹车也晚了，还是撞上了。

白浩说这个男人一直揉着头发，哭丧着脸，一副后悔莫及的样子。他仔细观察了他的表情和肢体动作，没发现什么破绽。

后来，听说有好事者跑去把周顺的死讯告诉了邓姐，她一开始不说话，呆呆地看着自己的手，低垂着眼帘，像尊冰雕一样慢慢地向四周散发着寒意和冷漠。忽然，她开始疯狂地啃自己的手指甲，啃着啃着便手舞足蹈起来，如妖魔附体了一般瞪着眼乱喊乱叫，想看热闹的人都啧啧地感叹着，心满意足地散去了。

好像被一股无形的力量驱使着，我鬼使神差地来到周顺出车祸的十字路口，阴沉沉的天幕下，一团火苗妖冶地吐着艳红的舌头，一个佝偻着背的老头正蹲在路口烧纸钱。

您烧给谁呢？

前两天被撞死在这儿的那人。

您认识他？

不认识，可他死在我家店附近了，我就不能不管。你知道吗？这种横死之人，死去后灵魂都会凝结不散，游荡在天地间，尤其会经常回他们死去的地方看看。人的胸口都存着一股真气，死了就散了，横死的、冤死的，气聚着不散，就成精成怪了。这方圆儿里，就我家离得最近，我给他烧点纸钱，求他早日上路，别缠着阳世人。老人说完，忽然抬头向我得意地一笑，露出空荡荡的牙床和那后面的黑洞。纸钱在火里挣扎着翻滚着，被风挟裹着化成黑烟飘向暗灰色的天空，一阵北风吹来，冷意透进骨子里。

我走向不远处的那家小店——客来香小吃店。店主估计是老人的儿子，酷似老人的年轻版。他正熟练地将面糊旋转开，磕上鸡蛋，撒上黑芝麻和葱花，一股清香立马密密实实地塞满整间小屋。我扭过头，从这个角度刚好能看到窗外的那个十字路口。

年轻人很健谈，手脚麻利地刷酱、夹肉、卷菜，也不耽误两片薄嘴皮子上下翻飞。

乖乖娃哟，你可不知道，那砰的一声响，把我的心都吓得快掉出来了，吓死人，真是吓死人了！

你注意到有啥异常没？

异常？嘿嘿。他忽然也咧开嘴朝我一笑，是跟他父亲一样的表情，是一种让人感到别扭的得意。

要说异常也不算异常，就是出事那天吧，我无意间往外看，看见那辆肇事的面包车就停在十字路口附近，老早就停在那儿了。我还直纳闷，这么冷的天，这荒郊野外的，停那儿干啥呢？后来忙起来了没注意，又过一会儿，就听见撞车的声音了。

我咬了一口煎饼卷菜，却发现味同嚼蜡，干脆起身把满屋暖烘烘的香气掩在身后，踏进漫天的飞雪中。

八

我又来到了档案室，翻出了许诗溢的资料，卷着毛边的纸页白纸黑字地记录着她的精神病鉴定结果，签字、盖章，一样不少。薄而脆的纸页在指尖如流水般滑过，一行字忽然落入眼底：许诗溢大学主修中医药学，辅修的是精神病学。我轻轻合上卷宗，窗棂透进来的几束光线里灰尘正上下翻腾，好像是在落地之前跳着一支绝望的舞蹈。

后来这个交通肇事案被移交给了刑警队，听刑警队的小王说，这林海波也是个可怜人，得了肺癌，还是晚期，无妻无子，光棍一条。他整天深居简出，跟周顺毫无交集，两人从来都不认识，如果非要找出点瓜葛的话，他曾被周顺拐卖过的许诗溢救治过。那年他得了重病，许诗溢把他抢救了过来。但那也是很多年前的事了，这么多年里，他和许诗溢也再无联系。

　　最终，交警部门对这起交通事故进行了认定，由于法医鉴定出周顺是酒后驾驶，而且没有证据证明林海波超速，所以双方负同等责任。肇事司机林海波不构成交通肇事罪，只承担死者周顺的民事赔偿责任。

　　周顺死后，邓姐依旧在广场唱歌，风雨无阻。她的背开始佝偻，老态渐渐显露出来，头发白了她也从来不染，就任由它们像染了霜的芦苇一样在头顶疯长。

　　我最后一次见她是在那个周日，那时我已经被调回家乡澜阳市半年了。

　　那晚我重回这个熟悉的城市，和几个老朋友坐在广场的夜市喝酒。我执意坐在离邓姐最近的地方，音箱里的声波嘶哑尖锐，像把生锈的铁锯一下一下地割着我的耳神经。我一边喝酒，一边盯着她，她那空洞的眼神里好像蕴涵了无尽的故事，又好像空荡荡得像座空城。她独自一人眼波流转、潇洒自如地演绎着一出空城计。我不停地喝彩、鼓掌，她很快便注意到了我。也许她已忘了，也许她会想起，我是那个曾经经常送她去精神病院的民警。

　　她仰头望天唱道，将一生梦想，换到多少悔恨与祸殃。谁愿镜内照出孤独影，无奈往事烙心上……向晚的风轻轻吹送着她嘶哑凄怆的歌声，不知谁家的炒菜香味飘来，她站在这烟火尘世里更显得茕茕孑立。暮色昏沉中，她好像遥遥地看了我一眼，这一眼空荡荡的如一片雪野一样干净，又好像蕴涵了太多说不清道不明的东西。

　　我朝她举了举杯，在这苍茫的暮色里慢慢地饮尽满满一杯酒，为她，为命运。

（原载《海燕》2020 年第 11 期）